Ali Benjamin

Die Suche nach Paulie Fink

Caitlyns neue Schule ist höchst sonderbar. Unterrichtet wird in einer alten Villa, der pflanzenüberwucherte Sportplatz wird von einer Horde Ziegen freigemümmelt, und keiner kann aufhören, über einen Schüler namens Paulie Fink zu reden. Je nachdem, wen man fragt, war er ein urkomischer Klassenclown oder ein unerbittlicher Unruhestifter. Jetzt ist er verschwunden, und Caitlyn wird zur Jurorin in einem Wettbewerb gewählt, bei dem ein würdiger Paulie-Ersatz gefunden werden soll.

Ali Benjamin schrieb als erfolgreiche Co-Autorin für Kollegen und als Redakteurin für Zeitschriften, Zeitungen und Online-Medien. Ihr Jugendroman ›Die Wahrheit über Dinge, die einfach passieren‹ erschien 2020 in der Reihe Hanser und wurde für den National Book Award nominiert. Benjamin lebt mit ihrem Mann und ihren zwei Kindern in Massachusetts.

Jessika Komina und *Sandra Knuffinke* haben in Düsseldorf Literaturübersetzen studiert und übersetzen seither hauptsächlich Jugendbücher aus dem Englischen, Französischen und Niederländischen. Sie waren bereits mehrfach für den Deutschen Literaturpreis nominiert.

ALI BENJAMIN

DIE SUCHE NACH PAULIE FINK

Aus dem Englischen
von Jessika Komina und
Sandra Knuffinke

dtv

Ali Benjamin in der Reihe Hanser:
Die Wahrheit über Dinge, die einfach passieren

1. Auflage
2023 dtv Verlagsgesellschaft mbH & Co. KG, München

Titel der Originalausgabe: ›The Next Great Paulie Fink‹
(Little, Brown and Company, a division of Hachette Book Group, Inc.)

Umschlaggestaltung: dtv nach einem Entwurf von formlabor, Hamburg
Umschlagmotive: shutterstock.com
Satz: Satz für Satz, Wangen im Allgäu
Druck und Bindung: CPI books GmbH, Leck
Printed in Germany · ISBN 978-3-423-62784-9

Now goddess, child of Zeus,
tell the old story for our modern times.
Find the beginning.

– HOMER, THE ODYSSEY

OFFIZIELLE AUFZEICHNUNGEN VON MITCHELL SUCHT DEN NEUEN

PAULIE FINK

KANDIDATEN

Gabby Amisi

Timothy Boggs

Thomas Boggs

Henry Cardinali

Willow Das

Fiona Fawnstock

Sam Moyes

Lydia Shea

Diego Silva

Yumi Watanabe-Peterson

JURORIN

Caitlyn Breen

STARTSCHUSS

[Beginn der Aufzeichnung]

25. September, 4 Wochen n. P. V.

(nach Paulies Verschwinden)

FIONA:

Jetzt komm endlich, Caitlyn. Worauf wartest du noch? Wir haben dich schließlich zur Leiterin gewählt. Fang an!

CAITLYN:

Okay ... äh ... was soll ich denn sagen?

FIONA:

Was du willst, ist doch egal. Hauptsache, es klingt schön offiziell. Und ein bisschen mehr Begeisterung, wenn's geht!

CAITLYN:

Na gut, also das hier sind die offiziellen Aufzeichnungen von *Mitchell sucht den neuen Paulie Fink*. Dieser Wettbewerb ist einer Castingshow nachempfunden und wird von den Schülern der siebten Klasse – auch bekannt als »die Pioniere« – der Mitchell School – auch bekannt als »die Höhle« oder »stinkender Ziegenpferch« – abgehalten ...

FIONA:

Hey! Schön freundlich bleiben. Obwohl, nee, vergiss es. Darum haben wir dich ja gerade gewählt, weil du *nicht* freundlich bist. Weitermachen.

CAITLYN:

Geleitet und dokumentiert wird der Wettbewerb durch mich, Caitlyn Breen, die elfte und neueste Schülerin der siebten Klasse. Aber um das noch mal festzuhalten: Ich find's total bescheuert, dass ich hier das Sagen haben soll. Vor einem Monat hatte ich den Namen Paulie Fink noch nie gehört und kannte keinen Einzigen von euch, und jetzt –

DIE PIONIERE:

Cait-lyn! Cait-lyn! Cait-lyn!

CAITLYN:

– jetzt soll ich hier so eine Show moderieren oder was immer das wird, und ... könnt ihr vielleicht *bitte* mal mit dem Gebrüll aufhören?

DIE PIONIERE:

Cait-lyn! Cait-lyn! Cait-lyn!

CAITLYN:

Okay, also, wenn ich das wirklich machen soll, dann brauche ich als Erstes mal mehr Infos über diesen geheimnisvollen Paulie Fink. Und daraus wird nichts, wenn ihr weiter solchen Krach macht, darum: Könnt ihr vielleicht ausnahmsweise mal still sein? Bitte?
Danke. Gut, wer fängt an?

INTERVIEW MIT DIEGO

CAITLYN:

So, Aufnahme läuft. Leg los, Diego.

DIEGO:

Hey ho, hier spricht Diego Silva, der King des Fußballplatzes, der Starstürmer, der Torschusskünstler, das fantastisch-elastische Genie, flink wie ein –

CAITLYN:

Diego. Bleiben wir mal beim Thema, ja? Wir wollten über Paulie Fink reden.

DIEGO:

Okay. Hier spricht Diego Silva, live auf Sendung, um was über den unvergleichlichen Paulie Fink zu erzählen. Und eins kann ich euch sagen. Leute: Der Junge war ein Gott.
Da brauchst du gar nicht so die Augen zu verdrehen, Caitlyn! Ich meine ja nicht, dass er der *liebe* Gott war, klaro. Er war *ein* Gott, das ist was völlig anderes. Und ich meine auch nicht, so ein Gott wie diese ganzen brasilianischen Fußballer. Von wegen, Paulie war nämlich eine absolute Fußballniete. Ich meine die Art Götter, von denen Mags immer in Menschheitskunde redet. Die oben auf dem Olymp rumgehockt haben. Auf gewisse Weise waren diese Götter so wie wir – haben ständig irgendwelchen Mist gebaut und sich gegenseitig auf die Palme gebracht. Manchmal haben sie auch total abgefahrene Streiche gespielt. Nur dass sie halt Fähigkeiten besaßen, die normale Leute

nicht haben, und damit haben sie oft ein Megachaos angerichtet.
Genau so einer war Paulie. Er war ein Meister im Mistbauen, hat die witzigsten Aktionen gebracht. Und meistens versank danach die ganze Klasse im Chaos.
Der Typ war eine lebende Legende. Ja, so kann man das sagen. Paulie Fink war absolut legendär.

INTERVIEW MIT MR FARABI

Paulie Fink? Brillant, der Junge.
Nicht, dass ihn zu unterrichten immer die reinste Freude gewesen wäre, gottbewahre. Aber als Mathelehrer und passionierter Naturwissenschaftler muss ich seiner ... hm ... innovativen Denkweise ... durchaus Respekt zollen.
Man denke nur an das Bananenschalendebakel! Oder den Minigeddon. Seinen Snackkrieg mit Mrs Gliba, der Schulleiterin. Ach was, die Geschichten kennst du noch gar nicht? Frag mal deine Klassenkameraden. Dann siehst du selbst, dass Paulies Kunststückchen alle was Geniales an sich hatten.
Ich meine jetzt nicht genial im Sinne von Marie Curie oder Neil deGrasse Tyson oder Stephen Hawking. Er war nicht der Typ, dessen Namen man irgendwann mal in den Schulbüchern lesen wird. Paulie Fink hatte eher das Zeug zum ... Superschurken.

INTERVIEW MIT FIONA

Er hatte diesen Blick. Selbst wenn er Ärger bekam, selbst wenn Mrs Gliba ihm mit ihrem Schrumpelfinger drohte, lag in seinen Augen so ein Glitzern, als würde sich dahinter eine Discokugel drehen.

Und dann ist er plötzlich verschwunden. Ohne Vorwarnung. Ohne sich zu verabschieden. Am ersten Schultag in der siebten Klasse war Paulie einfach nicht mehr da.

Zack.

Weg.

Macht's gut, auf Nimmerwiedersehen.

Tja, nimm's mir nicht krumm, Caitlyn, aber du warst alles andere als ein würdiger Ersatz für ihn. Um ehrlich zu sein: Als ich *dir* am ersten Tag in die Augen gesehen habe, dachte ich: *Na, wenn die mal nicht zum Lachen in den Keller geht. Ganz tief runter in den Keller.*

EIN TAG OHNE PAULIE

DER ANFANG

Wenn das hier wirklich eine Fernsehserie gewesen wäre, so wie alle taten, dann hätte es locker eine Million guter Auftakte für die erste Folge gegeben.

Sie hätte zum Beispiel im Juni anfangen können, als ich eines Tages von der Schule heimkam und Mom mich mit den vier schicksalhaften Worten *Caitlyn, wir ziehen um* begrüßte. Nicht etwa *Hättest du was dagegen, wenn wir …?*, oder *Was würdest du davon halten …?*, oder *Könntest du dir vorstellen …?* Ich wurde gar nicht gefragt. Sie erzählte mir überhaupt erst davon, als sie längst den neuen Job als Leiterin der Notfallpraxis angenommen hatte. Ihren alten Job im Krankenhaus, wo sie Ewigkeiten als klinische Pflegefachkraft angestellt gewesen war, hatte sie da schon gekündigt und ein kleines Häuschen in Mitchell, Vermont, gemietet.

Mitten im absoluten Nirgendwo.

Aber wie gesagt, das ist nur *ein* möglicher Anfang. Es gibt noch jede Menge andere. Zum Beispiel die Fahrt hierher, auf der wir an einem riesigen grünen Schild vorbeikamen: WILLKOMMEN IM BUNDESSTAAT DER GRÜNEN BERGE. Tatsächlich war weit und breit nichts als Bäume und Wiesen zu sehen, und da wurde mir klar: *Das hier passiert gerade wirklich.* Ich musste so tun, als würde ich schlafen, damit ich das Gesicht in einem ollen, zwischen mich und das Fenster geklemmten Sweatshirt vergraben und in Ruhe weinen konnte, ohne dass Mom es mitkriegte. Als ich die Augen wieder aufmachte, fuhren wir an einer verlassenen Fabrik vorbei, an deren Backsteinfassade noch die verblasste Aufschrift OXTHORPE TEXTILIEN, MITCHELL, VERMONT zu lesen war.

Oder vielleicht würde die Serie damit losgehen, wie ich vor meiner neuen Schule aus dem Auto stieg. MITCHELL SCHOOL stand zumindest außen dran, aber so was wie das hier hatte ich noch nie gesehen. Das Gebäude wirkte eher wie ein Spukschloss: eine riesige Villa mit kaputten Fensterläden und abblätternder Holzfassade, die mit struppigem wildem Wein überwuchert war. An der Tür hing eine Glocke mit einem Schild darunter: GUTEN-TAG-GLOCKE.

Ich weiß noch genau, wie ich dachte: *Pfft, Guten-Tag-Glocke. Was ist das denn für'n Quatsch?*

Verrückt, wie schwierig es ist, sich auf einen Anfang für diese Serie festzulegen. Es gibt so viele verschiedene Arten, eine Geschichte zu erzählen. Aber wenn ich mich entscheiden müsste, würde ich sie wahrscheinlich ein paar Minuten nach meiner ersten Begegnung mit der Guten-Tag-Glocke beginnen lassen. In einem Klassenzimmer, das überhaupt nicht nach Klassenzimmer aussieht, in einer Schule, die überhaupt nicht nach Schule aussieht, in einem Kaff, in dem ich überhaupt nicht wohnen wollte.

Nehmen wir uns zum Beispiel mal dieses Klassenzimmer vor. Ich bin mir relativ sicher, dass ihr so eins auch noch nicht gesehen habt. Da drin gibt es einen Marmorkamin und ein goldgerahmtes Porträt von irgendeinem alten Mann. Ein Buntglasfenster, das eine Gruppe halbnackter fliegender Babys zeigt. Einen riesigen Kronleuchter, der über einem massiven Holztisch von der rissigen Decke baumelt. Und um diesen Tisch herum sitzen zehn reglose Siebtklässler.

Sie starren etwas an – zwanzig Augen, die allesamt auf die Tür gerichtet sind. Und was immer sie dort sehen, ist eindeutig kein Grund zur Freude. Kein bisschen.

Wenn wir die Serie nur zehn Sekunden früher hätten anfangen lassen, wäre die Klasse gerade mitten in einem Begeisterungssturm gewesen. Der Applaus fing an, als es an der Tür klopfte. Anscheinend erwarteten die Kinder irgendwas absolut Fantastisches. Sie johlten und klatschten einander ab, riefen *Yeah* und *Juhu*, und möglicherweise ertönte sogar ein verzücktes *Lasset die Spiele beginnen!*

Tja, tut mir leid, die Serie fängt aber nun mal nicht mit Jubel an. Sondern erst, nachdem die Tür aufgegangen ist. In dem Moment, als es mit einem Schlag mucksmäuschenstill im Raum wird.

Diese Gesichter. Wie schnell die Freude darauf sich in Enttäuschung verwandelt hat. Bei ausnahmslos allen: dem Mädchen mit den rosa Haaren und der Minigitarre auf dem Schoß. Dem Typen im Fußballtrikot, der mit lässig ausgestrecktem Bein auf seinem Stuhl lümmelt. Dem dürren Kerl, der ständig seine viel zu große, blaugerahmte Brille hochschieben muss. Drei Kindern mit Haarreifen, auf denen je zwei flauschige Bommeln sitzen, zwei völlig identisch aussehenden Jungen in Armeeklamotten, einem Mädchen in einem lavendelfarbenen Sweatshirt mit dem Aufdruck MEGASTAR und einem kleinen sommersprossigen Mädchen, das mit seinem knallroten Hosenanzug den Anschein macht, als hätte es sich zu Halloween als siebenundfünfzigjährige Senatorin verkleidet.

Vollkommen unterschiedliche Leute vollkommen unterschiedlicher Größe, Hautfarbe und Aufmachung. Einzig in ihrer Haltung zu dem, was gerade in der Tür aufgetaucht ist, scheinen sie sich einig zu sein. Was auch immer sie erwartet haben, wem auch immer ihr Jubel galt, *das* hier ist es nicht.

Und was genau beäugen sie da wohl so skeptisch? Tja, so ungern ich es zugebe, aber das bin ich, Caitlyn Breen.

Hi. Ich bin Caitlyn. Ich bin die Neue hier an der Mitchell. Ich mag es, wenn alles an seinem Platz ist, so weiß ich nämlich, dass ich auch einen habe. Ich mag es nicht, wenn Leute mich anstarren, als könnten sie in mich hineingucken, bis in mein tiefstes Inneres. Und deswegen kann man das hier vermutlich ohne Probleme als den schrecklichsten Moment meines Lebens bezeichnen.

Ach ja, diese zehn Kinder, die mich anstarren, bilden übrigens die gesamte siebte Klasse der Mitchell School. Genauer gesagt, *ich* plus diese zehn Fremden, die mich anscheinend jetzt schon nicht leiden können, obwohl sie mich noch nie gesehen haben.

Das Mädchen im roten Hosenanzug legt den Kopf schief. Mustert mich von oben bis unten und rümpft die Nase.

»Na, du bist jedenfalls *nicht* Paulie Fink«, sagt sie.

E-MAIL VON MRS GLIBA AN MEINE MOM ENDE JUNI, 61 TAGE V. P. V. (VOR PAULIES VERSCHWINDEN)

AN: WENDY BREEN
VON: ALICE GLIBA, SCHULLEITERIN

Liebe Wendy,
wir haben kürzlich Caitlyns Unterlagen erhalten und freuen uns sehr, sie diesen Herbst in unserer siebten Klasse begrüßen zu dürfen. Wie Sie sich vorstellen können, bekommt eine Schule unserer Größe in einer so abgelegenen Gegend nur selten neue Schüler. Wir haben kaum genug Siebtklässler, um auch nur eine Mannschaft für das alljährliche Fußballmatch gegen Devlinshire Hills aufzustellen.
Sie schrieben, Caitlyn stehe dem Umzug eher ablehnend gegenüber – wenn ich mich recht entsinne, war Ihre genaue Wortwahl, sie sei »so entzückt wie eine Wildkatze, die man in ein Eiswürfelbad geworfen hat«. Bitte versichern Sie Caitlyn, dass ihre neuen Mitschüler überaus freundlich und aufgeweckt sind, Letzteres vielleicht sogar in einem etwas zu hohen Maße. Nun, bald werden Sie sich ja selbst ein Bild davon machen können.
Vielleicht hilft Ihnen ein wenig Hintergrundwissen dabei, unsere Schule besser zu verstehen: Zwanzig Jahre nach der Stilllegung von Oxthorpe Textilien – bis dahin der größte Arbeitgeber unserer Stadt – gingen unserer Schule die Geldmittel aus. Auf dem Land ist so etwas leider keine Seltenheit: Wenn die Bevölkerungszahlen und damit auch die Steuereinnahmen sinken,

müssen viele Schulen schließen. Das Schulgebäude von Mitchell wurde abgerissen, und die Kinder mussten in den Nachbarort, St. Johnsbury, zum Unterricht. Selbst bei gutem Wetter bedeutete das eine fast vierzigminütige Fahrt, die im Winter zu einem geradezu halsbrecherischen Unterfangen wurde. Vor acht Jahren wagte sich daher eine Gruppe engagierter Eltern an das Experiment, wieder eine eigene Schule in Mitchell zu eröffnen. Natürlich befinden wir uns noch immer in der Testphase, aber es scheint, als könnte dieses Modell wirklich ein Weg sein, Kindern in ländlichen Gemeinden die Chance auf Bildung vor Ort zu ermöglichen.
Die Nachfahren der Oxthorpes haben uns großzügigerweise ihr altes Familienanwesen für unser Projekt zur Verfügung gestellt. Da das Haus zuvor jahrelang leer gestanden hatte, war eine Menge Kreativität und Muskelschmalz vonnöten, um es unseren Zwecken anzupassen. Der Unterricht findet in den ehemaligen Schlaf- und Wohnräumen statt. Wir haben keine Turnhalle, und die Dienstbotenquartiere wurden in Toiletten umgewandelt. So weit, so gut!
Angefangen haben wir damals mit einer einzigen Vorschulklasse. Im Jahr darauf kam die erste Klasse hinzu, dann die zweite. Und diesen Herbst kommen die ursprünglichen Vorschulkinder bereits in die siebte Jahrgangsstufe.
Caitlyns Klasse besteht aus den allerersten Kindern der Mitchell School. Wir nennen sie »die Pioniere«.
Wir freuen uns schon sehr darauf, Sie beide am ersten Schultag kennenzulernen!

Alice Gliba
Direktorin der Mitchell School

INTERVIEW MIT TIMOTHY, THOMAS UND YUMI

CAITLYN:

Okay, erinnert euch bitte mal an den ersten Schultag vor einem Monat. Wisst ihr noch, wie ihr alle angefangen habt zu jubeln, als ich an die Tür geklopft habe?

TIMOTHY:

Klar! Das war, weil wir dachten, Paulie wäre endlich da. Wir waren so gespannt, was er sich wohl diesmal wieder für den Start des Schuljahrs ausgedacht hatte.

THOMAS:

Obwohl es niemals cooler als letztes Jahr hätte werden können. Hast du schon gehört, was er da gemacht hat, Caitlyn?

YUMI:

Mensch, sie weiß gar nichts über Paulie, schon vergessen? Deswegen machen wir ja diese Interviews.

THOMAS:

Ach ja. Also jedenfalls, als wir an dem Tag zu unserem Klassenzimmer kamen, klebte an der Tür eine Nachricht in Paulies Handschrift. DIE GLIBA TEILT IN IHREM BÜRO SÜSSIGKEITEN AUS. BEEILT EUCH, BEVOR DIE ANDEREN ALLES WEGFUTTERN!, stand da drauf.

TIMOTHY:

Und Sechstklässler sind nun mal von Natur aus so scharf auf Süßigkeiten wie Zombies auf Gehirne ...

YUMI:

Was für eine verstörende Metapher. Aber irgendwie auch seltsam poetisch.

TIMOTHY:

Ist halt 'ne Tatsache. Auf jeden Fall sind wir alle losgerannt und haben Mrs Glibas Büro gestürmt, so nach dem Motto: »Ey, Gliba, rück rüber mit dem Naschkram!«

THOMAS:

Tja, Spoileralarm: Es gab gar keine Süßigkeiten. Da stand nur die Gliba stinksauer vor ihrem Riesenschreibtisch – dieses Teil ist echt ein Monster, das passt nirgendwohin außer in diese eine Ecke – und hat uns 'ne Megastandpauke gehalten, von wegen: »Ihr seid jetzt in der sechsten Klasse, da solltet ihr euch wirklich ein bisschen mehr Mühe geben, den Jüngeren hier ein gutes Vorbild zu sein ...«

TIMOTHY:

... und plötzlich schob sich hinter ihr eine der Schreibtischschubladen auf. Aus heiterem Himmel, als hätte ein Geist sie geöffnet.

THOMAS:

Zuerst hat die Gliba sich gar nichts dabei gedacht, hat sich bloß umgedreht und die Schublade wieder zugedrückt. Aber da sprang sofort die nächste auf. Die hat sie auch zugemacht. Und *bäm*, dasselbe noch mal. Und noch mal.

YUMI:

Irgendwann ist sie dann mal auf die Idee gekommen, einen Blick hinter den Schreibtisch zu werfen.

TIMOTHY:

Und da ist Paulie aufgesprungen. Der hatte sich nämlich zwischen Schreibtisch und Wand gequetscht und von hinten die Schubladen aufgeschoben.

YUMI:

Extrem kindisch, wie alle von Paulies Streichen. Aber auch extrem unterhaltsam.

THOMAS:

Na, jedenfalls dachten wir deswegen dieses Jahr am ersten Schultag, Paulie würde zu spät kommen, weil er mal wieder was ausgeheckt hatte. Wir waren so gespannt auf seine neueste Aktion!

TIMOTHY:

Aber dann standst halt *du* in der Tür, Caitlyn. Mit einem Gesicht, als hätte dich einer gezwungen, Popel zu essen –

THOMAS:

Popel mit jahrzehntealter Mayonnaise drauf.

ICH BIN NICHT ER

Na, du bist jedenfalls nicht *Paulie Fink*, so der Kommentar des Mädchens im roten Hosenanzug.

Ich gucke mich in der Klasse um und lasse alles auf mich wirken: die verwirrten Gesichter, die Spukschlossatmosphäre, die Tatsache, dass dieses Trüppchen anscheinend die komplette siebte Klasse darstellen soll. Jetzt steht die Frau hinter dem Lehrerpult auf. Sie ist ziemlich kurz gewachsen, aber was ihr an Körpergröße mangelt, scheint sie durch Stoffschichten wettmachen zu wollen – weite, flatternde Hose, Tunika, kilometerlanger Schal.

Sie kommt auf mich zugeraschelt. »Caitlyn, richtig? Ich bin Miss Magruder, aber die meisten Kinder nennen mich einfach Mags.« Sie wendet sich der Klasse zu. »Alle mal hergehört, das hier ist Caitlyn. Sie ist gerade neu nach Mitchell gezogen, ist das nicht der Wahnsinn?«

Und damit bin ich ganz offiziell die Neue.

An meiner vorherigen Schule gab es jedes Jahr ein paar Neue, die von den Lehrern immer mit Sprüchen wie *Ich verlasse mich darauf, dass ihr Soundso aufs Herzlichste willkommen heißt. Zeigt ihm/ihr, wie sehr wir uns freuen, dass er/sie bei uns ist* vorgestellt wurden. Aber meistens haben wir uns kein bisschen gefreut über die Neuen. Erst mal musste man schließlich gucken, was das überhaupt für welche waren und wo wir sie unterbringen sollten. Wenn eine zum Beispiel ein *Star-Trek*-Shirt anhatte, war klar, dass sie in der Mittagspause mit den Science-Fiction-Nerds zusammenhocken würde. Ein durchtrainiert wirkender Typ in Basketballshorts dagegen gehörte an den Sportlertisch. Das Ganze hat mich immer an eine von diesen Münzsortiermaschinen erinnert: Man schnappt sich sein Sparschwein, kippt das ganze Kleingeld in den Schacht, und innerhalb von zwanzig Sekunden hat man ordentliche Stapel aus Fünfzig-, Zehn-, Fünf- und Eincentstücken. Das ist für mich Schule: eine einzige gigantische Sortiermaschine.

Was bedeutet, dass in diesem Moment alle rätseln, wie *ich* hier reinpasse.

Meine neue Klasse starrt mich an. Ich schlucke. Der Fußballtyp muss hicksen. Dann ruft einer der ununterscheidbaren Jungs im Tarnlook: »Wo ist denn Paulie?«

»Genau«, sagt sein Zwillingsbruder. »Warum ist Paulie noch nicht da?«

Und dann schreien sie auf einmal alle diesen Namen.

»Ja, wo ist Paulie?«

»Meint ihr, Paulie hat schon was angestellt?«

»Oh Mann, was hat Paulie wohl jetzt wieder gemacht?«

Irgendwann steht das Hosenanzugmädchen auf, reckt die Faust in die Höhe und fängt an »*Pau-lie! Pau-lie! Pau-lie!*« zu rufen.

Die anderen fallen mit ein, wie Sportfans, die verlangen, dass ihr Lieblingsspieler eingewechselt wird. Mich gucken sie dabei an, als wäre ich schuld daran, dass er auf der Bank sitzen muss.

»Pau-lie! Pau-lie! Pau-lie!«

Das Mädchen mit den rosa Haaren schrammelt dazu sogar auf ihrer Minigitarre rum, als würde sie mal eben spontan einen Song als Untermalung für das Gebrüll komponieren.

Für einen kurzen Augenblick stelle ich mir vor, ich wäre gar nicht hier. Sondern wieder zu Hause. Ich sehe den Flur meiner alten Schule vor mir, meine Freundinnen, die an unseren Spinden auf mich warten. Wie wir die Köpfe zusammenstecken und die Frisuren und Outfits der anderen kommentieren. Unsere Stundenpläne vergleichen, um zu sehen, welche Kurse wir miteinander haben.

Und dann wird mir klar, dass meine Freundinnen wahrscheinlich genau das machen, in dieser Sekunde. Nur eben ohne mich.

Mit einem Mal spüre ich, wie mir etwas in der Kehle hochsteigt. Als würde in mir eine Flut anschwellen.

Das passiert manchmal, und dann wird mein Inneres zum Sumpf. Dann schwappen in mir die Wellen höher und höher, und wenn ich nicht aufpasse, fange ich an zu weinen. Mittlerweile weiß ich, dass es drei Dinge gibt, die ich tun kann, wenn der Sumpf kommt:

1. *Etwas anstarren. Egal, was. Und bloß nicht blinzeln, nicht ein einziges Mal.* Ich entscheide mich für das Porträt über dem Kamin. Es zeigt einen alten Mann mit buschigen Augenbrauen und eiskaltem Blick. Auf der großen goldenen Plakette unten am Rahmen steht JULIUS HEWITT MAYBERRY OXTHORPE, 1869–1931.
2. *Tief durchatmen.* Ich mache das, was Mom »einen reinigenden Atemzug nehmen« nennt – *ein Durch-die-Nase-und-dann-oben-aus-dem-Kopf-rausströmen-Lassen* –, auch wenn das natürlich gar nicht geht.
3. *Mein Inneres in Stein verwandeln.* Ich stelle mir vor, wie sich der Sumpf in mir zu etwas Festem, Kühlem zusammenzieht, so hart, dass ich nie wieder weinen muss.

Die ersten beiden Tricks kennt wahrscheinlich jeder. Aber den dritten habe ich mir selbst ausgedacht, und der funktioniert am besten.

Wenn du innerlich aus Stein bist, kann dir nichts mehr etwas anhaben.

»Pau-lie!«

Anscheinend hat die Lehrerin namens Mags Mitleid mit mir, weil sie nämlich nicht mit der typischen *Ich verlasse mich darauf, dass ihr Caitlyn aufs Herzlichste willkommen heißt*-Leier anfängt, sondern bloß auf den Platz zwischen dem Hosenanzugmädchen und dem Fußballtypen zeigt und sagt, ich soll mich setzen.

Als die Klasse endlich wieder halbwegs ruhig ist, lehnt Mags sich an den Kamin. »Ich muss euch was sagen, liebe Pioniere«, erklärt sie. »Paulie Fink steht nicht auf meiner Schülerliste für dieses Jahr. Wie es aussieht, geht er nicht mehr auf die Mitchell School.«

Das Hosenanzugmädchen neben mir springt direkt wieder auf, diesmal so abrupt, dass ihr Stuhl umkippt. Aufgebracht fuchtelt sie mit den Armen und klatscht mir dabei fast ihren Handrücken vor die Stirn. »Was?!«, ruft sie. »Ich meine ... WAS?!«

»Fiona, setz dich bitte wieder hin«, sagt Mags beschwichtigend.

»Aber wo ist er denn?«, fragt die mit den rosa Haaren. Sie trägt ein T-Shirt mit dem Aufdruck OHNE KUNST IST ALLES NICHTS und ungefähr eine Million geflochtene Armbändchen ums Handgelenk.

Mags schüttelt den Kopf. »Ich weiß es nicht, Yumi. Als die Liste kam, habe ich natürlich gleich nachgefragt, ob das denn stimmen kann, und ja, es scheint so. Paulie Fink zählt nicht mehr zu unseren Schülern. Ich bin mir sicher, dass wir bald mehr erfahren.«

»Vielleicht spielt er uns ja bloß wieder einen Streich«, überlegt eins der Bommelhaarreifkinder, ein Mädchen mit rosigen Wangen, krausen roten Haaren und dem Mund voller Zahnspangendraht. Die anderen beiden Bommelköpfe nicken. Witzigerweise ähneln die drei sich kein bisschen – da ist die Rothaarige, dann ein zierliches Mädchen in Yogaklamotten mit perfekter Haltung und daneben ein Kind, das sowohl Mädchen als auch Junge sein könnte, schmal und drahtig, mit stoppelig rasiertem Kopf. Trotzdem sieht man auf den ersten Blick, dass sie eine Einheit sind. Und das liegt nicht bloß an den Bommeln. Sondern daran, wie sie zusammenglucken. Man merkt einfach, dass sie einander schon ewig kennen.

»Genau«, meldet sich das Mädchen mit dem MEGASTAR-Pulli. Sie hat ihre dunklen Haare zu einem hohen, puscheligen Pferdeschwanz gebunden. »Vielleicht will Paulie uns nur weismachen, dass er weg ist, damit die Wirkung umso dramatischer ist!«

Wieder fangen alle an durcheinanderzuschreien.

»Niemand löst sich einfach so in Luft auf!«

»Wenn er wirklich gehen würde, hätte er uns doch wohl Bescheid gesagt, oder?«

»Ohne Paulie wäre die Schule nicht mehr dasselbe!«

In dem Moment öffnet sich die Tür einen Spaltbreit, und sofort ist es wieder mucksmäuschenstill. Den Gesichtern der anderen nach zu urteilen, könnte man meinen, der Geist des fiesen alten Julius Oxthorpe käme hereingeschwebt.

Und damit liege ich gar nicht mal so falsch. Es ist zwar kein Geist, der jetzt den Kopf in die Klasse steckt. Aber dafür eine Hexe.

DIE GELBGESTIEFELTE HEXE

Argwöhnisch guckt sie sich um. Sie trägt einen dunklen Blazer, eine dunkle Bluse, dunklen Lippenstift und hat dunkles, zum Pony geschnittenes Haar. Ich sehe sogar ein paar dunkle Adern, die sich wie winzige Finger an ihrer Schläfe spreizen.

»Also sagt mal, ihr Pioniere, was ist das denn für ein Krach hier?«, fragt sie. »Ich höre euch ja bis runter in mein Büro!«

»Ich habe ihnen gerade von Paulie erzählt, Mrs Gliba«, erklärt Mags. »Sie sind einfach ein bisschen schockiert.«

Die Mundwinkel der Hexe weisen strikt zu Boden. Sie lässt den Blick durch den Raum schweifen, bis sie mich entdeckt. »Du musst Caitlyn sein«, sagt sie ohne den kleinsten Hauch von Wärme in der Stimme. »Ich bin Mrs Gliba, die Direktorin hier.« Jetzt kommt sie ganz rein, um mir die Hand zu schütteln, und dabei fällt mir etwas Interessantes auf. Ihre obere Körperhälfte ist extrem hexenhaft, die untere dagegen sieht aus, als gehörte sie zu einem komplett anderen Menschen. Sie trägt zerschlissene Jeans mit schlammverkrusteten Knien und dazu leuchtend gelbe Gummistiefel. Sie sieht aus, als wäre sie einem dieser Klappbilderbücher entsprungen, bei denen man verschiedene Outfits zusammenstellen kann.

Sie scheint bemerkt zu haben, wie ich ihre Stiefel beäuge, denn sie sagt ein wenig abweisend: »Ich hab den halben Morgen im Ziegenpferch geschuftet.«

Ich zwinge mich zu lächeln, weil das ja sicher ein Witz sein sollte. *Im Ziegenpferch.* Haha, schon kapiert: Kinder können ganz schön zickig sein, und die Schule ist dann also der Ziegenpferch? *Nichts für ungut, Mrs Gliba, aber vielleicht sollten Sie besser keine Zweitkarriere als Komikerin anstreben.*

Der Fußballtyp fragt: »Hey, Mrs Gliba, wo ist denn jetzt Paulie?«

»Schülerakten sind vertraulich, Diego«, antwortet sie streng. »Auch an einer so kleinen Schule wie unserer.«

»Moment«, sagt Fiona, die erneut aufgesprungen ist. »Sie wollen uns nicht mal verraten, wo er ist? Nicht im Ernst, oder?«

Doch Mrs Gliba ist schon wieder verschwunden, genauso unvermittelt, wie sie aufgetaucht war.

Nachdem Mags wieder für Ruhe gesorgt hat, erklärt sie mir, dass sie unsere Klassenlehrerin ist und uns in einer Reihe von Fächern unterrichten wird, die an dieser Schule unter »Menschheitskunde« zusammengefasst werden.

»Menschheitskunde vereint Geschichte, Mythologie, Philosophie sowie Sprach- und Literaturunterricht. Es geht dabei um die Geschichten, die das Leben schreibt, darum, wie Menschen sich auf dieser Welt einrichten, worüber sie nachdenken und was sie wertschätzen. Letztendlich dreht sich alles um die Frage: *Was bedeutet es, ein Mensch zu sein?* Letztes Jahr haben wir uns mit der Antike in China und Nahost beschäftigt. Dieses Jahr wollen wir uns dem alten Griechenland und seiner Mythologie widmen.«

Sie fängt an, von den Göttinnen und Göttern auf dem Olymp zu erzählen, aber der Junge mit der übergroßen blauen Brille unterbricht sie beinahe sofort. »Die waren zu zwölft«, verkündet er. »Zeus war der Obergott. Und dann gab es noch Athene, die Göttin der Weisheit, und Poseidon, den Meeresgott, und Ares, den Gott des Krieges, und –«

»Ganz richtig, Henry«, schneidet ihm Mags das Wort ab. »Aber bevor wir so tief ins Detail gehen, ist erst mal wichtig zu wissen, dass diese Götter für die Griechen keine fernen, unnahbaren Überwesen waren. Vielmehr glaubten die Menschen, dass sie sich in den Alltag der Sterblichen einmischten und ...«

Während Mags weiterredet, lehnt sich Fiona über mich hinweg, als wäre ich überhaupt nicht da, und flüstert Diego zu: »Ist dir auch aufgefallen, oder? Wie die Gliba einfach abgehauen ist, ohne unsere Fragen über Paulie zu beantworten? Die Frau ist eine Schlange, jawohl. Eine Schlange und ... und ... eine *Rausweicherin.*«

Jetzt beugt sich auch Diego vor. »*Rausweicherin*?« Er grinst.

»Nerv nicht, Diego«, faucht Fiona. »Nicht mitten in einer handfesten Paulie-Vermissungs-Krise.«

»So ein Wort gibt's nun mal nicht«, entgegnet er.

Auf Diegos anderer Seite schaltet sich Yumi mit den rosa Haaren ein. »Na ja, genau genommen könnte *Rausweicherin* schon ein Wort sein. Das bezeichnet dann jemanden, der schnell rausgeht, um irgendwas auszuweichen.«

Fiona steht auf und hebt die Hand zum High Five. »Danke, Yumi. Alle Macht der Schwesternschaft, was?« Aber Yumi beachtet sie gar nicht, sondern fängt wieder an, auf ihrer Minigitarre zu klimpern.

»Yumi, im Unterricht wird nicht Ukulele gespielt«, ermahnt Mags sie. »Und Fiona, wenn du nicht still sitzen kannst, muss ich dich für den Rest der Stunde zu Mrs Gliba schicken. So, wo waren wir? Ah ja, also, die griechischen Sagen wurden jedenfalls von Generation zu Generation weitererzählt ...«

Diego beugt sich wieder über mich und flüstert Fiona zu: »Haha, das neue Schuljahr läuft kaum eine Minute, und schon kriegst du wieder Ärger!«

»Gar nicht!«, protestiert Fiona viel zu laut.

»Fiona«, warnt Mags.

Fiona setzt sich kerzengerade hin, aber sobald sich Mags abwendet, zischt sie Diego zu: »Mags hat erst zweimal meinen Namen gesagt. Ärger kriegt man erst beim dritten Mal.«

Diego wirkt nicht überzeugt. »Fürchte, ganz so läuft das nicht.«

»Wohl läuft das so!«

Auf Fionas anderer Seite beugt sich das MEGASTAR-Mädchen vor. »Du, ich glaub, Diego hat recht.«

Fiona dreht sich um und starrt MEGASTAR wütend an. »Musst du dich auch noch auf seine Seite schlagen, Gabby? Du bist doch angeblich die Nette hier.«

Mags unterbricht sich. »Fiona!«, schimpft sie entnervt.

Diego schlägt mit der flachen Hand auf sein Pult. »Ha, dreimal! Jetzt hast du offiziell Ärger am Hals!«

»Wen interessiert's?«, giftet Fiona. Dann sieht sie sich um. »Unser Klassenkamerad ist verschwunden! Wer weiß, ob wir ihn jemals wiedersehen!«

Wie auf Kommando brüllen alle ihre Theorien, was mit diesem Paulie Fink passiert sein könnte, durcheinander. Es ist schwer, überhaupt was zu verstehen in dem Geschrei, aber ich meine, dazwischen ein »Raufgebeamt!« und »Bei der Gliba im Schrank eingesperrt!« aufzuschnappen.

Yumi verdreht die Augen und zupft die nächste Melodie auf ihrer Ukulele. Mir gegenüber schlägt Henry, der Besserwisser, vollkommen ungerührt von all dem Theater ein Buch mit dem Titel *1001 Fakten über die Natur* auf und runzelt so konzentriert die Stirn beim Lesen, als lernte er für einen Test.

Tja, und ich? Ich sitze einfach da wie eine dicke, fette Leerstelle. Als wäre ich unsichtbar.

DIE REGELN

Ich taste in der Tasche meines Kapuzenpullis nach einem zusammengefalteten Zettel. Rausholen muss ich ihn nicht, weil ich sowieso auswendig weiß, was draufsteht. Vor dem Umzug hat sich jede meiner Freundinnen einen Ratschlag für mich ausgedacht, und dann haben sie alle zusammen eine Liste daraus erstellt. Um diese Liste schließe ich jetzt die Finger wie um einen Glücksbringer.

CAITLYNS LEBENSREGELN ODER:
WIE MAN DIE SIEBTE KLASSE ÜBERSTEHT

1. Denk dran, für den ersten Eindruck gibt es keine zweite Chance.
2. Im Zweifelsfall halt lieber den Mund. Dann denken die Leute nämlich, du wärst total mysteriös und so. Außerdem ist es leichter, einen Fehler gar nicht erst zu machen, als ihn wieder auszubügeln.
3. Zeig null Interesse. Je gleichgültiger du dich gibst, desto mehr reißen sich die Leute ein Bein aus, um dich zu beeindrucken.
4. Hahaha, weißt du noch, deine Theorie mit dem Kleingeld? Dass die Schule uns alle in passende Stapel sortiert? Zeig denen, dass du ein Silberdollar bist!

5. Immer auf Sieg spielen! Du schaffst das!!!
6. Mach, was du willst, aber benimm dich bloß nicht peinlich. Sei keine Anna Spang!

Anna kam ein paar Wochen nach Anfang der Sechsten in unsere Klasse. Während die Lehrer ihre übliche *Ich verlasse mich drauf, dass ihr sie aufs Herzlichste willkommen heißt*-Show abzogen, wanderte ihr Blick rastlos durch den Raum, und uns allen war sofort klar: Anna würde ihre Mittagspause allein verbringen. In der Münzsortiermaschine namens Schule war sie der verirrte Hosenknopf.

Und genauso fühle ich mich jetzt, als ich hier sitze und die Liste in meiner Tasche umklammere, während die anderen über mich hinweg- anstatt *mit* mir reden.

So viel zu dem Rat mit dem guten ersten Eindruck. Bislang sieht es so aus, als hätte ich überhaupt keinen hinterlassen.

INTERVIEW MIT GABBY

Ich bin Expertin, was das Eindruckmachen angeht. Nein, nicht, weil die Leute immer so wahnsinnig beeindruckt von mir sind. Sondern weil ich der weltgrößte Fan von *Amerika sucht den neuen Megastar* bin. Das ist die tollste Castingshow, die es gibt, und ich muss es wohl wissen – schließlich hab ich schon so einige davon gesehen: *Einsiedler Nummer eins, Mann gegen Knirps, Steckt in dir ein Superheld?, Häkeln extrem, Stunt-Omas, Projekt Photobombing, Divas im Dreck* und, und, und.

Wie gesagt, ich kenne mich aus.

Und eins hab ich durch *Megastar* gelernt: Der erste Eindruck verrät einem längst nicht immer, was für ein Mensch jemand ist. Klar, es gibt Leute – wie zum Beispiel Jadelicious, der größte Megastar aller Zeiten –, die erscheinen direkt mit einem Knalleffekt. Andere dagegen kommen angeschlichen und hauen einem dann plötzlich ihr Talent um die Ohren.

Aber auf eins kann man sich verlassen: Immer wenn jemand Neues auf den Plan tritt oder jemand rausfliegt, verändert sich was. Manchmal zum Guten, manchmal zum Schlechten. Und wenn jemand ganz verschwindet, wie Paulie, und dafür jemand anders reinspaziert kommt, wie du, Caitlyn?

Tja, wie meine Grandma so schön sagt: »Setz den Helm auf, Mädel. Hier bleibt kein Stein auf dem anderen.«

CAITLYN:

Du hast ziemlich aufgebracht gewirkt am ersten Schultag. Darüber, dass Paulie weg war. Du konntest dich ja kaum auf irgendwas anderes mehr konzentrieren.

FIONA:

Na klar war ich aufgebracht, was denkst du denn? Paulie war schließlich der Einzige hier, der öfter Ärger gekriegt hat als ich. Du verstehst das nicht, Caitlyn. Meine Mom hat mir mein Leben lang eingebläut, ich soll auf meinen Namen lauschen. Wenn ich ihn innerhalb einer Unterrichtsstunde mehr als dreimal höre, bedeutet das Ärger. Und ich höre meinen Namen *oft*, glaub mir. *Zappel nicht so rum, Fiona. Es wird nicht in Bücher gekritzelt, Fiona. Nicht den Sand aus dem Sandkasten schaufeln, Fiona. Wag es ja nicht, von der Rutsche zu springen, nur weil du wissen willst, wie sich Fliegen anfühlt, Fiona. Ach Mensch, Fiona, jetzt tropfst du alles mit Blut voll. Fiona, Fiona, Fiona, Fiona.*

In der dritten Klasse haben wir gelernt, wie man Strichlisten führt, und mussten uns irgendwas Alltägliches zum Zählen aussuchen, also hab ich beschlossen zu dokumentieren, wie oft die Erwachsenen meinen Namen sagen. Rate mal, wie viele Striche ich an dem Tag zusammenbekommen habe.

CAITLYN:

Keine Ahnung. Zehn? Fünfzehn?

FIONA:

Siebenundfünfzig! An einem einzigen Tag! Früher hatte ich oft ein schlechtes Gewissen, weil ich so viel Ärger mache. Aber dann hab ich zum ersten Mal den Spruch *Folgsame Frauen schreiben selten Geschichte* gehört.
Tja. Sagen wir einfach, ich war schon immer eher auf der Überholspur Richtung Geschichte. Und wenn ich es endlich geschafft habe, ziehe ich in eine Großstadt und komme nur alle Jubeljahre zu Besuch nach Mitchell, und dann werden alle sagen: *Weißt du noch, wie du damals ständig Ärger am Hals hattest?* Und dann antworte ich: *Nein. Kann mich nicht erinnern.*

CAITLYN:

Fiona, wir wollten eigentlich über Paulie Fink reden.

FIONA:

Mach ich doch! Stell dir vor: Irgendwann in der Vierten hab ich noch mal eine Strichliste geführt, und an dem Tag hab ich meinen Namen nur zweiundzwanzig Mal gehört. Und um ehrlich zu sein, glaube ich nicht, dass ich mich da irgendwie besser benommen habe. Nein, das war das Jahr, in dem Paulie hergezogen ist. Alle Lehrer waren so damit beschäftigt, *seinen* Namen zu sagen, dass sie für meinen gar keine Zeit mehr hatten. Schätze, manche Leute würden behaupten, nach Paulies Ankunft ging es bergauf mit mir.

CAITLYN:

Das heißt ... du warst am ersten Schultag so verzweifelt, weil du glaubst, dein Leben war mit Paulie Fink besser?

FIONA:

Na ja, nicht nur meins. Jedes Leben ist mit Paulie Fink besser.

TANZPARTY

Der ganze erste Morgen kommt mir vor wie ein zäh dahintröpfelnder, nicht so wirklich schöner Traum. Die Mitchell ähnelt vage einer normalen Schule – immerhin findet Unterricht statt, mit Schülern und so –, aber nur auf die Art, wie einem das eigene Spiegelbild in einem Gruselkabinett ähnelt. Alles ist verzerrt, und die Proportionen schwappen so wild durcheinander, dass man regelrecht seekrank wird.

Außerdem gibt es einiges hier, woraus ich nicht ganz schlau werde, allem voran meine neuen Klassenkameraden. Neben Diego dem Fußballtypen, Fiona dem Hosenanzugmädchen, Yumi mit den rosa Haaren, der netten Gabby und Besserwisser Henry lerne ich die Armeezwillinge als Timothy und Thomas kennen, und das Bommeltrio besteht aus Lydia (krause rote Haare), Willow (dünnes Yogamädchen) und Sam (mit dem Stoppelkopf). Ich erfahre, dass die Bommeln Drachenohren darstellen sollen, weil die drei total verrückt nach irgendeinem albernen Rollenspiel mit lauter Fabelwesen sind.

Aber nur weil ich jetzt ihre Namen kenne, weiß ich noch lange nicht, wo ich sie einsortieren soll. Nehmen wir nur mal Fiona: Entweder ist dieser rote Anzug eine Art Verkleidung, oder sie ist *echt* schräg, wie Anna Spang. Und wenn sie eine Anna sein sollte, wie kommt es, dass die anderen mit ihr reden? Sogar Diego, der sportlich und ziemlich süß ist. Haben die denn keine Ahnung von sozialem Gefüge?

Außerdem gibt es noch Millionen anderer Punkte, in denen sich diese Schule von meiner alten unterscheidet. Zum Beispiel ist die Mitchell School so klein, dass wir den ganzen Tag nur zwischen zwei Lehrern hin- und herwechseln: Mags und Mr Farabi, der Mathe, Bio und Sport unterrichtet und nebenbei auch noch der Trainer der Fußballmannschaft ist.

Und als Mags uns eröffnet, dass Mr Farabi uns zum Biounterricht auf dem Fußballplatz erwartet – ich gucke extra noch mal nach, aber auf dem Stundenplan steht wirklich Bio –, zuckt niemand auch nur mit der Wimper, als wäre das total normal.

Also folge ich den anderen durch ein Labyrinth aus schummrigen, verstaubten, von oben bis unten tapezierten Fluren zu einer großen Fenstertür, und wir stürmen nach draußen.

Ich hatte einen Fußballplatz erwartet. Stattdessen jedoch stehe ich auf einer Wiese voller kaputter Statuen. Sie tragen fließende Gewänder, und den meisten fehlen Gliedmaßen oder Teile des Gesichts. Ein gepflasterter Pfad schlängelt sich zwischen ihnen hindurch, und die Wiese ist zu beiden Seiten von düsteren, hoch aufragenden Kiefern und Trauerweiden gesäumt. Ich sag's euch, wenn das hier ein Film wäre, dann würden sich jede Sekunde ein paar Mumien oder so was auf uns stürzen.

Kaum zu glauben, aber was tatsächlich passiert, ist noch durchgeknallter. Fiona ruft: »Tanzparty! Macht den Diego!«

Mit einem Mal ruckt die ganze Klasse mit den Schultern vor und zurück und schlackert dabei mit den Armen. Als Nächstes ruft Diego: »Macht die Yumi!«, und alle lassen wild die Hände über ihren Köpfen kreisen. Yumi schreit: »Macht die Fiona!«, und die anderen hüpfen so irrsinnig schnell auf der Stelle wie hyperaktive Häschen.

Ich wende mich Gabby zu. *Der Netten.* »Was geht denn hier ab?«

Gabby klärt mich darüber auf, dass jeder in der Klasse seinen ganz eigenen Tanzstil hat. »Wenn dein Name aufgerufen wird, tanzen alle so wie du. Und du darfst dann als Nächste aussuchen. Kapiert? Keine Sorge, du hast bestimmt auch bald deinen eigenen Move. Bis dahin mach einfach mit.«

Aber ich denke gar nicht dran, einfach mitzumachen, sondern an die Regeln in meiner Tasche. *Benimm dich bloß nicht peinlich.* Komisch nur, dass den anderen überhaupt nichts peinlich zu sein scheint. Dafür haben sie alle einen Riesenspaß.

Fiona ruft: »Paulie!«, und plötzlich bewegen sich alle unterschiedlich. Gabby informiert mich darüber, dass Paulie sich ständig neue Tanzstile ausgedacht hat, woraufhin sie sich irgendwann darauf geeinigt haben, dass bei seinem Namen jeder machen kann, was er will. »Oh, tut mir leid«, sagt Fiona nach einem Moment. »Ich hab kurz vergessen, dass er ja gar nicht da ist. Wie wär's dann mit ... Timothy!« Alle heben die Arme und drehen sich hin und her wie Rasensprenger.

»So was ... haben wir ... in New York ... nie gemacht«, sage ich zu Gabby.

Sie hält mitten in der Bewegung inne. »Du bist aus New York? New York *City?*«

Um ehrlich zu sein: nein. Mom und ich haben ziemlich weit weg von der Stadt gewohnt, und in Manhattan selbst war ich nur ein paarmal. Aber bevor ich mich davon abhalten kann, nicke ich. »Ja«, sage ich lässig und füge dann noch hinzu: »Dem Big Apple«, nur um mal zu hören, wie das klingt.

»Hast du da mal Jadelicious gesehen?«

»Wen?«

»Na, *Jadelicious!* Aus *Amerika sucht den neuen Megastar!* Der Fernsehshow!«

»Nie von gehört.« Was schon die zweite Lüge in weniger als einer Minute ist. Natürlich kenne ich *Megastar* – ist ja auch bloß eine der erfolgreichsten Castingshows aller Zeiten. Zwar wurde sie schon vor ein paar Jahren abgesetzt, aber ich hab ein paar alte Folgen online gesehen. Das verrate ich Gabby allerdings nicht.

»Nie von gehört?«, krächzt sie. »Oh Mann, musst du unbedingt mal gucken. Das ist so was von toll, besonders die zweite Staffel. In der hat Jadelicious gewonnen – vorher kannte sie kein Mensch, und jetzt hat sie ihr eigenes Parfüm und mehrere Modelinien und ist ständig in irgendwelchen Zeitschriften.«

Sie fängt an, mir von ihren Lieblingsfolgen zu erzählen. »Ich glaub, am besten fand ich die, in der Jadelicious die Aufgabe kriegt, vor dem schwierigsten Publikum der Welt zu singen. Sie denkt natürlich, da sitzen gleich irgendwelche Superstars oder so, aber stattdessen wird sie in einen Saal voller kreischender Kleinkinder gebracht. Und meine Grandma mag am liebsten die Folge, in der Jadelicious sich endlich gegen ihren Erzfeind Rexx Rowdy wehrt. Ganz mieser Typ.«

Während sie weiterplappert, beobachte ich Fiona und Diego, die sich gegenseitig mit ihren Tanzmoves zum Lachen bringen. »Hey«, unterbreche ich Gabby. »Was ist eigentlich mit den beiden da? Sind die nun Freunde oder Feinde?«

Laut Gabby sind sie schon von klein auf beste Freunde, streiten sich aber trotzdem andauernd. »Die sind, na ja, wohl am ehesten *Freinde*, aber das ist schon okay so.«

»Und wieso hat Fiona so 'nen komischen Anzug an?«, frage ich. Anscheinend ein bisschen zu laut.

»Hey, Fiona«, ruft einer der Zwillinge. »Die Neue will wissen, warum du so 'nen komischen Anzug anhast.«

Fiona wirbelt herum, stemmt die Hände in die Hüften und funkelt mich an. »Komischer Anzug? Was soll das denn heißen?«

»Ich meine ja nur – hast du vielleicht 'ne Wette verloren oder so?«

Fiona richtet sich kerzengerade auf. »Wieso Wette? Ich ziehe mich so an, weil ich eine Powerfrau bin.«

Diego stößt sie mit dem Ellbogen an. »Eine Powerfrau mit ständig Ärger am Hals.«

Fiona dreht sich wieder zu Diego um. »Mann, Diego, wie oft muss ich dir das denn noch erklären? *Folgsame Frauen schreiben selten Geschichte.*« Dann konzentriert sie sich wieder auf mich. »Und nur damit das klar ist, mein Anzug ist nicht komisch, sondern saucool.« Sie wirkt so überzeugt von sich, dass ich mich kurz frage, ob vielleicht sie der Silberdollar hier ist.

Im Zweifelsfall halt lieber den Mund. Also sage ich nichts mehr – nicht, als alle wieder zu tanzen anfangen, nicht, als wir an einem Spielplatz mit kleineren Kindern vorbeikommen, nicht, als der Spielplatz in eine Art Spielzeug-Schrottplatz übergeht. Ich sehe einen kleinen LKW mit einem fehlenden Rad, ein Plastikeimerchen mit durchgebrochenem Henkel und den Fuß eines alten Basketballkorbs.

»Hey!«, jubelt Fiona plötzlich los, als wäre sie nicht vor zwei Sekunden noch stinksauer auf mich gewesen, und deutet zum anderen Ende der struppigen Fußballwiese. »Da sind sie ja!«

Ich folge ihrem ausgestreckten Zeigefinger, und mit einem Mal fällt mir Mrs Glibas Witz wieder ein, oder das, was ich dafür gehalten habe: *Ich hab den halben Morgen im Ziegenpferch geschuftet.*

Offenbar war das kein Witz. Denn genau darauf zeigt Fionas Finger: einen Pferch voller Ziegen.

Echter, leibhaftiger Ziegen.

MEIN NEUER ERZFEIND

Zie-gen!«, johlen meine Klassenkameraden, während sie auf den Pferch zustürmen. »*Zie-gen! Zie-gen! Zie-gen!*« Neben dem Pferch steht ein Mann mit einem Eimer in der Hand. Er trägt einen säuberlich gestutzten Bart, ein Flanellhemd mit Fliege, eine ketchuprote Hose und schlammverkrustete Arbeitsstiefel und sieht aus wie eine Mischung aus Holzfäller, Rübezahl, Professor und Golfprofi. Genau wie der Rest der Schule lässt er sich nur schwer einer einzigen Kategorie zuordnen. *Das ist also Mr Farabi.*

Nachdem er sich mir rasch vorgestellt hat, breitet er die Arme aus. »Willkommen, liebe Pioniere, zu einem neuen gemeinsamen Schuljahr!« Hinter ihm, innerhalb eines ziemlich instabil aussehenden, versetzbaren Zauns, rennen etwa zehn bis zwölf hysterisch meckernde Ziegen durcheinander. »Bevor wir uns dem Unterrichtsstoff oder diesen fantastischen Krawallmachern da drin zuwenden, möchte ich noch kurz mit euch über unser alljährliches Fußballmatch gegen Devlinshire Hills reden.«

Die ganze Klasse bricht in Buhrufe aus. »Diese Großkotze!«, zischt Fiona.

»Wie die meisten von euch wissen«, fährt Mr Farabi fort, »schrumpft euer Fußballplatz dank einer ständig fortschreitenden Verbuschung durch Kreuzdorn und Geißblatt immer weiter zusammen. Jahr für Jahr schneiden wir das Gestrüpp zurück. Und Jahr für

Jahr dankt es uns das mit nur noch stärkerem und dichterem Wuchs. Wie ihr euch sicher erinnert, hat das beim letzten Match dazu geführt, dass unsere größten – na ja, fairerweise sollte ich wohl sagen, unsere *einzigen* – Rivalen sich weigerten, auf unserem Platz zu spielen.«

Wieder Buhrufe, und Fiona beugt sich zu mir rüber. »Die haben draufbestanden, dass wir stattdessen auf ihrem Nobelrasen spielen«, sagt sie. »Wollten keine *Verletzungen* riskieren.«

»Wer jetzt?«, flüstere ich zurück.

»Die von der Devlinshire. Das sind ganz üble Snobs, wir hassen sie alle. Stimmt doch, Leute, oder?«, ruft Fiona dem Rest der Klasse zu. »Wir hassen die Devlinshire!«

»Entschuldige mal, aber wir *hassen* hier niemanden«, schaltet sich Mr Farabi ein und wirft Fiona einen strengen Blick zu. »Aber dieses Jahr hätte ich wirklich gern wieder ein Heimspiel. Und jetzt verrate ich euch mal was: Ziegen sind sozusagen die Bulldozer der Natur. Ein einziges Dutzend von ihnen – also so viele, wie wir hier haben – kann in einem Monat eine Fläche von schätzungsweise zweitausend Quadratmetern freifuttern. Das Spiel gegen Devlinshire ist für den siebenundzwanzigsten Oktober angesetzt. Das sind noch etwa zwei Monate, die, wenn meine Berechnungen korrekt sind, unseren felligen Freunden hier reichen müssten, um den Platz wieder auf Vordermann zu bringen. Und dann könnt ihr es gleich hier mit dem Gegner aufnehmen. Wer weiß ... vielleicht gewinnen wir sogar endlich mal!«

Er erklärt, dass der Ziegenpferch alle paar Tage versetzt werden muss, damit das Gestrüpp gleichmäßig abgefressen wird. »Und natürlich behalten wir die Ziegen auch nach dem Spiel, bis zum Ende des Schuljahrs«, redet Mr Farabi weiter. »Sie bieten uns nämlich eine wunderbare Gelegenheit, nicht nur etwas über Ökosysteme und

Lebensräume zu lernen, sondern noch etwas viel Wichtigeres zu üben: Verantwortungsbewusstsein. Denn ihr, als ältester Jahrgang der Mitchell School, seid ab sofort offiziell für diese Tiere zuständig. Neben dem Grünzeug, das sie fressen, werdet ihr sie mit Getreidepellets füttern. Jeden Tag. Das ganze Jahr lang. Gut, dann legen wir mal los!«

Als wir uns dem Pferch nähern, lerne ich auch gleich meine erste Lektion: Ziegen stinken. Sie riechen, als hätte sich jemand lange nicht die Haare gewaschen und dafür mit diesem weichen weißen Käse eingerieben, den sich meine Mom manchmal auf Kräcker schmiert.

Okay, aber niedlich sind sie schon irgendwie. Zumindest die kleinen. Die sind so verspielt wie Hundewelpen, hopsen durch die Gegend, rammen die Köpfe zusammen und jagen sich durch den Pferch, während die meisten älteren nur rumstehen und meckern oder vor sich hin mümmeln.

Ganz hinten im Pferch steht ein großer, ziemlich mürrisch dreinblickender Ziegenbock. Er hat langes, zotteliges Fell und mächtige Hörner, die sich kringeln wie Schneckenhäuser. Und er starrt mich an, guckt mir direkt in die Augen. Dann blökt er einmal und streckt die Zunge raus. Als wollte er sagen: *Hau bloß ab. Ja, genau dich meine ich.*

Ich starre zurück und denke: *Tja, wenn ich doch nur könnte, Dicker.*

Mr Farabi schnappt sich einen Eimer mit Pellets, steigt in den Pferch und geht auf vier leere Futternäpfe zu. Sofort ist er von Ziegen umringt. Wohin er sich auch wendet, die Tiere kommen mit. Sie schubsen einander aus dem Weg, und jedes will als Erstes das Futter erreichen.

»Erkennt ihr das Problem?« Mr Farabi lacht. »Wenn sie euch kommen sehen, schafft ihr es nie bis zu den Näpfen. Darum müsst ihr bei jeder Fütterung zusammenarbeiten und die Ziegen ablenken, während ein mutiger Freiwilliger sich reinschleicht und die Näpfe auffüllt.«

»Ach Mann, das wäre doch genau das Richtige für Paulie«, seufzt Diego.

»Er würde sich sicher wieder irgendeinen Quatsch einfallen lassen«, pflichtet Yumi ihm bei. »Wahrscheinlich würden wir eines Morgens zur Schule kommen, und die Ziegen wären aus ihrem Pferch verschwunden …«

» … weil Paulie sie alle in Mrs Glibas Büro gesperrt hätte!«, beendet Sam ihren Satz.

Meine Gedanken kreisen jetzt schon um die Nachrichten, die ich meinen Freundinnen später schicken werde. *Ich schwör's euch*, werde ich schreiben. *Echte Ziegen.*

Vor lauter Sehnsucht nach zu Hause habe ich gar nicht gemerkt, dass eine der Ziegen – der große, hässliche Bock – durch den Pferch auf uns zukommt. Erst ganz langsam, aber dann fängt er an zu traben.

Und mit einem Mal senkt er den Kopf und rennt los.

Als ich endlich kapiere, was hier vor sich geht, ist es schon zu spät. Durch den Zaun hindurch rammt er seinen spiralgehörnten Kopf gegen meine Beine. Ich stolpere ein paar Schritte rückwärts. Verliere das Gleichgewicht.

Und lande vor aller Augen auf dem Hintern.

ICH FASSE EINEN ENTSCHLUSS

Habt ihr das gesehen?«, staunt Fiona. »Das waren sicher drei Meter, die sie durch die Luft gesegelt ist!«

Ich gucke stur auf meine Sneakers. *Nicht blinzeln. Ja nicht blinzeln.*

Dann nehme ich einen tiefen, reinigenden Atemzug und versuche, den harten Stein in mir zu finden, der mich beschützt. Aber mein Hintern tut weh, meine Augen brennen, und ich weiß nicht, was lauter ist: das Gemecker dieser blöden Ziegen oder das Lachen der anderen.

Mr Farabi ruft aus dem Pferch: »Kann vielleicht mal jemand Caitlyn aufhelfen?«

Henry, der Besserwisser, nähert sich und streckt mir die Hand hin.

»Ich komm schon klar«, fauche ich.

Er lässt den Arm sinken, geht aber nicht weg. »Wusstest du, dass Ziegen vier Mägen haben?«

Ich rappele mich auf, klopfe mir den Staub von den Klamotten und streiche meine Haare glatt, um wenigstens ein Fitzelchen meiner Würde zurückzuerlangen. »Das heißt, genau genommen«, präzisiert Henry, »ist es nur *ein* Magen, aber der besteht aus vier Kammern. Ist bei Kühen genauso. Und interessanterweise auch bei Giraffen.«

»Und?«, frage ich. Was ziemlich barsch klingt, aber das ist immer noch besser als weinerlich. Wenn Stein Schere schlägt und Papier

Stein, dann schlägt wütend traurig, oder zumindest kommt's mir so vor.

Henry schiebt seine runtergerutschte Brille hoch. »*Und* das heißt, sie sind alle Wiederkäuer. Außerdem haben Ziegen ein Blickfeld von dreihundertvierzig Grad.« Er steht einfach da und blinzelt mich an, als würden mir diese Informationen irgendwie weiterhelfen.

Als wir nach der Stunde zurück ins Gebäude gehen, lässt Henry immer noch einen Ziegenfakt nach dem anderen vom Stapel. Langsam fange ich an, mir Sorgen wegen der Mittagspause zu machen. Ob ich am Ende neben Henry sitzen und weiter seinem endlosen Geplapper zuhören muss? Bei den Bommelkids brauche ich es wohl gar nicht erst zu versuchen – Trios haben nie Platz für einen Vierten. Yumi ist mir ein bisschen zu abgedreht und Fiona zu anstrengend, außerdem bringt sie mich durcheinander. Und zu einem Jungen würde ich mich natürlich nie setzen. Also bleibt genau eine Person übrig: Gabby.

Als es so weit ist, hat mich noch niemand an seinen Tisch eingeladen, und allein zu essen ist das Schlimmste, was ich mir vorstellen kann. Also hole ich auf dem Weg zur Cafeteria zu Gabby auf und frage – vielleicht einen Tick zu hastig –, ob wir zusammensitzen wollen.

»Nein«, sagt sie. *Aber du bist doch die Nette hier*, denke ich. Gabby scheint mir den Gedanken vom Gesicht abzulesen, denn jetzt lächelt sie. »Ich meine, klar würde ich mit dir zusammensitzen, wenn ich könnte, Caitlyn. Aber geht leider nicht.«

Sam, die vor uns läuft, dreht sich um. »Unsere Minis brauchen uns.«

»Unsere ... was?«

»Die Kleinen!«, erklärt Gabby. »Bei uns sitzt nämlich an jedem Tisch mindestens ein Kind aus jeder Klasse. Dadurch sollen sich alle leichter kennenlernen. Und weil wir nun mal die Ältesten hier in der Schule sind, haben wir die Aufgabe, uns um die Jüngsten zu kümmern. Wir sind ihre Pausenpartner.«

Mittlerweile haben wir die Cafeteria erreicht, die natürlich auch mal wieder kein bisschen wie eine Cafeteria aussieht, sondern eher an einen überdachten Innenhof erinnert, mit mehr Fenstern als Wänden.

»Du guckst jetzt erst mal auf der Liste da drüben nach«, Gabby deutet auf ein Poster an der Wand, »welcher dein Tisch für die nächsten Monate ist. Dann gehst du zu Mr Twilling, dem Vorschullehrer, sagst ihm deine Tischnummer und lässt dich dem Mini vorstellen, der für deinen Tisch eingeteilt ist. Du musst dich einfach bloß dazusetzen und dem Kleinen hier und da ein bisschen helfen.«

»Also sind wir so was wie ... Gratisbabysitter?«, frage ich.

Yumi verdreht die Augen. »So kann man's natürlich auch betrachten.«

»Ist alles halb so wild«, beruhigt mich Fiona. »Du musst ihnen nur die Milch aufmachen und darauf achten, dass sie genug essen.«

»Ihnen ab und zu mal Thunfisch aus den Haaren pulen oder die Nase putzen oder so«, ergänzt Diego.

»Thunfisch und Popel sind aber auch schon das Schlimmste«, sagt Lydia. »Abgesehen davon ist es völlig okay. Manchmal macht's sogar richtig Spaß.«

Nein, denke ich. *Spaß macht es, in der Mittagspause mit seinen Freundinnen zu quatschen. Nicht Ziegen zu füttern oder zum Babysitten gezwungen zu werden. Habt ihr denn gar keine Ahnung?*

»Ich meine ja nur, weil ... man an normalen Schulen sitzen darf, wo man will«, sage ich, aber die anderen sind schon längst unterwegs zu ihren Minis.

Ich werde einem Mädchen namens Kiera zugeteilt. Sie trägt ein bauschiges Kleidchen und das Haar zu zwei straffen Knubbeln aufgedreht, die wie Mauseohren aussehen. In einer Hand hält sie ihre Butterbrotdose, mit der anderen drückt sie einen Plüschhasen an sich.

Als Mr Twilling uns miteinander bekannt macht, starrt sie bloß runter auf ihre Füße.

»Äh ... dann ... komm mal mit?«, fordere ich sie auf, aber es klingt mehr wie eine Frage.

An unserem Tisch sitzen schon Kinder aller Altersgruppen und quasseln fröhlich durcheinander, als wäre dieser Schulklassenmischmasch vollkommen normal. Ich gucke mich verstohlen um. Aus Gründen, die mir schleierhaft sind, wirken die anderen Siebtklässler rundum zufrieden mit ihren Pausenpartnern. Selbst Henry, der seinem Mini gerade total entspannt aus einem Sachbuch vorliest. Mein Mini guckt immer noch nicht zu mir hoch.

»Brauchst du, äh, vielleicht Hilfe mit deiner Milch oder so?«, frage ich Kiera. Sie antwortet nicht, sondern sitzt bloß stocksteif da. Ich kann mich nicht erinnern, jemals auch nur mit einem Vorschulkind geredet zu haben, seit ich selbst keins mehr bin.

Neuer Versuch. »Das ist aber ein süßer Hase, den du da hast. Hat der auch einen Namen?«

»Er heißt Hase«, sagt sie.

Dann fügt sie im Flüsterton noch etwas hinzu, was ich nicht verstehe. Ich beuge mich vor. »Wie bitte?«

»Und er ist echt«, wiederholt sie kaum hörbar.

»Ahhh«, sage ich. »Okay, klar. Tja, äh, aber echte Hasen brauchen Futter und was zu trinken, weißt du? Und wenn du mich fragst, macht Hase einen ziemlich durstigen Eindruck.«

Wie Fiona mir geraten hat, öffne ich Kieras Milchkarton und halte ihn zuerst an den Mund des Hasen, sodass es aussieht, als würde er daraus trinken. Anschließend strecke ich ihn Kiera hin. Sie nimmt einen winzigen Schluck und flüstert: »Ich will zu meiner Mama.«

»Ja.« Ich muss schlucken. »Und ich will überall anders sein, nur nicht hier.«

Und das stimmt. Ich wäre gern irgendwo, wo ich weiß, mit wem ich reden kann und worüber. Wo ich mich auskenne und nicht immer den anderen hinterherrennen muss. Im Moment will ich sogar auch zu meiner Mom, obwohl ich eigentlich stinksauer auf sie bin, weil sie ja schließlich schuld dran ist, dass ich überhaupt hier bin.

Und am allerliebsten will ich irgendwo sein, wo ich mich nicht fühlen muss wie eine Außerirdische, die versucht, sich auf einem fremden Planeten zurechtzufinden.

Mrs Gliba kommt, noch immer mit ihren gelben Gummistiefeln, in die Cafeteria gestapft und schlägt mit einem Holzlöffel auf den Boden eines Topfs, bis alle still sind. »Willkommen zum neuen Schuljahr«, ruft sie dann. »Lasst uns ganz herzlich unsere neuen Ziegen begrüßen – und unsere neuen Schüler: Caitlyn Breen aus der Siebten – wink doch mal, Caitlyn – und Alonzo Ferroni aus der Dritten. Aber das allerherzlichste Willkommen geht natürlich an unsere neuen Vorschulkinder.«

Denen erklärt sie jetzt, was es mit der Guten-Tag-Glocke vor der Schule auf sich hat, die mir heute Morgen als Erstes aufgefallen ist. Wenn man nachmittags nach Hause geht und einen guten Tag gehabt hat, soll man sie läuten. Habe ich schon erwähnt, wie absolut bescheuert ich das finde? »Ich hoffe, diese Glocke sehr, sehr oft zu hören!«

Am anderen Ende der Cafeteria hebt Fionas Mini die Hand. »Und wenn wir keinen guten Tag hatten?«, fragt der Kleine. Mrs Gliba lächelt schmallippig, wie Erwachsene das oft tun, wenn ein Kind eine dumme Frage stellt. Dann versichert sie dem Jungen, dass er die Glocke natürlich nicht läuten *muss*, sondern die Entscheidung ganz und gar bei ihm liegt.

Was jedoch eine Lawine von Fragen seitens der anderen Minis auslöst: Und wenn der Tag halb gut, halb schlecht war? Und wenn es ein guter Tag war, einem aber trotzdem nicht danach ist, die Glocke zu läuten? Und wenn es ein schlechter Tag war, man das aber kurz vergisst und die Glocke aus Versehen läutet? Schließlich nickt die Gliba einem kleinen Jungen zu, der ein Plastikbeutelchen hochhält. »Mein Papa hat mir Goldfischcracker eingepackt«, verkündet er völlig zusammenhanglos. Woraufhin eine Reihe anderer Kinder ebenfalls den Inhalt ihrer Butterbrotdosen präsentieren. Mrs Glibas Mund ist kaum noch mehr als ein Strich.

Ich werfe Kiera einen Blick zu. Sie hält noch immer ihren Hasen umklammert, und aus ihrer Nase trieft ein Rotzfaden bis runter auf ihre Oberlippe. Ich verziehe das Gesicht und schnappe mir eine Serviette, um ihr die Nase zu putzen.

Und in dem Moment fasse ich einen Entschluss. Meine Mom kann mich zwingen, nach Vermont zu ziehen. Sie kann mich auf diese Schule schicken, wo nichts ist, wie es sein sollte, und der einzige halbwegs normale Mensch eine triefnasige Fünfjährige ist, die mich keines Blickes würdigt. Die Lehrer hier können mich zwingen, Milchpäckchen aufzumachen und offenbar sogar dazu, gemeingefährliche Ziegen zu füttern.

Aber eins können sie nicht von mir verlangen.

»Ich werde die Guten-Tag-Glocke nie läuten«, sage ich zu Kiera. Und sobald ich es ausgesprochen habe, weiß ich, dass es die Wahrheit ist. Ich werde diese Glocke nicht anrühren. Heute nicht, morgen nicht, *nie*.

Mein Mini nickt. »Ich auch nicht.«

Ich bin dermaßen erleichtert, mich nicht mehr ganz so allein fühlen zu müssen, dass ich ihr meinen kleinen Finger hinstrecke. »Abgemacht?« Sie hakt ihren kleinen Finger um meinen, und ich fühle ihren Puls darin pochen.

Als die Mittagspause um ist, will ich eigentlich sagen: *Na los, gehen wir*, und: *Vergiss nicht dein Plüschi.* Aber was stattdessen aus meinem Mund kommt, ist: »Na los, gehen wir, Plüschi.«

»Wer ist denn Plüschi?«, fragt sie.

»Du«, sage ich. »Du bist Plüschi.«

»Gar nicht, *du* bist Plüschi.« Ihre Mundwinkel heben sich zu etwas, was vielleicht noch nicht ganz als Lächeln durchgeht, aber immerhin nicht mehr weit davon entfernt ist.

»Nee, Süße«, erwidere ich. »Ich bin das komplette Gegenteil von einem Plüschi.«

»Was ist denn das Gegenteil von einem Plüschi?«

Ich antworte nicht, muss aber an den harten, kalten Stein in meiner Brust denken.

SCHWEIGEN IM WALDE

Nach der Schule stellen sich alle an der Guten-Tag-Glocke an. Die Pioniere dürfen als Erste läuten. Danach warten sie daneben und verteilen High Fives an die Jüngeren, die ihrem Beispiel folgen.

Ich bleibe ein Stück abseits stehen und sehe, wie sich Plüschi ebenfalls in die Schlange einreiht. Erst als sie dran ist, schüttelt sie den Kopf, guckt mich an und hebt den kleinen Finger. Sie hält sich an unseren Schwur.

Ich gehe zu Moms Auto.

»Na, wie war's?«, erkundigt sie sich so erwartungsvoll, als wäre sie überzeugt, dass die Antwort *Toll, Mom, das war ein ganz großartiger Tag, danke, dass du mich aus allem, was ich kenne, rausgerissen hast, das hat sich echt so was von gelohnt!* lauten wird.

Ich knalle die Tür zu, drehe mich von ihr weg und starre wortlos aus dem Fenster.

»Verstehe«, sagt Mom und legt den Gang ein.

Auf dem Nachhauseweg versucht sie weiter, mir Details zu entlocken. *Hast du nette Leute kennengelernt? Wie sind denn die Lehrer so? Habt ihr heute was Interessantes durchgenommen?*

Ich antworte nicht und frage sie auch nicht nach ihrem ersten Tag in der Praxis. Stattdessen sehe ich zu, wie draußen diese absolut deprimierende Stadt an mir vorbeizieht: Das Backsteingerippe von

Oxthorpe Textilien. Ein verlassenes altes Kino. Eine Bäckerei namens »Die Donutlady« (DONUT-ZEIT IST JEDERZEIT!!! steht auf einem Schild im Fenster, aber der Laden scheint geschlossen zu sein, also ist das ja wohl eindeutig gelogen). Die Geschäfte werden immer trister: »Dein letztes Hemd«, ein Secondhandladen. Der Waschsalon »Blitzsauber«. »Big Esther's Diner« (wirbt mit LEIDER GEÖFFNET und HEREINSPAZIERT! HIER ERWARTEN SIE LAUWARMER KAFFEE, UNGENIEẞBARER FRAẞ UND EINE RUPPIGE BEDIENUNG.) Als wir vor dem Haus halten, das nicht mein Zuhause ist, steige ich aus und marschiere schnurstracks in das Zimmer, das nicht mein Zimmer ist. Ich mache die Tür zu, hole mein Handy raus und gucke nach, ob meine Freundinnen sich gemeldet haben.

Haben sie nicht, also schicke ich ihnen ein paar Nachrichten.

Ihr glaubt nicht, was für ein schrecklicher Tag das war.

Nur ein Wort: Ziegen.

Und noch eins: Babysitting.

Wie läuft's zu Hause?

Wäre so gern heute bei euch gewesen und nicht hier.

Hallo?

Haaaaaalllooooooooo?

Nichts. Ich weiß nicht, ob es daran liegt, dass der Empfang hier so schlecht ist, oder daran, dass meine Freundinnen zu beschäftigt sind, um mir zu antworten. Mies ist es so oder so.

Als Mom mich zum Essen ruft, reagiere ich nicht. Irgendwann klopft sie vorsichtig an und lugt durch den Türspalt. »Na, Schatz, willst du jetzt drüber reden?«

Ich drehe mich zur Wand.

»Was machen wir überhaupt hier?«, frage ich.

»Das weißt du doch«, antwortet sie und setzt sich zu mir aufs Bett. »Ich habe einen neuen Job.«

»Dein alter Job war doch völlig in Ordnung.«

»Stimmt«, sagt sie. Und nach einer kurzen Pause: »Aber eben auch nicht mehr als das. Ich will nicht, dass mein Leben einfach bloß *in Ordnung* ist, weißt du? Dieser Umzug ist meine Chance, noch mal was ganz anderes zu machen. Zur Abwechslung mal selbst das Sagen zu haben. Für mich ist das, als hätte sich eine neue Tür geöffnet. Kannst du das nachvollziehen?«

»Die in meiner Klasse sind alle total komisch. Reden über nichts anderes als so einen blöden Jungen. Heute haben sie ständig seinen Namen gejohlt, dabei ist dieser Typ nicht mal mehr auf der Schule. Ich kam mir den ganzen Tag vor, als wäre ich unsichtbar.«

Mom streichelt mir übers Bein. »Hab ein bisschen Geduld. Die johlen sicher im Nullkommanichts auch deinen Namen.«

»Würdest du bitte nicht mit mir reden, als wäre ich ein Baby? Du hast überhaupt keine Ahnung, wie das ist!«

Sie drückt meinen Fuß und steht auf. »Es gibt Nudeln, wenn du so weit bist, Cait.« Dann macht sie die Tür so leise hinter sich zu, dass ich mich noch mal vergewissern muss, dass sie wirklich weg ist.

Ein paar Minuten später plingt mein Handy. Es ist meine Freundin Ash:

OMG, erzähl, wie war der erste Tag?

HI!!!

Bin echt total gespannt, nur gerade kann ich leider nicht – meine Mom brüllt rum wie eine Wahnsinnige, LOL.

An meiner Schule gibt es Ziegen.

Wusstest du, dass die vier Mägen haben?

Haha, solchen Kram lernt man hier.

Aber anscheinend kann sie gerade wirklich nicht, jedenfalls schreibt sie nicht zurück. Irgendwann schlafe ich ein, mein Handy an die Brust gedrückt. Das Abendessen lasse ich ausfallen.

INTERVIEW MIT HENRY

CAITLYN:
Wie fandst du denn den ersten Schultag, Henry?

HENRY:
Schlimm. Entsetzlich unerträglich. Aufs Mordsmäßigste bestialisch und grauenhaft. Aber meine Lockerheit tendierte natürlich auch gegen null.

CAITLYN:
Ach, echt? Auf mich wirktest du eigentlich ziemlich gelassen. Immer wenn ich zu dir rübergeguckt habe, hast du total ruhig dagesessen und dein Buch gelesen.

HENRY:
Ich war alles andere als gelassen. Mein Gehirn hat den ganzen Tag gekreiselt wie eins von diesen Teetassenkarussells auf dem Jahrmarkt – nicht, dass ich jemals auf Jahrmärkte gehen würde. Da kriege ich immer einen ganz trockenen Mund und schwitzige Handflächen. Ach, und was mir übrigens sonst noch Angst macht: Rettungswagen mit Sirene. Krankenhausserien. Krimis. Oder die Nachrichten. Kotzen. Wie unendlich das Universum ist. Katzensabber. Marienkäfer.

CAITLYN:
Okay, aber eigentlich wollten wir über den ersten Schultag reden.

HENRY:

Darauf will ich ja hinaus. Wenn mein Gehirn anfängt zu kreiseln, dann brauche ich Fakten, um wieder klar im Kopf zu werden. Ich mag Verlässlichkeit, weißt du? Und ein Fakt ist immer gleich, egal, wie und wann man ihn betrachtet. Das ist sehr beruhigend.

CAITLYN:

So ... wie das, was du mir über Ziegen erzählt hast?

HENRY:

Genau. Das ist jetzt über einen Monat her, und trotzdem stimmt es noch. Am ersten Schultag brauchte ich so viele Fakten wie nur möglich. Selbst bevor Mags uns eröffnet hat, dass Paulie nicht mehr da ist, hab ich schon Riesenpanik geschoben. Ich hatte nämlich ein Geheimnis – eins, das uns alle betraf. Sogar dich, Caitlyn.

Der Tag war nicht nur der Anfang des neuen Schuljahrs. Sondern auch der Anfang vom Ende. Und ich war der Einzige, der es wusste.

EINE WOCHE OHNE PAULIE

INTERVIEW MIT SAM

Wie wir alle Paulie Fink kennengelernt haben? Klar erinnere ich mich daran. Das war am Anfang der vierten Klasse. Damals ging es bei Lydia, Willow und mir gerade mit Kreaturen der Düsterwelt los –

Wie jetzt, im Ernst? Das kennst du nicht?

Ist ein Rollenspiel. Jeder sucht sich aus, wer er sein will, und dann erlebt man Abenteuer im gesamten Spieluniversum, sucht nach Schätzen und so Kram. Manchmal muss man kämpfen, indem man würfelt, und ... ach, ist auch egal. Was ich eigentlich meine: Am Anfang haben wir Paulie erst mal alle drei gemustert wie eine neue Spielfigur und versucht rauszukriegen, ob er Freund oder Feind ist.

Wie er aussah? Ganz normal, würde ich sagen. Jeans, T-Shirt, wuschelig braune Haare, die ihm in die Stirn hingen. Aber wenn man eins in der Düsterwelt lernt, dann das: Traue nie dem äußeren Schein.

Na ja, jedenfalls kam an dem Tag die Gliba rein, drehte eine Runde durch die Klasse und schwafelte irgendwas von Regeln und Respekt und Verantwortung und so weiter. Und während sie redete, saß Paulie ganz ruhig da, guckte stur geradeaus und steckte sich zwei Bleistifte in die Ohren. Mit der Spitze nach außen, sodass sie aussahen wie verrückte Antennen.

Und dann – irgendwann starrten natürlich alle zu ihm rüber –, nahm er noch zwei Bleistifte. Und steckte sie sich in die Nase.

Die Gliba hörte auf zu reden. Mitten im Satz. Klappte einfach den Mund zu und glotzte ihn an. Nach einer Weile wurde es echt unangenehm. Ich meine, jeder Idiot, selbst wenn er noch so neu

irgendwo ist, kapiert doch, dass er sich auf dünnem Eis bewegt, wenn den Erwachsenen auf einmal die Worte fehlen.
Und was macht Paulie? Fängt an zu pfeifen. Total entspannt, wie auf einem Spaziergang an einem Sommernachmittag.
Da hat die Gliba sich geräuspert und gesagt: »Woher kommen Sie noch gleich, Mr Fink?« Und uns allen war klar, egal, was er antwortete – Seattle oder Chicago oder Iowa –, sie würde darauf *Nun, ich weiß ja nicht, was für Sitten in Seattle/Chicago/Iowa herrschen, aber hier an der Mitchell School stecken wir uns keine Bleistifte in unsere Körperöffnungen* erwidern.
Aber dazu gab Paulie ihr gar keine Gelegenheit. Stattdessen stand er auf, breitete die Arme aus, immer noch mit den Bleistiften in Nase und Ohren. Und dann verkündete er total dramatisch: »Ich komme von den Sternen!«
Das letzte Wort hat er ganz lang gezogen. *Steeeeeeerrrrrnen.*
Wie so ein Außerirdischer. Eins sag ich dir: Ab da wurde es erst richtig interessant.

EIN WAHRER MEGASTAR

Am zweiten Schultag wache ich früh auf. Draußen ist nicht mal die Sonne aufgegangen, und gespenstisch graues Licht dringt durch mein Fenster. Ich habe noch meine Klamotten vom Vortag an, und mir knurrt der Magen. Dafür stehen meine Schuhe neben dem Bett, und ich bin zugedeckt. Also muss Mom wieder bei mir drin gewesen sein.

Ich stehe auf und tappe in die Küche, aber Mom ist noch nicht auf. Nachdem ich mir eine Schüssel Cornflakes gemacht habe, schalte ich den Fernseher ein und suche nach irgendwas zum Streamen. Einfach, um kurz zu vergessen, dass ich in ein paar Stunden schon wieder in dieser Schule hocken muss.

In der Auswahl entdecke ich *Amerika sucht den neuen Megastar*. Ich klicke auf Staffel zwei, die laut Gabby die beste sein soll, und fange bei gedämpfter Lautstärke an zu gucken. Als meine Mutter in die Küche kommt, bin ich schon halb durch die erste Folge.

Ich mache mich darauf gefasst, dass Mom sofort anfängt zu schimpfen, weil sie mich so früh am Morgen vor dem Fernseher erwischt – vor allem, weil ich eine Castingshow gucke, was sie immer als *Treffen talentloser Trottel* bezeichnet. Aber stattdessen setzt sie sich zu mir aufs Sofa.

Nach einer Minute rückt sie ein Stück näher. »Na, komm mal her«, sagt sie.

Ich beschließe zu vergessen, wie sauer ich auf sie bin, rolle mich zusammen und lege den Kopf in ihren Schoß. Lasse mich in den Arm nehmen wie ein kleines Kind.

Und dann fange ich an zu weinen. Auch wie ein kleines Kind.

Mom fragt nicht, was los ist, oder versucht mich aufzumuntern oder irgendwas. Sie beschwert sich nicht mal, dass ich ihr die Hose vollschnoddere. Sie sitzt einfach nur da und hält mich im Arm.

Als ich mich einigermaßen ausgeweint habe, fragt sie: »Was gucken wir da eigentlich?«

»*Amerika sucht den neuen Megastar.*« Ich setze mich auf und wische die Nase an ihrem Arm ab, sodass auch noch ihre Bluse einen ordentlichen Anteil Schnodder abbekommt. »Ein Mädchen aus meiner Klasse ist total besessen davon.«

Gerade steht Jadelicious allein in einer Künstlergarderobe, während die meisten anderen Megastars zusammen im Nebenraum rumhängen. Sie lästern über Jadelicious, und man sieht ihr an, dass sie das weiß. Ihre grauen Augen sind ganz rot und verschwollen, als hätte sie geweint.

»Anscheinend muss ich hier ein paar neue Regeln lernen.« Sie beugt sich vor und klebt sich falsche Wimpern an, lang wie Spinnenbeine. »Na schön, ich spiele mit. Hauptsache, ich bleibe dabei. Aber niemand bringt mich dazu, zu vergessen, wer ich bin.«

Gemeinsam sehen wir zu, wie Jadelicious vom Spiegel zurücktritt und ein paarmal blinzelt. Schon ziemlich abgefahren: Sobald die falschen Wimpern sitzen, erkennt man kaum noch, dass sie geweint hat. Sie begutachtet ihr Make-up von der einen, dann von der anderen Seite und setzt eine lavendelblaue Perücke auf, so glatt und glänzend, dass sie fast wie ein Helm aussieht. Dann steigt sie in ein paar metallicviolette High Heels, schüttelt ihr Haar zurück und blickt direkt in die Kamera.

»So«, sagt sie. »Zeit, den Leuten da draußen zu zeigen, wer hier der wahre Megastar ist.«

Du hast gut reden, Jadelicious, denke ich. *Während du der Welt beweist, was für ein Megastar du bist, sitze ich hier mitten im Nirgendwo fest und muss Ziegen füttern.*

Wenn man erst mal ein paar Staffeln *Megastar* geguckt hat, fallen einem die verschiedenen Persönlichkeitskategorien darin auf. Zum Beispiel gibt es immer eine Kämpfernatur, jemanden, der ständig auf Krawall gebürstet ist – ein bisschen wie Fiona, weißt du? Und die Kämpfernatur braucht natürlich einen Erzfeind, was für Fiona wohl Diego wäre. Nur dass Diego ja gleichzeitig ihr Kumpel ist, das passt also nicht ganz. Außerdem gibt es eine Autoritätsperson – wie bei uns Mrs Gliba. Das ist normalerweise der Juror, der die Leute beurteilt und dafür sorgt, dass die Regeln eingehalten werden, und vor dem alle ein bisschen Angst haben. Und dann gibt es noch jemanden: den Störfaktor.
Störfaktoren sind diejenigen, die auf die Regeln pfeifen. Oder, hm, keine Ahnung, eigentlich wissen sie bloß etwas, was die anderen nicht wissen: Die meisten Regeln sind nämlich gar keine. Wir nennen sie bloß so, und die Leute denken, man müsste sich dran halten, aber es ist ja nicht so, als wären sie in Stein gemeißelt. Die meisten sind einfach bloß Sachen, die man macht, weil man höflich sein oder gemocht werden will.
Aber genau das ist das Entscheidende bei den Störfaktoren: Denen ist es völlig schnuppe, ob sie als höflich wahrgenommen werden oder ob man sie mag. Und darum kommen sie mit allen möglichen dreisten Aktionen davon.
Jadelicious war der beste Störfaktor aller Zeiten. Zum Beispiel in der Folge, als die Megastars ganz unvermittelt auf dem Times Square ausgesetzt wurden und die Aufgabe erhielten, Applaus zu kassieren, egal mit welchen Mitteln. Die anderen Kandidaten haben einfach nur rumgestanden und die Touristen mehr oder

weniger angebettelt, sie zu beachten. Aber nicht Jadelicious. Die ist schnurstracks ins nächste Broadwaytheater spaziert und hat gefragt, ob sie sich am Ende der Vorstellung gemeinsam mit den Schauspielern auf der Bühne verbeugen darf. Und so hat sie, ohne sich groß anzustrengen, Standing Ovations von tausend Zuschauern eingeheimst!

An der Mitchell hatten wir unseren eigenen Störfaktor: Paulie Fink. Und genau wie in einer Castingshow wäre hier ohne ihn alles anders gewesen.

BOHR, EY!

Sag ich doch!«, ruft Sam gerade, als ich in die Klasse komme. »Paulie ist wie vom Erdboden verschluckt.«

Der Großteil meiner Mitschüler ist schon da und schart sich um das Bommeltrio. »Wir haben ewig gesucht«, berichtet Willow. »Aber wir haben weder rausgefunden, wo er hin ist, noch gab es überhaupt irgendwelche Finks in Vermont. Im ganzen Bundesstaat nicht.«

»Als wäre er zurück auf sein Raumschiff gebeamt worden«, sagt Timothy. »Vielleicht war er ja wirklich ein Außerirdischer.«

»Ach, jetzt komm aber, Außerirdische gibt's nicht«, widerspricht Yumi, und alles wendet sich Henry zu, als müsste der es wissen.

»Statistisch betrachtet besteht sogar eine sehr hohe Wahrscheinlichkeit, dass außerirdisches Leben existiert«, sagt Henry.

»Na bitte«, triumphiert Timothy.

In dem Moment kommt Diego rein. Er trägt ein neongrünes, etwas zu enges T-Shirt über seinem Pullover. Darauf abgebildet ist ein Comicstrichmännchen, das in der Nase bohrt. BOHR, EY!, steht in großen Druckbuchstaben darunter.

Er lässt eine Sporttasche auf den Boden plumpsen und nimmt eine angeberische Bodybuilderpose ein.

»Paulies Shirt!«, ruft Fiona und springt auf. Sie trägt schon wieder einen Hosenanzug, türkis diesmal und viel zu groß.

Gabby beugt sich zu mir rüber und erklärt: »Das T-Shirt hat Paulie letztes Jahr beim Fußballmatch gegen Devlinshire Hills angehabt. Trikots kann sich unsere Schule nicht leisten, darum ziehen wir einfach alle irgendwelche grünen Oberteile an. Und Paulie hat immer die hässlichsten von allen aufgetrieben.«

»Bei dem hier hat die Gliba drauf bestanden, dass er es auf links dreht«, fügt Yumi hinzu. »Sie meinte, das entspräche nicht dem Mitchell'schen Standard für Selbstachtung.«

»War ihr wohl peinlich vor diesen ganzen reichen Devlinshire-Eltern«, sagt Fiona.

»Mir auch, um ehrlich zu sein«, gesteht Yumi.

Diego hebt die Sporttasche wieder auf und geht an seinen Platz. »Was sagt ihr dazu: Ich hab Paulies Tasche bei den Fundsachen entdeckt«, berichtet er. »Anscheinend hat die da den ganzen Sommer rumgestanden. Das T-Shirt lag ganz obenauf.« Diego öffnet den Reißverschluss und zieht eine alte Socke aus der Tasche, ganz steif und verkrustet. Er schleudert sie nach einem der Zwillinge, der sie weiter zu Lydia wirft, die Fiona damit beglückt.

Fiona hält sich den Socken unter die Nase und wirft ihn dann nach Yumi. »Riech da bloß nicht dran«, warnt sie. »Im Ernst.« Yumi angelt mit ihrem Bleistift nach dem Ding und trägt es zum Mülleimer.

Diego wühlt unterdessen weiter in der Tasche. Er findet eine speckige Baseballkappe, einen angebissenen Müsliriegel, eine Plastiktüte voller Kartoffelchipbrösel, eine alte Heftmappe voller bekritzelter loser Blätter und einen Origamifrosch. Ich versuche, mir den Menschen vorzustellen, der es sich leisten konnte, in diesem neongrünen Fetzen rumzulaufen. Wenn ich in meiner alten Schule so was angezogen hätte, hätte ich mich damit auf ewig ins soziale Abseits katapultiert.

»Guckt euch mal das hier an.« Diego holt mehrere in Drittel gefaltete Zettel aus der Tasche. »E-Mails an seine Eltern. Von der Gliba.«

Er setzt sich Paulies Kappe auf, räuspert sich und fängt an vorzulesen.

LIEBE BEATRICE, LIEBER MARK,

nochmals herzlichen Dank für das Gespräch gestern über meine Sorgen wegen Paulie. Ich hatte Ihnen ja versprochen, Sie über mögliche neue Entwicklungen auf dem Laufenden zu halten. Unglücklicherweise haben diese nicht lange auf sich warten lassen.
Heute Morgen, zehn Minuten nach Unterrichtsbeginn, als wir gerade über das Stempelgesetz von 1765 redeten, holte Paulie eine Reihe von Sachen aus seinem Rucksack, die absolut nichts mit dem Thema zu tun hatten: drei Scheiben Brot, Putenschinken, Käse, eine aufgeschnittene Tomate und ein Glas Dijonsenf, und belegte sich in aller Seelenruhe ein Doppeldeckersandwich. Als ich ihn darauf ansprach, biss er hinein und hielt es dann mir hin. Mit vollem Mund fragte er: »Ach so, wollten Sie auch mal beißen?«
Nun ist es laut den Schulregeln natürlich nicht ausdrücklich verboten, im Unterricht Sandwiches zu machen, aber ich muss Ihnen sicher nicht erklären, warum wir nicht gestatten können, dass die Schüler das Klassenzimmer mit ihrer heimischen Küche verwechseln.
Ich hoffe sehr, dass dieser Vorfall, wie auch die vielen anderen, über die wir uns unterhalten haben, sich nicht wiederholen wird.

Alice Gliba

P.S.: Zur Sicherheit habe ich dennoch die Schulregeln angepasst, sodass die Zubereitung von Sandwiches während des Unterrichts ab sofort untersagt ist.

LIEBE BEATRICE, LIEBER MARK,

möglicherweise habe ich mich in meiner letzten E-Mail nicht deutlich genug ausgedrückt. Es geht mir nicht speziell um Sandwiches.
Heute hielt während der Mathematikstunde ein Pizzalieferant vor der Schule. Paulie ging ans Fenster, bezahlte die Pizza und verteilte die Stücke an seine Klassenkameraden, die darüber, wie Sie sich vorstellen können, vollkommen aus dem Häuschen waren.
Aber im Unterricht wird nun mal nicht gegessen, und ich wäre Ihnen sehr verbunden, wenn Sie Paulie das klarmachen könnten.
Vielen Dank für Ihr Verständnis.

Alice Gliba
P.S.: Ich habe die Schulregeln nun dahingehend umgeschrieben, dass im Unterricht keinerlei Mahlzeiten zubereitet, geliefert oder verzehrt werden dürfen. Ich hoffe, dadurch weiteren Missverständnissen vorzubeugen.

BEATRICE UND MARK,

anscheinend habe ich mein Anliegen noch immer nicht deutlich genug gemacht.
Heute hat Paulie während des Unterrichts ein Glas Mayonnaise geöffnet und angefangen, es auszulöffeln.
Nun, damit war ihm die Aufmerksamkeit seiner Mitschüler sicher. Was nicht nur positive Folgen hatte. Eine ganze Reihe Kinder musste würgen und eines sogar zur Toilette rennen.
Wie man es schafft, löffelweise Mayonnaise herunterzubekommen? Nun, das habe ich mich auch gefragt, und bei näherer Untersuchung stellte sich heraus, dass Paulie lediglich Vanillepudding in ein leeres Mayonnaiseglas umgefüllt hatte.
Natürlich hat Paulie streng genommen recht damit, dass Pudding (ebenso wie Mayonnaise) allein nicht als »Mahlzeit« zu werten ist und sein heutiges Verhalten somit nicht gegen die Schulregeln verstößt. Trotzdem würde ich mir wünschen, dass Sie mit Ihrem Sohn noch einmal über den Unterschied zwischen Wortlaut und Wortsinn sprechen.
Wie immer danke ich Ihnen für Ihre Mitarbeit.

A. G.
P.S.: Ich habe die Schulregeln ein drittes Mal überarbeitet, sodass die entsprechende Stelle nun lautet: Nahrungsmittel jeglicher Art – zu denen auch Kräuter, Gewürze, Soßen sowie sämtliche Flüssigkeiten außer Wasser zu rechnen sind – dürfen ausschließlich in der Cafeteria und nur während der offiziellen Pausen konsumiert werden. Ich denke, damit sollten alle Eventualitäten abgedeckt sein.

BEATRICE UND MARK,

wenn es eine gute Nachricht gibt, dann wohl die, dass unsere essensbezogenen Schulregeln nun offenbar so umfassend formuliert sind, dass Paulie sich anderen Aktivitäten zuwenden musste. Hieraus folgt jedoch unweigerlich die schlechte Nachricht: Es ist schlichtweg unmöglich, jeden von Paulies Einfällen vorauszusehen und durch speziell darauf zugeschnittene Regeln zu verhindern.
Ich habe beileibe nichts gegen ein wenig geschmackvolle Dekoration einzuwenden, aber es wäre mir doch weitaus lieber gewesen, wenn Paulie an einem so warmen Tag wie heute kein Glitzerkonfetti auf dem Deckenventilator in meinem Büro verteilt hätte.
Möglicherweise ist es an der Zeit für ein weiteres persönliches Gespräch.

Ihre glitzernde und darüber alles andere als hocherfreute A. G.

Als Diego mit der letzten E-Mail durch ist, kriegt er kaum noch Luft vor Lachen. Die ganze Klasse liegt am Boden, sogar der normalerweise so ernste Henry.

»Ich frage mich, was Paulie mit diesen Mails vorhatte«, prustet er.

»Vielleicht wollte er ja ihr Auto damit bekleben, wie das eine Mal, als er ihre Windschutzscheibe mit Fotos von sich zugepflastert hat«, überlegt Yumi. »Er hatte doch immer irgendein Ass im Ärmel.«

»Wisst ihr noch, wie Paulie die Gliba mal einen ganzen Tag lang ›Elvira‹ genannt hat?«, fragt Timothy grinsend.

»Sie hat ihn jedes Mal berichtigt, woraufhin er so was gesagt hat wie: *Ach so, tut mir leid, Elvira*«, ergänzt Sam. »Dabei heißt sie ja mit Vornamen nicht mal Elvira, sondern Alice.«

»Und wisst ihr noch, wie er hier im Hühnerkostüm aufgelaufen ist?«, meldet sich Lydia zu Wort.

»Aufhören«, japst Fiona. »Aufhören! Mir tut schon der Bauch weh.« Sie lässt sich theatralisch zu Boden sinken.

Mags kommt hereingerauscht und trällert: »Guten Morgen, liebe Pioniere!« Dann erst blickt sie sich um. »Ach herrje. Fiona, steh auf. Yumi, leg die Ukulele weg. Und Diego, du kennst die Regeln: keine Kopfbedeckungen im Klassenzimmer.«

Mags streckt ihm die Hand hin, und Diego händigt ihr widerstrebend Paulies Kappe aus.

»Wie ihr wisst, haben wir gestern über griechische Sagen gesprochen«, fängt sie an und legt die Kappe auf den Kaminsims. »Darüber, wie die Menschen sich früher anhand solcher Geschichten die Welt erklärt haben, weil sie sich ihr dadurch nicht mehr so hilflos ausgeliefert fühlten. Aber nach und nach wurde dieser Glaube von den sogenannten Philosophen infrage gestellt.« Sie erklärt uns, dass diese Philosophen den ganzen Tag nur rumgesessen und versucht hätten, die Welt durch *Denken* zu verstehen.

»Uff«, macht Fiona. »Ich wünschte, Paulie wäre hier. Der ist echt der Einzige, dem ich es zutrauen würde, das Thema antike Philosophie in was Interessantes zu verwandeln.«

Aber dann stellt sich heraus, dass das, was Mags uns erzählt, von ganz allein interessant ist.

HÖHLENMENSCHEN

Mags lehnt sich an den Kaminsims. »Stellt euch mal vor«, fängt sie an, »ihr wärt alle Gefangene.«

»Sind wir doch«, erwidert Fiona. »Wir sitzen in dieser Schule fest.« Sie seufzt und lässt ihre Stirn mit einem dumpfen *Pock* auf die Tischplatte sinken. Mags ignoriert sie.

»Als Gefangene«, fährt sie fort, »habt ihr euer gesamtes Leben in einer Höhle verbracht, und zwar angekettet, sodass ihr nur auf eine einzige Wand blicken könnt. Ihr kennt nichts als diese Wand, habt nie etwas anderes gesehen. Hin und wieder fallen Schatten aus der Außenwelt darauf. Trottet ein Hund vorbei, seht ihr einen Hundeschatten. Fliegt ein Vogel vorüber, seht ihr einen Vogelschatten. Rumpelt ein Pferdefuhrwerk des Weges, seht ihr den Schatten des Pferdefuhrwerks. Nach und nach lernt ihr, all diese Dinge beim Namen zu nennen: Hund, Vogel, Pferdefuhrwerk. Aber denkt dran: Ihr seht nie die Dinge selbst – nur ihre Schatten. Soweit ihr wisst, *ist* der Hundeschatten der Hund.«

»Also …«, sagt Diego. Er scheint richtig angestrengt über ihre Worte nachzugrübeln, aber es ist nicht leicht, ihn in diesem bescheuerten BOHR, EY-Shirt ernst zu nehmen. »Das heißt, wir denken nur, dass wir etwas sehen, und sind uns sicher, dass wir wissen, was es ist, aber wir irren uns?«

»Ganz genau, Diego. Prima«, lobt Mags. Sie lässt den Blick durch die Klasse schweifen. »Und jetzt stellt euch vor: Eines Tages wird einer von euch Gefangenen entlassen. Na, wer möchte gerne frei sein?«

Fiona hebt ruckartig den Kopf vom Tisch. Dann springt sie auf und wedelt wie wild mit der Hand. »Ich! Ich will!«

Aber Mags deutet stattdessen auf Diego. »Diego, nachdem du den ersten Gedanken dazu geäußert hast, darfst du die Höhle verlassen.«

Enttäuscht lässt Fiona sich zurück auf ihren Stuhl plumpsen. Gabby tätschelt ihr tröstend den Arm.

»Diego tritt also hinaus in die große, weite Welt«, erzählt Mags weiter. »Tja, tut mir leid, Diego, aber als Allererstes passiert Folgendes: Die Sonne blendet dich ganz furchtbar.«

»Kein Wunder, wenn ich mein ganzes Leben in einer Höhle rumgehockt habe.« Er zuckt mit den Schultern.

»Richtig. Du kannst dir sicher vorstellen, wie sehr die Helligkeit erst mal in den Augen schmerzt, wie furchterregend die Welt erscheint. Alles ist grell und bunt und ständig in Bewegung. Es dauert eine Weile, bis du dich daran gewöhnt hast. Aber irgendwann ist es so weit, und du fängst an, die Welt außerhalb der Höhle zu erkennen. Du siehst einen echten Hund, einen echten Vogel. Und dir wird klar: Aha, *das* ist also ein Hund, und *das* ist ein Vogel.«

Wir alle lauschen gebannt. Vielleicht liegt es daran, dass es gar nicht so wirkt, als würde Mags uns einen Vortrag halten, um uns auf einen Test vorzubereiten. Es ist, als erzählte sie einfach nur eine Geschichte.

»Aber, Diego, natürlich hast du deine alten Freunde nicht vergessen.« Mags deutet auf uns. »Die anderen Gefangenen, die immer noch angekettet dasitzen und auf die Wand starren. Im Gegenteil, du willst ihnen erzählen, was du über die Welt herausgefunden hast! Also eilst du zurück in die Höhle und eröffnest ihnen, dass alles, was sie über die Welt zu wissen meinen, falsch ist. Du versuchst, ihnen begreiflich zu machen, dass Vögel dreidimensional und bunt sind, dass sie Federn haben und schuppige Beine, dass Hunde Fell und Augen haben ...«

Mags hält inne. Sie stützt die Hände auf den Tisch und blickt sich um. »Und ihr anderen, die ihr immer noch in der Höhle seid, denkt dran, dass ihr noch nie irgendwas außer diesen Schatten gesehen habt. Würdet ihr Diego glauben?«

Ich denke darüber nach. Versuche, mir vorzustellen, wie jemand mich davon zu überzeugen versucht, dass alles, was ich kenne, nur die Schatten von etwas Echtem, etwas Wahrem sind. Na ja, ich bilde mir ein, dass ich die Wahrheit glauben würde, wenn ich sie höre ... aber wäre das wirklich so?

»Manche Leute vielleicht schon?«, sagt Lydia, aber sicher scheint sie sich nicht zu sein.

»Ich glaube eher, die meisten würden ihn für verrückt erklären«, entgegnet Sam.

»Ich fürchte, da hast du recht, Sam«, sagt Mags. »Wieso solltet ihr ihm auch glauben? Die Schatten habt ihr immerhin mit eigenen Augen gesehen. Außerdem, probiert mal, jemandem, der so etwas noch nie gesehen hat, Farben zu beschreiben oder Dreidimensionalität. Und jetzt kommen wir zu einer anderen Frage, einer wirklich wichtigen: Nach Diegos Besuch erhaltet auch ihr die Gelegenheit, die Höhle zu verlassen. Würdet ihr es tun?«

Fiona zögert nicht. »Klar!«, sagt sie. »Auf jeden Fall!« Diego und sie stoßen die Fäuste gegeneinander. Henry beißt sich auf die Unterlippe und nickt, wirkt jedoch nicht ganz so entschlossen.

Ich starre runter auf den Tisch, an dem wir alle sitzen, und versuche, mir das Ganze zu vergegenwärtigen: die dunklen Wände, die verschwommenen Schatten. Stelle mir vor, wie ich die Höhle verlasse und die echte Welt entdecke. Aber ich sehe mich nur in gleißendes Licht blinzeln.

»Ich hätte Angst«, gesteht Gabby schließlich. »Vielleicht würde ich mitgehen, aber ich hätte eine Riesenangst.«

Dann sagt keiner mehr was, und nach einer kurzen Pause erklärt Mags: »Das, liebe Pioniere, war das Höhlengleichnis. Eine wunderbare Metapher über das Ablegen vorgefasster Meinungen. Der griechische Philosoph Platon hat es um dreihundertachtzig vor Christus verfasst.«

Schließlich teilt sie Arbeitsblätter als Hausaufgabe aus. »Ich hätte gern, dass ihr euch später noch mal in Platons Höhle zurückdenkt und euch mit der Frage beschäftigt, inwieweit dieses Gedankenexperiment auf euer eigenes Leben übertragbar sein könnte.«

Völlig unvermittelt haut Fiona mit der flachen Hand auf den Tisch. »Hey! Vielleicht ist ja genau das mit Paulie passiert! Vielleicht sind wir alle in einer Höhle gefangen und ...«

»Und Paulie ist entwischt!«, ruft Lydia. Fiona hechtet förmlich über den Tisch, um Lydia ein High Five zu geben.

»Quatsch«, hält Timothy dagegen. »Er ist doch von den Sternen gekommen und hat sicher endlich einen Weg zurück durchs Weltall zu seinem Heimatplaneten gefunden.«

Sam brüllt: »Weltall!«, und Thomas: »Höhle!«, und schon geht es wieder los. Eine Hälfte der Klasse johlt: *»Höh-le! Höh-le!«*, die andere: *»Welt-all! Welt-all!«*

Und während Mags sich abmüht, die Meute wieder unter Kontrolle zu bekommen, frage ich mich, wie es eigentlich sein kann, dass Paulies angebliche Freunde keine Ahnung davon hatten, dass er Mitchell verlassen würde.

INTERVIEW MIT SAM, WILLOW, LYDIA, THOMAS UND TIMOTHY

SAM:

Lustig war auch, was Paulie sich immer zusammengeflunkert hat.

WILLOW:

Einmal hat er uns weisgemacht, er wäre ein Prinz aus der Republik Endrisistan und müsste im Exil leben. Er hat uns die komplette Geschichte des Landes erzählt und dass es angeblich das weltgrößte Abbaugebiet für Trinsulium wäre ...

LYDIA:

Dann haben wir mal nachgeguckt, und es gibt weder Trinsulium noch eine Republik Endrisistan!

SAM:

Und ein andermal hat er erzählt, seine Eltern wären Geheimagenten, die Undercover gegen die Gliba ermittelten, weil sie der Kopf der internationalen Duftkerzenmafia wäre.

THOMAS:

Und ganze zwei Wochen lang hat er geschworen, er wäre Timothys und mein verschollener Drilling. Er meinte, unsere Mom hätte ihn nach der Geburt zur Adoption freigegeben und uns nichts davon gesagt.

TIMOTHY:

Fast hätte er uns reingelegt. Wir haben sogar unsere Mom gefragt.

SAM:

Man darf nicht vergessen, dass wir hier von einem Typen reden, der mal im Hühnerkostüm zur Schule gekommen ist und den ganzen Tag steif und fest behauptet hat, er hätte normale Klamotten an. Egal, wie oft wir gesagt haben: »Paulie, wir haben doch Augen im Kopf. Du siehst aus wie ein Huhn.« Aber er konnte so hartnäckig und überzeugend sein, dass man ihm einfach glauben musste.

ÜBERRANNT

Für den Fall, dass es irgendwen interessiert, Ziegen füttert man so:

1. Alle Schüler bis auf einen schnappen sich eine Handvoll Getreidepellets und laufen außen um den Pferch herum, bis sie so weit wie möglich vom Tor entfernt sind. Die Ziegen folgen ihnen garantiert unter lautem Gemecker und Gedrängel an der Innenseite des Zauns, um möglichst nah ans Futter zu kommen.
2. Wenn man die Viecher erfolgreich vom Tor weggelockt hat, wirft man die Pellets nach und nach über den Zaun, wie Konfetti. Das ist allerdings noch nicht die richtige Ziegenfütterung, sondern nur ein Ablenkungsmanöver.
3. Sobald die Ziegen mit den Konfettipellets beschäftigt sind, schlüpft der einzelne Schüler mit einem großen Eimer Futter vorne durchs Tor, und der Countdown läuft. Ab da heißt es, so schnell wie möglich die Näpfe füllen und wieder aus dem Pferch verschwinden, bevor die Ziegen kapieren, was Sache ist.

Und wenn die Ziegen es doch zu früh merken? Viel Glück.

Am zweiten Schultag fordert Mr Farabi Henry auf, den Eimer zu nehmen. Henry blinzelt nervös und schluckt. Aber er macht es.

Wir lassen Pellets über den Zaun regnen, aber sie gehen uns aus, bevor Henry auch nur mit dem ersten Napf fertig ist. Die Ziegen entdecken ihn und preschen auf ihn zu. Voller Panik lässt Henry den Eimer fallen, kauert sich hin und verbirgt schützend den Kopf in den Armen.

»Ziegen haben keine Schneidezähne im Oberkiefer!«, schreit er. »Ziegen sind Pflanzenfresser!« Eine Sekunde später ist er in einem Strudel aus Ziegenfell verschwunden. Als Mr Farabi ihn endlich rettet, hängt Henry die Brille schief von der Nase, und seine Haare stehen zu Berge.

Während Henry aus dem Pferch stolpert, hebt Mr Farabi den Eimer und fragt: »Will es noch jemand mal probieren?«

Diego, der immer noch das BOHR, EY-T-Shirt anhat, meldet sich freiwillig. Und wieder läuft es genauso ab wie bei Henry: Viel zu früh haben wir keine Pellets mehr, den Ziegen fällt der Eindringling mit dem Rieseneimer Futter auf, und sie gehen zum Angriff über. Diego sprintet so schnell er kann im Zickzack durch den Pferch. Die Ziegen nehmen die Verfolgung auf, rennen jedoch hauptsächlich einander über den Haufen und sind am Ende völlig durch den Wind.

Diego entkommt relativ unversehrt. »Puh«, sagt er und lässt den Eimer fallen. Er blickt runter auf die Comicfigur auf seiner neongrünen Brust. »Scheint mein neues Glücks-T-Shirt zu sein.«

Wieder fragt Mr Farabi, ob noch jemand einen Versuch wagen will, und Fiona hebt die Hand.

Diesmal bemühen wir uns, unser Konfetti etwas langsamer auszustreuen. Fiona gelingt es, drei Näpfe zu füllen. Aber kurz bevor sie den letzten erreicht, tritt sie auf ihr viel zu langes Hosenbein. Sie stolpert und fängt sich wieder, aber es ist zu spät. Die Ziegen haben sie bemerkt.

Fiona rennt nicht weg. Stattdessen stemmt sie fest die Füße in den

Boden und streckt den Ziegen den Eimer entgegen wie ein Schwert oder einen Schild. »Stopp!«, brüllt sie. »Im Namen Paulie Finks befehle ich euch –«

Doch bevor sie den Satz beenden kann, rammt sie der große Ziegenbock. Fiona wird nach hinten geschleudert und lässt den Eimer fallen, sodass das Futter in sämtliche Richtungen fliegt. Als sie landet, haben die Tiere sie bereits umzingelt und mümmeln die Pellets vom Boden.

»Stopp!«, ertönt Fionas Stimme von unten. »Im Namen Paulie Finks gebiete ich euch Einhalt!«

Die ganze Klasse neben mir johlt und jubelt.

»Du hättest das T-Shirt gebraucht, Fiona!«, ruft Diego. »Ich hätte dir das Glücks-T-Shirt geben sollen!«

Mr Farabi geht in den Pferch und hilft Fiona auf die Beine. Als sie endlich steht, sind ihre Haare völlig verwuschelt, der Ärmel ihres Blazers hat einen Riss davongetragen, und ihre Hosenbeine sind verknittert und matschverschmiert. Getreidepellets kleben ihr im Gesicht. Trotzdem wirkt sie nicht sonderlich mitgenommen. Nein, sie lacht.

Ich denke daran, wie todpeinlich es mir gestern war, als mich der Ziegenbock erwischt hat. Und es macht mich regelrecht wahnsinnig, dass es Fiona anscheinend kein bisschen so geht. Nach welchen Regeln auch immer sie lebt, es können nicht dieselben sein, die für den Rest der Welt gelten.

Im Geiste fange ich an, meine eigenen zu überarbeiten.

LEBENSREGELN, VON FIONA GELERNT

1. Zieh an, was du willst, egal, wie albern es aussieht.
2. Sei laut, selbst wenn es andere nervt.
3. Lach, wenn du dich eigentlich in Grund und Boden schämen müsstest.

LEBENSREGELN, VON DIEGO GELERNT

1. Glaub fest dran, dass selbst das hässlichste T-Shirt dir Glück bringen kann.
2. Fall trotzdem auf die Schnauze.
3. Mach dir nichts draus.

LEBENSREGELN, BEIM ZIEGENFÜTTERN GELERNT

1. Lass dir Ablenkungsmanöver einfallen, damit niemand kapiert, was wirklich im Gange ist.
2. Pass auf, dass du nicht überrannt wirst.

VON ZOMBIES UND WERWÖLFEN

In der Pause am Vormittag hängen wir noch eine Weile am Rand des Fußballplatzes rum. Henry steckt mit der Nase tief in einem Buch, und Yumi schrammelt auf ihrer Ukulele. Diego, der immer noch Paulies T-Shirt trägt, will Fußballtricks üben, aber Fiona schleicht sich ständig an und klaut ihm den Ball. Jedes Mal wenn es ihr gelingt, rennt sie feixend davon, bis Diego ihr nachjagt und sich den Ball zurückholt. Sam, Willow und Lydia veranstalten irgendwas mit einem Stapel Karten und einem einundzwanzigseitigen Würfel, während die Zwillinge ein Spiel anfangen, das sie Zombie gegen Werwolf nennen.

Das Spiel geht so:

1. Auf Drei rufen sie gleichzeitig eine Rolle aus, die der andere einnehmen soll – Zombie, Werwolf, Cyborg, Pirat, tollwütiger Megalodon, der sich häuten kann wie ein Python, oder was auch immer.
2. Dann kämpfen sie in ihren Rollen gegeneinander.
3. Nach einer Weile endet das Ganze jedes Mal in einer stinknormalen Rauferei, bis Yumi ihre Ukulele sinken lässt und schimpft, dass die zwei ihr auf die Nerven gehen.
4. Woraufhin die Jungs aufstehen und es wieder von vorne losgeht.

Das ist das ganze Spiel, soweit ich erkennen kann.

Währenddessen erzählt mir die gesprächige Gabby alles, was ich ihrer Meinung nach über meine neuen Klassenkameraden wissen muss. »Yumi kommt aus einer Künstlerfamilie«, sagt sie. »Die machen total durchgeknalltes Puppentheater.«

Yumi dreht sich um. »Entschuldige mal, wir inszenieren hochkomplexe Shakespeare-Stücke, nur dass wir uns darin eben zufällig über Marionetten ausdrücken«, belehrt sie uns. »Und damit ihr's wisst, wir haben letzten Sommer eine super Kritik in der *New York Times* bekommen.«

»Siehst du«, wendet sich Gabby wieder an mich. »Also, Yumi reist den ganzen Sommer in ihrem Puppenbus durch die Gegend. Und Willows Mom ist Yogalehrerin. Sie und Sams Mom sind übrigens schon zusammen, seit wir in der ersten Klasse waren. Was noch? Wenn du mal irgendwas übers Bogenschießen wissen willst, was bei mir persönlich jetzt eher selten vorkommt, bist du bei den Zwillingen an der richtigen Adresse, die haben das total drauf. Henrys Dad sitzt im Gemeinderat, darum hat er immer die neuesten Nachrichten über alles, was in Mitchell so vor sich geht. Diegos Mom führt die Kindertagesstätte »Wuselwichte« – da sind Fiona, er und ich zusammen hingegangen, als wir noch klein waren –, und Diego selbst ist, wie du vielleicht schon gemerkt hast, total fußballverrückt. Du spielst doch hoffentlich auch Fußball, oder? Wir brauchen dich nämlich für das Match gegen Devlinshire.«

Und auf einmal fangen alle an durcheinanderzuplappern und mir von diesem stinkvornehmen Städtchen hinter dem Berg zu erzählen. »Devlinshire Hills ist immer voller Touristen«, erklärt Yumi. »Ist einer der teuersten Skiorte von ganz Vermont, und die ganzen reichen Leute, die mal zum Skifahren da waren, fanden es so toll, dass sie sich kurzerhand Villen gebaut haben und geblieben sind.«

»Da wohnt sogar ein Rockstar im Ruhestand«, sagt Gabby. »Der ist superberühmt, und seine Kinder sind auch in der Fußballmannschaft, deswegen kommt er immer mit zu den Spielen.«

»Jedes Haus in Devlinshire Hills hat seinen eigenen Swimmingpool«, schaltet sich Diego ein und lässt dabei den Ball von einem Knie aufs andere hüpfen.

»Und zwar nicht bloß so ein Planschbecken im Garten, sondern ein richtig überdachtes *Schwimmbad*«, korrigiert Fiona und versucht, sich den Ball zu schnappen, aber Diego dreht sich gerade noch rechtzeitig weg.

Yumi runzelt die Stirn. »Na, ob die alle überdacht sind, weiß ich nicht.«

»Doch, sind sie«, beharrt Fiona und wendet sich dann mir zu. »Meine Mom geht da drüben putzen, die kennt sich aus.«

»Ich hab gehört, die Kinder da erben alle eine Trillion Dollar, wenn sie achtzehn werden«, sagt Sam.

»Stimmt«, bestätigt Lydia. »Obwohl, ich glaube, erst mit einundzwanzig.«

Zwischen Timothy und Thomas hat sich unterdessen eine epische Außerirdischer-gegen-Roboter-Keilerei entsponnen, und die beiden wälzen sich auf dem Boden. Timothy setzt sich auf den Rücken seines Bruders und schnauft. »Ich. Hab. Den. Außerirdischen. Besiegt.«

»Ihr seid echt so was von nervig!«, meckert Yumi, und als wäre das ihr Stichwort, rappeln die beiden sich auf, damit das Ganze von vorne losgehen kann.

Henry guckt von seinem Buch hoch. »Wie wär's mal mit einem Paulie-gegen-Gliba-Kampf?«, schlägt er vor. »Zu Ehren unseres verschollenen Klassenkameraden.«

»Du bist Paulie!«, ruft Timothy sofort.

Schon machen sich die beiden wieder kampfbereit, aber da ruft

Fiona: »Halt!« und weist Diego an, Thomas das T-Shirt zu geben. »Um gegen die Glibber anzukommen, braucht er jede nur mögliche Unterstützung«, befindet sie.

Thomas zieht sich das T-Shirt über den Kopf, das bei ihm sogar noch knapper sitzt als bei Diego, und der Kampf beginnt. Timothy alias Mrs Gliba keift: »Paulie Fink, du kommst sofort in mein Büro!«

Thomas erwidert: »Mich kriegen Sie nie!«, stürzt sich auf seinen Bruder und hat ihn binnen Sekunden niedergerungen. Klarer Sieg für Paulie.

»Es funktioniert!«, ruft Fiona. »Das Paulie-Shirt wirkt tatsächlich!« Mit großen Augen starren Diego und sie einander an.

LEBENSREGELN, VON ZOMBIE GEGEN WERWOLF GELERNT

1. Stürz dich auf das, was vor dir ist, bis du am Boden liegst oder jemand schreit.
2. Und gleich noch mal.

LEBENSREGELN, VOM MYSTERIÖSEN PAULIE FINK GELERNT

1. Iss Mayonnaise.
2. Zieh dich bescheuert an.
3. Verschwinde ohne Vorwarnung.
4. Werde zur Legende.

INTERVIEW MIT SAM, TIMOTHY, HENRY, GABBY, YUMI, WILLOW, LYDIA UND DIEGO

SAM:

Er kam aus San Fernando, glaube ich. Oder vielleicht auch San José? Halt, wo ist da noch mal der Unterschied?

TIMOTHY:

War er nicht aus Massachusetts?

HENRY:

Nein, aus Massachusetts komme ich. Weißt du nicht mehr? Ich bin in der dritten Klasse aus Holyoke hergezogen.

GABBY:

Ich glaube, Paulie kam aus St. Louis. Vielleicht ist er ja wieder dahin zurück?

CAITLYN:

Ich kapier nicht so ganz, warum ihr ihm nicht einfach eine Nachricht schreiben und fragen könnt, wo er abgeblieben ist.

YUMI:

Ich glaube, er hat gar kein Handy. Wie übrigens die meisten von uns, woran komplett die Gliba schuld ist. Die hat vor ein paar Jahren unsere Eltern dazu gebracht, so eine Abmachung zu unterschreiben, dass sie uns erst in der achten Klasse Handys kaufen. Die meisten waren sofort einverstanden. Ist das zu fassen?

CAITLYN:

Na ja, aber seine Eltern müssen doch irgendwo gearbeitet haben. Oder Freunde hier in Mitchell gehabt haben, die wissen, wo sie jetzt sind?

GABBY:

Sein Dad war ... Schriftsteller oder so was? Keine Ahnung, um ehrlich zu sein. Wir haben sie nicht oft zu Gesicht gekriegt. Meine Grandma hat immer gesagt, das waren *Zugezogene*.

WILLOW:

Ja, die sind nicht gerade auf die Leute hier zugegangen. So gar nicht. Echt komisch, eigentlich hat man sie nie gesehen. Nicht mal beim Einkaufen.

LYDIA:

Ich glaube, er hat in der Sugarbush Lane gewohnt, aber sicher bin ich mir nicht. Timothy, ihr wart doch mal bei ihm, oder?

TIMOTHY:

Nö, nie bei ihm zu Hause. Aber Diego öfter.

DIEGO:

Nee, ich auch nicht. Ab und zu war er mal bei mir. Aber er hatte nie Lust auf Sport.

CAITLYN:

Nicht im Ernst jetzt, oder? Seit ich hier bin, geht es immer nur um den ach so tollen Paulie, und dabei war keiner von euch auch nur einmal bei ihm zu Hause?

ES WAR EINMAL EIN MINI

Später in der Cafeteria lasse ich mich auf den Platz neben meinem Mini fallen. »Na, Plüschi«, begrüße ich Kiera, und sie guckt mit ihren großen Augen so erwartungsvoll zu mir hoch, als müsste ich jetzt irgendwas total Atemberaubendes veranstalten.

Ich schnappe mir ihren Milchkarton und mache ihn auf. Nicht gerade atemberaubend, aber was anderes fällt mir nicht ein.

An einem der Nebentische wirft Fiona einen Cracker in die Luft und versucht, ihn mit dem Mund aufzufangen. Es klappt nicht, aber sie probiert es gleich noch einmal, und diesmal erwischt sie ihn. Als sie lacht, kullern ihr Krümel übers Kinn und landen auf ihrem Oberteil. Ihr Mini strahlt, als gäbe es nichts Tolleres auf Erden als Fiona.

»Ach, übrigens!«, sage ich zu Plüschi. »Ich fand's super, dass du dich gestern an unseren Schwur gehalten hast. Mit der Guten-Tag-Glocke. Ich hab sie auch nicht geläutet. Versprochen ist schließlich versprochen, stimmt's?« Ich wackele mit dem kleinen Finger. Sie nickt ernst.

Dann breitet sich Schweigen zwischen uns aus. Als Ältere von uns beiden ist es wohl an mir, es zu füllen, also plappere ich einfach drauflos. »Jaja, ich erinnere mich noch gut an die Vorschule. Mittagsschlaf, Bastelecke, stundenlang auf dem Spielplatz toben ... das waren noch Zeiten.« Ich durchforste mein Gedächtnis nach irgendwelchen besonderen Vorschulerlebnissen, aber ich weiß nur noch, wie laut und unheimlich ich damals alles fand.

Wie klein ich mir vorkam.

Ich versuche, die Cafeteria durch Plüschis Augen zu betrachten. Der Raum muss für sie gigantisch wirken und sogar diese winzige Schule einen überfüllten, chaotischen Eindruck auf sie machen. Aber vor allem fällt mir eins auf: Wie groß *ich* bin. Verglichen mit Kiera sind alle Kinder an diesem Tisch Riesen, aber ich bin die Erwachsenste von allen.

Das Gefühl hält allerdings nur ein paar Sekunden lang an, dann bin ich wieder ich selbst.

»Hey.« Ich ducke mich, bis ich auf Augenhöhe mit Plüschi bin. »Meinst du, Hase will gern eine Geschichte hören?«

Sie nickt und ich lege direkt los. »Okay, also ... es war einmal ...«

Ich halte inne. Irgendwie kann ich mich an keine einzige gute Geschichte erinnern. Nur die, die Mags uns erzählt hat – die mit der Höhle und dem einen Menschen, der daraus freikommt, aber eine Geschichte über Gefangene, die in einer Höhle festgekettet sind, ist vielleicht doch ein wenig zu gruselig für ein sowieso schon ängstliches Vorschulkind. Also entscheide ich mich für das genaue Gegenteil davon. Einfach nur ein bisschen netten Quatsch, wie das BOHR, EY-Shirt, über das wir alle so gelacht haben.

»Es war einmal ein Junge namens Paulie.« Ich fange mit der Geschichte an, in der er sich Pizza in die Schule bestellt hat, aber Plüschi blinzelt nur verwirrt, also schwenke ich mittendrin um. Als Nächstes lebt Paulie in einem Land, wo die böse Glibberhexe herrschte. Paulie trug ein neongrünes Superheldencape und bestellte natürlich nicht einfach irgendeine Pizza, sondern eine *Zauber*pizza, von der alle Kinder im Land anfingen zu tanzen. Doch das fröhliche Treiben nahm ein Ende, als die Glibberhexe eine Herde rabiater Ziegen auf sie losließ. Woraufhin Paulie die Kinder mit magischer Mayonnaise bekleckste, die ihnen die Fähigkeit zu fliegen verlieh. So konnten sich alle in Sicherheit bringen und lebten glücklich und zufrieden bis ans Ende ihrer Tage.

Nicht die einfallsreichste Geschichte, schon klar, aber dafür erzähle ich sie mit extradramatischer Stimme und beuge mich zu Plüschi vor, als würde ich sie in ein Wahnsinnsgeheimnis einweihen. Und tatsächlich wirkt sie so gebannt, als liefe in ihrem Kopf ein Film ab.

Nach dem Essen fragt sie, ob ich Hase morgen wieder eine Geschichte erzähle.

»Ähm ... klar«, sage ich. »Ich denke mir eine aus.«

Sie hält mir den Hasen hin und guckt mich abwartend an. Nachdem ich das labberige Stofftier ein paar Sekunden lang ratlos angestarrt habe, beschließe ich, es kurz zu umarmen, was anscheinend genau die richtige Reaktion ist, denn anschließend umarmt Plüschi mich. Wenn auch nicht ganz so kurz.

In diesem Moment spüre ich etwas in meinem Brustkorb. Keinen Stein, aber ein Sumpf ist es auch nicht. Eher fühlt es sich an, als würde in mir etwas aufbrechen. Um ehrlich zu sein, tut es sogar weh. Aber irgendwie ist es auch ein gutes Gefühl. Als könnte ich plötzlich ein kleines bisschen tiefer durchatmen.

Plüschi rennt zurück zu Mr Twilling. Während ich ihr nachsehe, stelle ich im Geiste eine neue Liste zusammen:

REGELN FÜR DEN UMGANG MIT MINIS

1. Mach ihnen die Milch auf.
2. Erzähl ihnen eine Geschichte, wenn dir eine einfällt.
3. Denk immer dran, dass du größer bist als sie.

Na bitte, endlich mal ein paar Regeln, die machbar erscheinen.

MIR WIRD ETWAS KLAR

Nach dem Abendessen sitzt Mom auf der Couch und ackert einen Haufen Papierkram für die Klinik durch. Auch ich starre auf ein Blatt Papier – das mit Mags' Aufgabe:

> Was, meinst du, will uns Platon mit seinem Höhlengleichnis sagen? Inwiefern lässt es sich auf dein eigenes Leben übertragen? Gib mindestens ein ausführliches Beispiel dazu.

Ich nehme meinen Stift, lege ihn weg, hebe ihn wieder auf. Zähle, wie viele Linien die Seite hat. Siebenundzwanzig. Hoffentlich erwartet Mags nicht, dass ich die alle vollschreibe.

Wie es wohl wäre, in so einer Höhle angekettet zu sein? Vermutlich ziemlich langweilig. Und bestimmt auch schmerzhaft – man muss sich doch hin und wieder mal strecken. Was ist, wenn man aufs Klo muss, und wird die Haut nicht irgendwie wund, wenn man sich zu lange nicht von der Stelle bewegt? So was hat Mom, glaube ich, mal erwähnt.

In Gedanken formuliere ich die Fragen in eine Multiple-Choice-Aufgabe mit Antworten zum Ankreuzen um:

Es war einmal ein griechischer Philosoph namens:

a. Jadelicious
b. Gliba
c. Platon
d. Paulie Fink

Platon redete gern über:

a. ein hässliches T-Shirt
b. ein Glas Mayonnaise
c. bösartige Ziegen
d. eine Höhle

Was passiert, als der Gefangene die Höhle verlässt?

a. er läutet die Guten-Tag-Glocke
b. er bestellt Pizza
c. er wird von der Sonne geblendet
d. er spielt Zombie gegen Werwolf

Warum hat Mags uns nicht solche Aufgaben gegeben?

Dann könnte ich einfach ein paar Kreuze machen und wäre ruckzuck fertig, anstatt mir irgendwas darüber aus den Fingern saugen zu müssen, was Platons Gefasel für mein Leben bedeuten könnte.

Obwohl, letztes Jahr gab es tatsächlich einen Moment, in dem mir klar wurde, dass vieles von dem, was ich zu wissen glaubte, nicht stimmte. Ich hatte mich so auf die Junior Highschool gefreut. Aber als es dann mit der sechsten Klasse losging, musste ich feststellen, dass ich ja noch nicht mal die einfachsten Sachen hinkriegte. Was sollte ich zum Beispiel mit meinen Händen anfangen, wenn ich mit meinen Freundinnen auf dem Flur stand und lachte? Wie laut durfte ich eigentlich lachen, und sah ich dabei nicht total bescheuert aus? Es war, als bräuchte ich plötzlich eine Gebrauchsanweisung fürs Leben, nur leider hatte sich keiner die Mühe gemacht, mir eine zu geben.

Aber so was würde ich ganz bestimmt nicht in einer Hausaufgabe schreiben.

Seufzend starre ich auf die leere Seite. Mom hebt den Kopf. »Was machst du eigentlich da?«, fragt sie.

»Hausaufgaben.« Ich ziehe eine Grimasse. »Ich muss einen Aufsatz über so einen blöden Philosophen namens Platon schreiben.«

»Platon, soso. Ganz schön abgehoben«, sagt Mom.

»Ganz schön verstaubt eher. Jedenfalls kapiere ich überhaupt nicht, was das alles soll.«

Mom setzt sich ein bisschen gerader auf. »Wie weit bist du denn bis jetzt?«

»Ist schon okay, Mom«, fauche ich. »Ich brauche keine Hilfe bei den Hausaufgaben.« Innerlich füge ich hinzu: *Was ich brauche, sind andere Hausaufgaben. Und wo wir schon mal dabei sind, eine andere Schule und ein anderes Leben würden auch nicht schaden.*

Ich schließe die Augen. Stelle mir vor, ich wäre in einer Höhle, vor mir nichts als flackernde Schatten. Aber ich sehe weder die Höhle noch die Schatten vor mir. Sondern die Schulcafeteria. Fiona, die mit dem Mund Cracker auffängt und sich kein bisschen um die Krümel schert.

Ich mache die Augen wieder auf und fange an zu schreiben:

Platons Höhlengleichnis zeigt, was für ein Gefühl es sein könnte, wenn man plötzlich rausfindet, dass die Welt viel komplizierter ist, als man dachte. Außerdem geht es darum, dass ein einzelner Mensch manchmal etwas weiß, was er anderen nicht so richtig erklären kann. Als Beispiel könnte man sich vorstellen, wie es wäre, wenn man nie die Grundschule verlassen würde und jeden Tag von kleinen Kindern umringt wäre, obwohl man selber schon viel zu alt ist. Man würde nie erfahren, wie es an einer Schule für Größere zugeht. Wenn man dann auf so eine Schule wechseln müsste, wüsste man überhaupt nicht, wie man sich verhalten soll, und würde wahrscheinlich die totale Panik kriegen.

Gar keine so schlechte Antwort eigentlich. Hauptsächlich, weil sie der Wahrheit entspricht. Fiona und Lydia meinten es zwar nicht ernst, als sie gesagt haben, die Pioniere säßen in einer Höhle fest, während Paulie die Flucht geglückt sei. Aber im Grunde lagen sie genau richtig.

Die Mitchell School *ist* eine Höhle. Und es würde mich nicht wundern, wenn außer mir noch keiner aus meiner Klasse jemals draußen gewesen ist.

GUT GEPANZERT

Später im Bett denke ich über all das nach, was ich *nicht* hingeschrieben habe: dass mir letztes Jahr, als ich auf die Junior Highschool kam, tatsächlich zumute war, als hätte ich eine Höhle verlassen und die echte Welt betreten. Plötzlich gab es so viele neue Regeln, auf die mich niemand vorbereitet hatte. Zum Beispiel zum Thema Klamotten. Da kam man morgens ganz normal in die Schule, und mit einem Mal höhnte irgendwer: *Schickes Oberteil.* Und zack, sah man die Welt durch die Augen der anderen: Mein Oberteil war potthässlich. Und wurde, sobald ich wieder zu Hause war, in die hinterste Schrankecke verbannt.

Ab einem gewissen Alter konnte man in der Schule immer und überall in die Falle tappen und irgendwas falsch machen. Sogar im Sportunterricht! Einmal haben wir Brennball gespielt, und aus irgendeinem Grund gaben zwei meiner Freundinnen sich überhaupt keine Mühe. Sie schieden natürlich sofort aus und lachten sich darüber schlapp, als wäre Brennball das bescheuertste Spiel der Welt.

Dann war ich an der Reihe. Ich wusste, ich würde es bis zum Brennmal schaffen, wenn ich mich bemühte. Ich war schon immer gut im Werfen gewesen und eine der wenigen, bei denen der Ball fast bis zur hinteren Turnhallenwand flog. Aber jetzt war ich mir auf einmal nicht mehr sicher, ob es darauf ankam. Ich stand da, den Ball schon in der Hand, und wusste nicht, was ich machen sollte. Also machte ich … gar nichts.

Ich spürte die Blicke der anderen auf mir. Hörte meine Freundinnen kichern. Und dann sah ich Anna Spang, die ganz allein rumstand und sich nervös am Arm kratzte. Und alles, was ich sicher wusste, war: Auf keinen Fall wollte ich sein wie sie.

Also ließ ich den Ball einfach nur fallen und lachte verächtlich, genau wie meine Freundinnen. Und dieses Gefühl – *ich will nicht wie Anna sein* – ließ mich nicht mehr los.

Ich fing an, sie zu beobachten. Sah, wie fest sie ihre Bücher umklammerte, wenn sie über den Flur ging, als wollte sie sich vor unsichtbaren Angreifern schützen. Sah, wie sie ganz langsam das Zahlenschloss an ihrem Spind drehte, vielleicht damit nicht so auffiel, dass sie niemanden zum Reden hatte. Alles, was sie falsch machte, beruhigte mich – gut, dann wusste ich eben nicht, wie ich sein sollte … aber immerhin wusste ich mehr als Anna.

Und aus irgendeinem Grund wollte ich, dass sie es mitbekam. Zusammen mit meinen Freundinnen fing ich an, sie von Weitem anzustarren – mittags in der Cafeteria oder wenn wir zum Lesen in der Bibliothek waren. Wir ließen sie nicht aus den Augen, bis sie schließlich hochsah. Und dann lachten wir. Nicht, weil sie irgendwas Lustiges gemacht hatte, sondern einfach nur, um ihr zu zeigen, dass sie jemand war, über den andere lachten.

Anna tat so, als kriegte sie nichts davon mit, aber das war leicht zu durchschauen, denn sie guckte immer so schnell woanders hin, als hätte ihr jemand eine Ohrfeige verpasst. Und in solchen Momenten spürte ich, wie der Sumpf in mir härter wurde, sich nach und nach in Stein verwandelte. Als würde ich innerlich einen Panzer anlegen.

HERAUSFORDERUNG ANGENOMMEN

Ganz langsam komme ich dahinter, wie es an der Mitchell läuft. Fiona trägt wirklich nichts anderes als Hosenanzüge. Lydia, Willow und Sam würfeln jede Pause durch, als gäbe es nichts Wichtigeres als ihr komisches Rollenspiel. Plüschi will mittags immer eine neue Geschichte hören, und Henry wirkt nur dann nicht besorgt, wenn er irgendwelche obskuren Fakten aufzählen kann. Außerdem habe ich gelernt, dass kein Gestrüpp der Welt vor Ziegen sicher ist – denn schon am Donnerstag verkündet Mr Farabi, es sei an der Zeit, den Pferch zu versetzen.

Aber auch so einiges andere wird mir klar: Zum Beispiel, dass es viel schwerer ist als gedacht, mit meinen alten Freundinnen in Kontakt zu bleiben. Ich schreibe ihnen jeden Abend, und manchmal schreiben sie zurück. Aber selbst dann ist es, als wären sie Millionen Meilen weit weg.

Am Freitagmorgen, dem letzten Tag meiner ersten Schulwoche, schreibt Mags an die Tafel: DEMOKRATIA: HERRSCHAFT DES VOLKES.

»So, liebe Pioniere«, sagt sie. »Nachdem wir ja schon ein bisschen über Mythologie und Philosophie im alten Griechenland gesprochen haben, möchte ich mich heute dem Aufkommen der Demokratie in der Stadt Athen zuwenden.«

Fiona neben mir stöhnt so gequält auf, als hätte sie schlimme

Schmerzen. Heute trägt sie unter ihrem leuchtend lila Blazer Paulies Neonshirt. Nach dem Paulie-gegen-Gliba-Kampf wechseln sie sich alle damit ab, weil der alberne Fetzen angeblich Glück bringt.

Diego lehnt sich zurück. »Mann, wieso müssen wir eigentlich diesen ganzen Uraltquatsch lernen?«, fragt er Mags.

Mags hebt eine Augenbraue. »Würdest du lieber über etwas anderes reden, Diego?«, entgegnet sie.

»Klar«, sagt er. »Jede Menge Zeug.«

»Was denn genau für Zeug?« Sie sieht ihn interessiert an, als erwartete sie tatsächlich eine Antwort.

»Keine Ahnung«, sagt Diego. »Irgendwas, das ... na ja ... was mit unserem Leben zu tun hat.«

Mags tippt sich nachdenklich ans Kinn und guckt zur Decke. »Na schön«, sagt sie. »Dann lasse ich euch die Wahl. Entweder wir diskutieren heute über politische Systeme und Demokratie, oder wir folgen Diegos Vorschlag und sprechen über Sachen, von denen ihr der Meinung seid, dass sie eine größere Rolle in eurem Alltag spielen. Lasst uns kurz abstimmen: Wer will über Demokratie reden?«

Alle sehen sich verstohlen um. Niemand meldet sich.

Mags lässt den Blick durch den Raum schweifen. »Das wären dann also, tja, null Stimmen für die Demokratie. Und wer möchte über ein anderes Thema sprechen?«

Fast alle Hände schießen hoch. Nur Henry meldet sich nicht, sondern mustert Mags mit irgendwie amüsiert-beeindruckter Miene.

Und da fällt auch bei mir der Groschen.

»Alles klar, *Irgendwas, das mit eurem Leben zu tun hat* gewinnt haushoch«, schließt Mags.

Die Klasse jubelt, und Mags tritt an die Tafel. Sie kreist das Wort DEMOKRATIA ein und dreht sich grinsend wieder um. »Nur damit ihr's wisst«, sagt sie, »das, was sich hier gerade abgespielt hat, nennt man *direkte Demokratie.* Also würde ich mal behaupten, das hat eine ganze Menge mit eurem Leben zu tun, meint ihr nicht?«

Jetzt kapieren es auch die Letzten. Seufzer hallen durch den Raum. »Sie haben uns ausgetrickst!«, ruft Fiona empört.

»Nur um zu beweisen, dass ich recht habe«, verteidigt sich Mags. »Aber meine Lehrerinnenehre gebietet es mir, zu meinem Wort zu stehen, darum machen wir jetzt weiter wie folgt.« Sie holt einen Stapel Karteikarten aus ihrer Pultschublade und reicht jedem von uns eine Handvoll davon. »Schreibt doch mal ein paar Themen auf, die ihr für wichtiger haltet als Menschheitskunde. Ein Beitrag pro Karte – irgendwas, worüber ihr im Unterricht lieber sprechen würdet. Dann faltet ihr die Karten zusammen und werft sie hier rein.«

Sie hält Paulies Kappe hoch, die sie am Dienstag Diego abgenommen hat. »Ab Montag ziehe ich jeden Tag eine Karte aus dieser Kappe. Wenn es mir nicht gelingt, das Thema darauf mit der Antike in Verbindung zu bringen, dann verspreche ich euch, dass wir die ganze Stunde nur über das reden, was auf der Karte steht. Und wenn ich es doch schaffe, dann müsst ihr zugeben, dass die Antike sehr wohl noch eine Bedeutung für euer heutiges Leben hat, und ich darf die Stunde gestalten. Abgemacht?«

»Moment mal, ist das Ihr Ernst?«, fragt Yumi. »Wir dürfen alles aufschreiben, was wir wollen?«

»Ganz genau. Entweder ich verknüpfe die Themen sinnvoll mit der Antike, oder ihr dürft den Gesprächsverlauf bestimmen.«

Alle greifen zu ihren Stiften und kritzeln eifrig drauflos. Ich spähe zu Diego rüber. Er schreibt *Das alljährliche Fußballmatch gegen Devlinshire* auf seine Karte, faltet sie zusammen und schnappt sich direkt die nächste. *Warum Devlinshire das Allerletzte ist.* Dann die nächste: *Warum Mitchell top ist und Devlinshire ein Flop.*

Ich drehe mich zur anderen Seite, um zu sehen, was Fiona macht.

Auch sie hat drei zusammengefaltete Karten vor sich liegen, und ihr Stift flitzt bereits über die vierte. *Unsere liebsten Erinnerungen an Paulie Fink*, schreibt sie und legt die Karte auf den Stapel. Aber sie ist noch längst nicht fertig. *Powerfrauen. Frauen, die nicht folgsam sind. Die Wichtigkeit von Pausen. Ziegen. Sind Vögel bloß moderne Dinosaurier und wenn ja, entwickeln sie irgendwann Reißzähne und fressen uns auf?*

Als Fiona die Karten ausgehen, fragt sie, ob sie eine von meinen haben kann. Ich nicke, während ich noch immer auf meine erste starre und überlege, welches Thema ich mir wünschen soll. Erst als Mags rumgeht, um die Vorschläge einzusammeln, fange ich an. Ich halte schützend die Hand über meine Karte, damit niemand sieht, was ich schreibe:

Wie man Mut beweist, wenn alles um einen rum sich verändert.

Albern, ich weiß, aber was anderes fällt mir nicht ein. Ich falte die Karte zusammen, und Mags nimmt sie mir ab, bevor ich es mir anders überlegen kann.

Mags lächelt zufrieden. »Herausforderung angenommen, liebe Pioniere. Dann wollen wir doch mal sehen.«

DIE VOGELSCHEUCHE

Uff!«, stöhnt Fiona. Am nächsten Tag in der Pause haben wir es uns auf der Wiese bequem gemacht. Nur Diego und die Zwillinge laufen am anderen Ende des Fußballplatzes rum. Henry sieht von seinem Buch auf. »Was ist los, Fiona?«

»Alles«, jammert Fiona. Diego hat ihr zwei Smileys auf die Wangen gemalt, die sie aussehen lassen, als wäre sie im Gesicht tätowiert. »Der Sommer ist vorbei. Und die erste Schulwoche auch bald, dabei ist die wenigstens immer noch halbwegs spannend. Ab jetzt wird wieder alles nur noch schnarchig.«

»Paulie hätte bestimmt eine Idee, wie man hier ein bisschen Leben in die Bude bringen kann.« Sam seufzt.

»Na ja«, sagt Gabby ein bisschen zu hoffnungsvoll. »Immerhin ist Caitlyn jetzt hier.«

Fiona mustert mich skeptisch und runzelt die Stirn. »Caitlyn würde nie als Huhn verkleidet in die Schule kommen.«

»Im Leben nicht«, stimme ich zu.

»Da habt ihr's.« Fiona wirft sich rücklings ins Gras und richtet ihre weiteren Klagen an den Himmel. »Nichts macht mehr Spaß. In ein paar Jahrzehnten werden die Historiker diesen Moment – genau diese Woche – als Anfang vom Ende erkennen. *Das war's*, werden sie sagen. *Das war der Zeitpunkt, als jeglicher Spaß vor die Hunde ging. Als die Menschheit Langeweiland betreten hat.*«

Sie setzt sich wieder auf und breitet die Arme aus. »Willkommen in Langeweiland!«, blafft sie niemand Speziellen an. »Willkommen an der ödesten Schule, die es je gab!«

Yumi zupft eine kleine Melodie auf ihrer Ukulele. »Die öööödeste Schule ... die es je gab ...«

»Ich weiß ja nicht«, wende ich ein. »Klar, ist alles ein bisschen komisch hier, aber als langweilig würde ich es nicht bezeichnen.«

Gabby macht ein verwirrtes Gesicht. »Was ist denn an der Mitchell komisch?«

Alles! Alles hier ist komisch, würde ich am liebsten sagen. *Das ist doch offensichtlich*. Aber nach dem zu urteilen, wie die anderen mich anstarren, ist es das wohl nicht. Zumindest nicht für sie.

»Na ja, guckt euch doch mal um.« Ich deute auf die Villa, die bröckeligen Statuen, die weitläufigen Wiesen. »Würde mich wundern, wenn es auf dem ganzen Planeten auch nur eine andere Schule gibt, die so aussieht. Und mal ehrlich ... *Ziegen*?«

»Okay, klar.« Fiona winkt ab. »Aber das sind doch bloß Ausnahmen.«

»Außerdem gibt es an anderen Schulen Regeln«, füge ich hinzu.

»Bei uns doch auch«, sagt Willow und lässt zwei Würfel rollen. »Hat die Gliba alle aufgeschrieben, ein ganzes Buch voll.«

Fiona zählt an den Fingern ab: »Bei Tests nicht schummeln ... keine Ballspiele in der Klasse ... nicht auf einem Cafeteriatablett den großen Hügel runterrutschen.« Sie blickt zu mir hoch. »Steht da wirklich. Schwarz auf Weiß.«

»Ja«, lacht Yumi. »Deinetwegen.«

»Solche Regeln meine ich nicht«, widerspreche ich. »Sondern die, die gar nicht erst aufgeschrieben werden, weil sie einfach so selbstverständlich sind.«

»Was nirgends geschrieben steht, ist auch keine Regel.« Fiona zuckt mit den Schultern.

Yumi unterbricht ihr Ukulelengeklimper und späht mit zusammengekniffenen Augen über den Fußballplatz. »Was machen die eigentlich da?«

Drüben am Waldrand zerrt Diego einen langen, dünnen Ast hervor. Zusammen mit Thomas schleift er ihn bis hinter das gegenüberliegende Fußballtor. Währenddessen rennt Timothy über den Spielplatz, inspiziert den kaputten Basketballkorb – bloß eine hohle Stange samt Plastikfuß – und schleppt ihn ebenfalls Richtung Tor. Erst jetzt sehe ich Paulies Glücksshirt, das aus Diegos Hosentasche hängt.

Fiona rappelt sich auf. »Keine Ahnung«, sagt sie, »aber ich bin dabei.« Ihr Blazer flattert wie ein Cape hinter ihr her, als sie über die Wiese sprintet.

Nachdem Diego das BOHR, EY-Shirt über die Zweigreste an der Spitze des Asts gezogen hat, helfen Fiona und die Zwillinge ihm, das Ganze aufzurichten. Das untere Ende schieben sie in die Basketballstange.

Und fertig ist die Vogelscheuche. Eine verrückte, kopflose Vogelscheuche im hässlichsten T-Shirt der Welt.

Mit ein paar dicken Steinen am Fuß sorgen die vier dafür, dass das Gebilde nicht umfällt. Kurz darauf kommt Fiona zurückgeflitzt. »Hey!«, ruft sie. »Wir bauen uns einen neuen Paulie! Als Glücksbringer! Kommt mit, gucken!«

Jetzt rennen alle los zu der komischen Vogelscheuche oder dem Denkmal oder was immer das Ding darstellen soll. Nach ein paar Schritten dreht Henry sich um und fragt: »Kommst du, Caitlyn?«

Am liebsten würde ich Henry fragen, was an diesem Paulie Fink eigentlich so unvergesslich ist. Ich habe schließlich auch die Schule gewechselt, aber würde mir deswegen irgendwer zu Hause ein Denkmal errichten? Würden sie sich um ein T-Shirt von mir reißen oder ständig meinen Namen singen?

Wohl eher nicht. Mir kommt es ja jetzt schon vor, als würden meine Freundinnen sich kaum noch an mich erinnern.

Ich zucke mit den Schultern. »Ich kenne Paulie doch gar nicht.«

Henry mustert mich aufmerksam. »Ich bin auch kein Pionier, weißt du? Bin erst in der Dritten dazugestoßen. Darum weiß ich, wie das ist.«

Ach. Also kennt auch Henry die Welt außerhalb der Höhle.

»Und Paulie«, fügt er hinzu, »ist sogar erst in der Vierten zu uns gekommen.«

»Ha«, sage ich. »Wenn wir keine Pioniere sind, dann sind wir wohl die Nachzügler.«

»Die Nachzügler.« Er grinst. »Gar nicht schlecht. Wir sind die Nachzügler. Vielleicht sollten wir einen Klub gründen.«

»Und uns Uniformen besorgen oder so was«, witzele ich.

Derweil schiebt sich eine Pionierpolonaise rund um den Fußballplatz.

»Du hattest übrigens recht«, merkt Henry an, ohne den Blick vom Rest unserer Klasse zu lösen. »Damit, dass die Leute sich hier nicht an dieselben Regeln halten wie woanders. In meiner alten Schule haben die anderen mir immer den Rucksack geklaut und ihn sich gegenseitig zugeworfen. Wenn er nicht richtig zu war, sind meine ganzen Sachen rausgeflogen. Manchmal haben sogar meine besten Freunde mitgemacht. Sie meinten, das wäre nur Spaß.« Er erzählt das alles ganz sachlich, als wäre es ihm nicht mal peinlich.

Die Pioniere starten wieder einen ihrer Sprechchöre. »Pau-lie! Pau-lie!«

»Na ja.« Jetzt guckt Henry mir in die Augen. »Was ich damit sagen will, ist: Anders muss nicht unbedingt schlechter sein. Vielleicht sollten wir uns einfach dran erfreuen, solange es noch da ist.«

»Solange was noch da ist?«, frage ich.

»Hm?«

»Solange *was* noch da ist? Dieses Vogelscheuchending?«

Henry zieht ein verwirrtes Gesicht und schiebt seine Brille höher. »Ja, genau«, sagt er. »Das meinte ich. Und ich finde jedenfalls, wir sind jetzt auch Pioniere. Darum komm, lass uns unseren neuen Paulie angucken gehen.«

Als ich den Kopf schüttele, joggt er allein los.

Ich versuche, mir meine Freunde dabei vorzustellen, wie sie meinen Namen johlen: *Cait-lyn! Cait-lyn!* Fast kann ich die Polonaise sehen, die sich meinen alten Schulflur hinunterschiebt, vorbei an meinem alten Spind. Doch das Bild hält sich nur für den Bruchteil einer Sekunde, dann löst es sich in Luft auf.

INTERVIEW MIT HENRY

Du hattest den richtigen Riecher, Caitlyn. Ich meinte nicht das Vogelscheuchending, als ich gesagt habe, wir sollten uns daran erfreuen, solange es noch da ist.

In Wirklichkeit meinte ich was ganz anderes.

Nämlich das alles hier. Die Schule. Diese ganze versteckte Welt, wie eine geheime Bude im Wald.

VERMISS DICH

Wie gern würde ich auf Henrys Rat hören und mich einfach amüsieren, aber so leicht ist das leider nicht. Also schreibe ich weiter jeden Tag meinen Freundinnen zu Hause und wünsche mir, ich wäre bei ihnen. Manchmal antworten sie, manchmal nicht. So sieht es aus, wenn sie nicht antworten:

Hey, wie geht's?

Immer noch total komisch hier

Wenigstens hab ich eine Freundin gefunden!

Leider geht sie in die Vorschule, LOL

Cooles Foto von euch allen zusammen

WÄRE SOOOO GERN DABEI GEWESEN

Vermiss euch

Meldet euch mal, ja?

Bitte

Mom hat versprochen, bald mit mir nach Hause zu fahren, damit ich euch besuchen kann

Sagt mal, wann's euch passt

Mom braucht ein bisschen Vorlauf zum Planen, sie arbeitet oft am Wochenende

Ihr neuer Job ist wohl echt anstrengend

Tja, Mom, einen anstrengenden Job hattest du zu Hause auch

Da hätten wir ja auch einfach bleiben können, wo wir waren, LOL

Schon mal Amerika sucht den neuen Megastar geguckt?

Ein Mädchen hier ist total besessen davon

Aber Ziegen mag sie auch

Hattet ihr gelesen, dass ich vielleicht bald zu Besuch komme?

Vermiss euch

Dann wieder schreibt aus heiterem Himmel meine Freundin Mira, dass sie eine Riesenpyjamaparty feiern will und ich unbedingt dabei sein muss. Ich schreibe sofort zurück:

Jaaaaaaaaaaaaaa!

Sag einfach, wann!!!!!

Mom muss bloß rechtzeitig Bescheid wissen

Oh Mann, ihr würdet echt nicht glauben, was hier abgeht

Eine aus meiner Klasse kommt aus einer Marionettentheaterfamilie

Und die Jungs spielen voll peinliche Raufspiele

Die ganze Klasse ist total wild auf ein hässliches neongrünes Shirt

Ne Zeit lang hatten sie es immer abwechselnd an

Immer dasselbe dreckige Shirt

Jetzt haben sie es einem Ast übergezogen, sieht aus wie ne Vogelscheuche

Soll Glück bringen oder so

Könnte es ja klauen und zur Party anziehen, LOL

Aber jetzt mal im Ernst

Kanns

Kaum

Erwarten

Es dauert ein bisschen, bis wir einen Termin für die Party finden, der allen passt. Als es endlich so weit ist, kann ich mich vor Freude kaum halten.

27. Oktober?!!!!!!

Ja!!!!!!!!!!!!!

Mom sagt, kein Problem!!!!!!!!

Oh, Moment.

An dem Tag haben wir ein Fußballspiel.

Und wir sind nur elf in der Klasse, darum brauchen sie mich für die Mannschaft.

Nee, egal. Interessiert mich nicht.

Sagt nur meiner Mom nichts, ok?

Die will dann bestimmt, dass ich mitspiele.

ABER ICH WILL ZUR PARTY!!!!!!!!!!!!!!!!!!!!!

Anna Spang ist hoffentlich auch eingeladen, oder?

Haha – Scherz!

Ich freu mich riiiiiiiiiiiiiiiiiiiiiiiiiiiiiiiiiiiiiiiiiiiiiiiiiiiiiiiesig auf euch!

EIN MONAT OHNE PAULIE

LANGEWEILAND

Eins muss man dem Fernsehen lassen: Langeweile hat dort keine Chance. Nehmen wir zum Beispiel *Megastar*: In der Show folgt ein dramatischer Moment auf den anderen. Und falls in der Zwischenzeit mal nichts passiert, haben die Macher alle möglichen Tricks auf Lager. Es sollen ein paar Stunden übersprungen werden? Dann zeigt man einfach Wolken, die im Zeitraffer über den Himmel ziehen. Ein ganzer Tag vergeht? Dann wird noch ein Zahn zugelegt, die Sonne geht unter und anschließend wieder auf. Auch noch längere Zeitspannen lassen sich so verbildlichen: Durch eine Hand, die in Rot die Tage auf einem Kalender durchstreicht, oder einen Windstoß, der die Kalenderblätter verweht.

In der Wirklichkeit dagegen muss man jede einzelne Sekunde in quälender Echtzeit durchleben.

Zwei Wochen vergehen. Ich wünschte, ich könnte einfach vorspulen bis zu Miras Pyjamaparty am 27. Oktober, die endlosen Stunden bis dahin rausschneiden und den Rest zu einer zackigen halbminütigen Montage zusammenfügen:

Clip Nummer 1: Die Sonne versinkt hinter dem bizarren Paulie-Fink-Denkmal. Als sie wieder aufgeht, ist das Grün der Blätter ringsum Rostorange und Scharlachrot gewichen, als Symbol für den Herbstbeginn in Vermont.

Clip Nummer 2: Meine Klasse versetzt im Zeitraffer den Ziegenpferch. Dann noch mal und noch mal ... alle paar Tage ein kleines Stückchen, und jedes Mal ist der Fußballplatz ein bisschen größer.

Clip Nummer 3: Mr Farabi steht am Spielfeldrand und feuert uns an, während wir für das Match gegen Devlinshire trainieren. Dann könnte eine Großaufnahme von mir folgen, wie ich einfach nur rumstehe. Wozu soll ich mich abmühen, wenn ich doch am entscheidenden Tag sowieso nicht dabei bin?

Nicht, dass ich das schon irgendwem verraten hätte.

Andere Clips könnten meine Mom und mich zeigen, wie wir beim Essen sitzen und *Megastar* gucken. Oder mich, wie ich wieder und wieder an der Guten-Tag-Glocke vorbeimarschiere, ohne sie zu läuten. Oder Mags, die eine Karteikarte aus Paulies Kappe zieht und erklärt, inwiefern das Thema darauf mit der Antike in Verbindung steht.

Ihr Versprechen hat sie nämlich gehalten. Mitte September zum Beispiel hat sie Diegos Karte über die Rivalität zwischen Devlinshire und Mitchell genutzt, um uns über die ersten Olympischen Spiele aller Zeiten diskutieren zu lassen. Fionas *Powerfrauen*-Karte verwandelte sie in eine Lektion über Athene, die griechische Göttin der Weisheit, Artemis, die Göttin der Jagd, und die Amazonen, einen mythischen Kriegerinnenstamm. Karten, auf denen *Zombie gegen Werwolf* und *Kreaturen der Düsterwelt* stand, bescherten uns Unterrichtsstunden über die Gorgonen (die Schlangen anstelle von Haaren haben), dreiköpfige Hunde und eine Menge anderer gruseliger Sagenwesen.

Heute, als Mags Fionas Karte mit den liebsten Erinnerungen an Paulie Fink zieht, kommt sie auf einen Typen namens Herodot zu sprechen, der einer der ersten echten Geschichtsschreiber war. Sie erklärt, dass Herodot fleißig die antike Welt bereist und haufenweise Menschen befragt hat – zu ihrem Leben im Allgemeinen, aber auch dazu, was ihrer Meinung nach Kriege auslöst. Und das alles hat er dann in einem Werk mit dem Titel *Historien* zusammengefasst.

»Herodot hat uns gezeigt, dass Geschichte niemals objektiv sein kann«, erläutert Mags. »Es kommt immer darauf an, wer gerade erzählt. Darum muss man, um sich einen möglichst umfassenden Eindruck zu verschaffen, so vielen unterschiedlichen Stimmen wie möglich lauschen.« Und dann sagt sie, dass wir bald noch mehr über Herodot sprechen werden, weil ein Unterrichtsprojekt ansteht, für das wir uns seiner Techniken bedienen werden. Woraufhin natürlich alle aufstöhnen.

Mit Mags' Geschichten vergeht die Zeit bis zu Miras Party zwar auch nicht schneller, aber zumindest liefern sie mir Redestoff für die Mittagspausen mit Plüschi. Eigentlich gehört das auch in meine Filmmontage: ich, wie ich Milchpäckchen um Milchpäckchen öffne und für Plüschi die Märchentante spiele.

»Und wie geht's weiter?«, flüstert Plüschi so leise, dass ich sie über den Cafeterialärm kaum höre. Seit der ersten Geschichte vor fast drei Wochen, in der Paulie gegen die Glibberhexe angetreten ist, wollte sie jeden Tag eine neue hören.

»Erst musst du einen Happs von deinem Sandwich essen«, sage ich. Dann rede ich weiter. »Und als die Hexe das hölzerne Pferd rüber nach Langeweiland geholt hatte, sprang plötzlich Paulie heraus. ›Überraschung!‹, rief er. Mensch, hat die Alte sich erschreckt!«

Was sozusagen die Vorschulversion der Geschichte ist, die Mags uns am Morgen erzählt hat.

Auf der heutigen Karteikarte stand nämlich *Paulies Schreibtischschubladenstreich*. Mags erklärte, das Besondere daran sei die Überrumpelungstaktik gewesen, die ihrer Meinung nach Paulies beste Streiche ausgemacht habe. »Dazu gibt es ein ganz berühmtes Beispiel aus der Geschichte: das Trojanische Pferd.« Damals wollten die Griechen eine verfeindete Stadt einnehmen, die unpraktischerweise von einer hohen Mauer umschlossen war. Also bauten sie ein riesiges hölzernes Pferd, in dessen Bauch sich ein Trupp Soldaten verstecken konnte. Das Pferd präsentierten sie ihren Feinden als Geschenk, und sobald es sich innerhalb der Stadtmauern befand, sprangen die Soldaten raus und schlugen alles kurz und klein.

Natürlich sind solche Kriegsstorys nichts für ein kleines Mädchen, darum wandle ich das Ganze ein bisschen ab. »Paulie war aber nicht der Einzige, der sich im Bauch des Pferdes versteckt hatte«, erzähle ich weiter. »Er hatte eine riesige Armee von ungezogenen Chaoshühnern dabei, und die flatterten jetzt gackernd über ganz Langeweiland. Sie piesackten die Ziegen, warfen lauter Sachen um und ... und am Ende war alles voller Hühnerkacke! Die Glibberhexe konnte nichts dagegen tun. Sie schüttelte nur ihre knochige Faust und schrie: »Das zahl ich dir heim, Paulie Fink, dir und deinen gefiederten Spießgesellen!«

Plüschi schlägt sich die Hand vor den Mund und guckt mich ehrfürchtig an, als wäre ich absolut obercool. Dabei erzähle ich doch nur eine Geschichte weiter, die ich von jemand anderem habe, und passe sie spontan ein wenig an.

»So, letzter Bissen«, sage ich am Ende der Geschichte und deute auf ihr Sandwich. »Mach schnell, die Mittagspause ist schon fast rum.«

Während Plüschi noch kaut, kommt die Gliba in die Cafeteria marschiert. Sie stellt sich auf einen Stuhl und ruft: »Alle mal herhören! Liebe Schüler der Mitchell, ich habe etwas bekannt zu machen! Mit großer Freude darf ich verkünden, dass heute, am achtzehnten September ...«

Es wird ganz still im Raum, und ich werfe Gabby einen Blick zu. Sie hat die Fäuste geballt und die Augen geschlossen und flüstert *Bitte-bittebitte* vor sich hin.

Endlich redet die Gliba weiter: »... alle gewohnten Nachmittags-aktivitäten ausfallen. Denn heute ist ... Zucchinitag!«

Die Menge bricht in Jubel aus.

DAS GEGENTEIL VON ZUCCBALL

Auf die Plätze, fertig, sortieren!«, ruft Mr Farabi.

Hinter der Schule zwischen den Statuen parkt ein Pick-up, auf dessen Ladefläche bergeweise Zucchini liegen. Die meisten davon sehen ziemlich verrückt aus, sind korkenzieherartig verdreht oder rund und gedrungen wie Tomaten. Andere wiederum sind so lang wie mein Arm und fast so dick wie ein Brotlaib.

»Schnappt euch so viele ihr tragen könnt und sortiert sie auf verschiedene Haufen«, weist Mr Farabi uns an. »Die Zucchini, die zum Kochen bestimmt sind, legt ihr da drüben zu Zeus. Und seht ihr dieses hässliche Ding hier, total hutzelig und angematscht? So was ist offiziell zum Abschuss freigegeben und wird bei Athene gesammelt, das ist die mit dem Schild da vorne. Wow, Timothy, guck dir diesen Koloss hier an, perfekt für Zuccball! Leg ihn bitte mal neben diese kopflose Statue da, den Kerl mit der Harfe. Mags, wer ist das noch gleich? Ach ja, richtig, Apollo! Also, alle Zuccbälle zu Apollo!«

Während Mrs Gliba mich mit Gemüse belädt, erklärt Gabby mir, dass der Zucchinitag eine alljährlich wiederkehrende Tradition an der Mitchell ist. »Irgendwann im September wissen die Bauern aus der Gegend einfach nicht mehr, was sie mit ihren vielen Zucchini anfangen sollen«, sagt sie. »Die, die nicht so schön aussehen oder ein bisschen matschig sind, will keiner kaufen, und wenn sie zu groß sind, schmecken sie nicht mehr. Also fährt die Gliba rum und sammelt alles an überflüssigen Zucchini ein.«

Ich lege ein Monsterexemplar auf den Zuccballhaufen – was auch immer es damit auf sich hat. »Okay, aber warum? Was machen wir damit?«

»Na ja, die, die man noch essen kann, dürfen wir mit nach Hause nehmen. Und der Rest ... ach, du wirst schon sehen.«

Nachdem alles sortiert ist, gehen die jüngeren Kinder mit ihren Lehrern zurück ins Gebäude, um Zucchinimuffins zu backen. Meine Klasse dagegen folgt Mags und Mr Farabi auf den Fußballplatz. Dort hat irgendjemand eine Reihe selbstgebauter Katapulte aufgestellt, Miniversionen von denen, die in der Antike benutzt wurden.

Die nächste halbe Stunde verbringen wir damit, eine Zucchini nach der anderen über den Platz zu katapultieren. Mags erzählt von großen historischen Schlachten, und Mr Farabi lässt uns anhand der Form und Größe der Zucchini die Flugbahnen schätzen.

Wieder etwas für meine Liste mit Sachen, die ich meinen Freundinnen erzählen muss, wenn ich sie das nächste Mal sehe. *Kein Scherz, wir haben Zucchini mit einem Katapult durch die Gegend geschossen.* Ich stelle mir vor, wie sie sich um mich versammeln und gebannt meinen Schilderungen über mein neues Leben hier lauschen. *Ich schwör's euch*, werde ich sagen, *das ist alles so was von absurd.*

Diego platziert eine besonders schrumpelige Zucchini im Katapult. Bevor er sie abschießt, wandert sein Blick zum Paulie-Denkmal. »Komm schon, Paulie«, murmelt er. »Lass ihn fliegen.«

In einem perfekten Bogen segelt das Gemüse über den Platz.

Danach bitten alle das Paulie-Denkmal um Hilfe. Jeder will, dass seine Zucchini es am weitesten schafft.

»Im Namen Paulie Finks!«, ruft Fiona, bevor sie ihre schleudert. Sie löst sich zu früh und zerplatzt mitten auf der Wiese, was aber offenbar keine Rolle spielt, denn auch weiterhin wenden sich alle an das kopflose Denkmal.

»Los, Paulie, schick das Ding hier bis zu den Bäumen.«

»Gib mal ordentlich Wumms, Paulie!«

Sogar Henry macht mit. Nach einem besonders gelungenen Schuss salutiert er vor dem Denkmal. »Besten Dank, Paulie«, sagt er.

Als schließlich der Haufen mit den zum Abschuss freigegebenen Zucchini verschwunden ist, spielen wir Zuccball, was, wie sich herausstellt, so ziemlich dasselbe ist wie Baseball, nur dass wir anstelle von Schlägern die übergroßen Zucchini benutzen und die kleinsten, rundesten als Bälle.

Als ich an der Reihe bin, schlage ich so hart zu, dass meine Zucchini in der Luft explodiert und grüne Bröckchen auf mein Gesicht niederregnen.

Am Ende des Tages ist der ganze Fußballplatz voller Gemüsematsch. Den wir – na klar – aufsammeln und an die Ziegen verfüttern dürfen.

»Siehst du, so was meine ich zum Beispiel«, sage ich zu Gabby. »An einer richtigen Schule lässt man nicht einfach alles stehen und liegen, um Zuccball zu spielen.« Ich versuche schon die ganze Zeit zu erklären, wie anders als normale Schulen die Mitchell ist. Angefangen damit, dass die Siebtklässler für gewöhnlich nicht im selben Gebäude untergebracht sind wie die Vorschulklasse, und selbst wenn, sitzt man bestimmt nicht auch noch in der Mittagspause mit den Kleinen zusammen. Die meisten Schulen haben auch eher keine Kamine in den Klassenzimmern oder Götterstatuen auf dem Rasen. Ach was, die meisten Schulen *haben* ja noch nicht mal Rasen.

Fiona, die vor mir läuft, dreht sich um, den Arm voller Zucchini. »Weißt du was, Caitlyn? Ich kann dein Gemecker langsam echt nicht mehr hören.«

»Fiona.« Diego schüttelt den Kopf. »Lass gut sein, lohnt sich ja doch nicht.«

Aber Fiona wirft ihre Zucchini ins Gras und verschränkt die Arme. »Nein, mir reicht's.« Dann äfft sie mich nach, mit derselben Stimme, mit der sie sonst die Gliba imitiert. »In *richtigen* Schulen gibt es keine Ziegen. In *richtigen* Schulen gibt es Pulte und Spinde, *richtige* Schulen sind so was von toll, *wäh wäh wäh.*«

»Ich hab nie gesagt, dass es woanders besser ist«, verteidige ich mich.

»Gesagt vielleicht nicht«, schaltet sich Yumi leise ein. »Aber gemeint.«

»Du redest immer von *richtigen* Schulen, als wäre die Mitchell keine«, sagt Fiona. »Tja, überleg mal: Du bist gerade in der Schule, und das hier ist das richtige Leben. Daraus kann man ja wohl schließen, dass das hier eine richtige Schule ist. Und wenn's dir nicht gefällt, dann geh halt nach Hause. Oder von mir aus an die Devlinshire! Da würdest du jedenfalls super hinpassen.«

Alle reißen entsetzt die Augen auf.

»Fiona!«, versucht Diego sie zu bremsen. »Ist gut jetzt.«

»Ständig hat sie was auszusetzen«, schimpft Fiona. »Das ist so was von unhöflich!«

Starr irgendwas an, ermahne ich mich.

Atme tief durch.

Werde zu Stein.

Die ersten beiden kriege ich noch hin, aber den Stein in meinem Brustkorb kann ich ums Verrecken nicht finden.

»Wie wär's, wenn wir einfach mal nicht darüber reden, was dir an der Mitchell alles nicht passt«, versucht sich Gabby als Friedensstifterin, »sondern du uns erzählst, was du an deiner alten Schule am tollsten fandst?«

Dass es Regeln gab, die mir geholfen haben, meinen Platz zu finden. Und dass ich, solange ich mich daran gehalten habe, immer sicher sein konnte, welcher mein Münzstapel ist.

»Dass es da *normal* war«, sage ich. »Dass wir normale Sachen gemacht haben.«

Fiona zieht ein Gesicht, als wollte sie mir eine reinhauen, aber Diego legt ihr die Hand auf die Schulter.

»*Normal* ...«, wiederholt Diego. Als kapierte er gar nicht, was ich meine.

»Genau, normal. Wie zum Beispiel ... was auch immer das Gegenteil von Zuccball ist!«

»Was soll denn das Gegenteil von Zuccball sein?«, fragt Timothy Thomas, der jedoch bloß mit den Schultern zuckt.

Alle gucken mich an. Was mich an eine Sportstunde im letzten Schuljahr erinnert, als ich mit dem roten Ball in der Hand dastand. Wie erstarrt.

»Brennball!«, rufe ich schließlich. »Wir haben Brennball gespielt, okay?«

Ein paar Sekunden lang sagt niemand was. Dann brechen alle gleichzeitig in Gelächter aus.

»Ach so, *Brenn*ball«, sagt Fiona, die plötzlich kein bisschen wütend mehr wirkt. »Schon klar. Was auch sonst?«

»Während wir hier in Vermont noch niiiieee von Brennball gehört haben«, prustet Diego.

Immer noch lachend machen sich die anderen auf den Weg zum Ziegenpferch, und Timothy fängt einen neuen Singsang an: »Caitlyn steht auf Brennball! Caitlyn steht auf Brennball!«

Und sofort stimmen die anderen mit ein. Sie singen, während sie den Ziegen Zucchinistückchen zuwerfen. Sie singen, als sie am Paulie-Denkmal vorbeigehen, wo ein paar von ihnen stehen bleiben und so tun, als würden sie ihm High Five geben, als wäre ein blödes T-Shirt an einem blöden Ast tatsächlich der ach so große und mächtige Paulie Fink. Und dann singen sie den ganzen Weg zurück zur Schule.

Ich gehe erst zum Pferch, als sie weg sind. Und dann schleudere ich meine Zucchini mit voller Wucht über den Zaun.

Der gemeine alte Ziegenbock beobachtet mich, und ich könnte schwören, dass er ein fieses Grinsen im Gesicht hat. Als wüsste er genau, dass ich eine Münze ohne Stapel bin. Dass ich hier niemals dazugehören werde.

WAS FÜR EIN DRAMA

In einem Ökosystem ist alles miteinander verbunden«, erklärt Mr Farabi am nächsten Morgen. Heute hat er uns in den Wald geschleift, und wir stehen nicht weit weg von der Stelle, wo die anderen den Ast für das blöde Paulie-Denkmal gefunden haben. Gerade hat er uns einen zehnminütigen Vortrag darüber gehalten, dass Bäume, Moos, Insekten und Vögel allesamt voneinander abhängig sind. »Jede Spezies ist genau in ihren Lebensraum eingepasst, wie ein Teilchen von einem riesigen Puzzle. Wenn man auch nur ein bisschen was durcheinanderbringt, ist das ganze Bild ruiniert.«

Er erläutert uns, was in diesem Moment alles um uns rum passiert, ohne dass wir etwas davon merken. Unter unseren Füßen, sagt er, verweben sich die Wurzeln bestimmter Bäume zu einem Netz, über das sie Wasser und Nährstoffe austauschen können. Andere Pflanzen dagegen arbeiten nicht zusammen, sondern stehen in regelrechter Konkurrenz zueinander und bombardieren ihre Rivalen mit Schadstoffen.

Während Mr Farabi redet, mustere ich verstohlen die anderen. Nach unserem Streit war ich überzeugt, dass mich heute Morgen alle bloß wütend anstarren würden ... oder, schlimmer noch, auslachen. Aber der Tag hat kein bisschen anders angefangen als der davor oder der davor. Es war, als hätte jemand einen Resetbutton gedrückt – wie wenn Yumi Timothy und Thomas anschreit und die beiden wieder von vorne mit ihrem albernen Zombie-Werwolf-Spiel anfangen.

Vielleicht läuft es an einer kleinen Schule nun mal so. Wenn es nicht genug Leute gibt, um sie irgendwie sinnvoll zu sortieren, muss man sich wohl einfach zusammenraufen.

Gabby beugt sich zu mir rüber. »Das ist wie bei *Megastar*«, raunt sie. Es dauert eine Sekunde, bis ich kapiere, dass sie Mr Farabis Ökosystem meint – in dem verschiedene Elemente zusammen oder gegeneinander arbeiten. »Da gibt's Helden und Schurken, Bündnisse und Rivalität.«

Ich lächele, nicht nur, weil sie recht hat, sondern auch, weil die Tatsache, dass sie im Unterricht mit mir tuschelt, ein wichtiges Zeichen ist: dafür, dass ich wirklich eine zweite Chance bekommen habe.

Und während ich dort draußen unter dem sonnendurchschienenen Blätterdach stehe, kann ich beinahe spüren, was Mr Farabi beschreibt. Es ist, als spielte sich rings um mich ein gewaltiges Drama ab, etwas Allumfassendes, nur dass es eben unsichtbar ist. Etwas, von dem die meisten Menschen nicht mal etwas ahnen.

Mr Farabi ist so besessen von seinen Ökosystemen, dass er sogar beim Fußballtraining wieder davon anfängt. »Eine gute Mannschaft ist wie das ultimative Ökosystem«, verkündet er am Nachmittag. »Jeder einzelne Spieler ist unersetzlich! Jeder trägt zum großen Ganzen bei! Wenn wir Devlinshire schlagen wollen, müssen alle mit anpacken!«

Aber soweit ich das beurteilen kann, besteht in dieser Mannschaft keinerlei natürliches Gleichgewicht. Niemand arbeitet zusammen. Was dazu führt, dass Mr Farabis Schwärmereien schon nach wenigen Minuten frustrierten Ausrufen weichen:

»Der Ball gehört nicht dir allein, Diego! Gib doch mal an die anderen ab, okay?«

»Timothy! Thomas! Was ist das denn da für ein Roboterkampf? Konzentriert euch gefälligst aufs Spiel!«

»Fiona, du kannst dir nicht einfach den Ball schnappen und deine Kameraden abwerfen, nur weil irgendwas nicht nach deiner Nase geht!«

So viel zum Thema perfektes Ökosystem. Vermutlich ist es gar nicht so schlecht, dass sie dieses dämliche Paulie-Denkmal haben, das ihnen Glück bringt. Egal, wo das Spiel am Ende stattfindet, unsere Mannschaft braucht jede Hilfe, die sie kriegen kann.

Eines Tages, in der dritten Septemberwoche, als wir in der Pause nach draußen gehen, sehen wir Mr Farabi mit einer fremden Frau reden. Sie hat blondiertes, zu einem straffen Pferdeschwanz zurückgebundenes Haar und trägt einen leuchtend blauen Trainingsanzug mit einem großen aufgestickten D darauf. Alle bleiben wie angewurzelt stehen.

Gabby schnappt hörbar nach Luft. »Das ist die Devlinshire-Trainerin«, flüstert sie.

Sam nickt. »Wahrscheinlich entscheiden sie gerade über den Austragungsort des Spiels.«

Fiona stößt einen Laut aus, der beinahe an ein Knurren erinnert. Schweigend sehen wir zu, wie die beiden Trainer Entfernungen abschreiten, Maßbänder aus den Taschen ziehen und über die Ergebnisse diskutieren.

»Komm schon, Paulie ...«, drängt Diego. »Lass deine Magie spielen. Ich will nicht schon wieder auf diesen doofen Reiche-Kinder-Platz.«

»Im Namen Paulie Finks«, sagt Timothy.

»Im Namen Paulie Finks«, wiederholt Thomas.

Die Trainer schütteln einander die Hände. Als sie sich der Schule nähern, schnappe ich Bruchstücke von dem auf, was die Devlinshire-Frau sagt: »... Vorschriften ... entspricht nicht dem Standard ... meine Spieler haben so fleißig trainiert ...«

Mr Farabis Miene ist wie versteinert. Er guckt kein einziges Mal in unsere Richtung.

Erst als die beiden ein paar Meter an uns vorbei sind, dreht er sich um. Und hebt wortlos beide Daumen. So breit habe ich ihn noch nie grinsen sehen. Dann wendet er sich wieder nach vorn und nickt todernst über das, was immer die Devlinshire-Frau gerade sagt, als wäre gar nichts gewesen.

Aber die Pioniere jubeln und recken triumphierend die Fäuste in die Luft. Timothy und Thomas springen so schwungvoll mit der Brust gegeneinander, dass sie beide rückwärts stolpern, was natürlich direkt wieder in einen Ringkampf ausartet.

Das geht mich alles gar nichts an, denke ich. *Ich bin dann sowieso nicht hier. Wenn die anderen gegen Devlinshire spielen, bin ich zu Hause auf Miras Party.*

Hinter Gabby johlt Diego: »Ehrenrunde!«, und stürmt mit erhobenen Armen über den Platz.

»Nein!«, ruft Fiona und deutet auf die Vogelscheuche. »Ehrenrunde um Paulie!« Diego nickt und sprintet darauf zu.

Und im nächsten Moment rennen alle los und johlen Sachen wie *Heim-spiel! Heim-spiel!* oder *Ich hab doch gewusst, dass er Glück bringt!*

Paulie steht stumm da, während die anderen wieder seinen Namen singen. Das BOHR, EY-Shirt flattert im Wind wie die Flagge eines neugegründeten Nonsens-Staats.

FÜNFZEHN SACHEN, DIE ICH LIEBER MACHEN WÜRDE, ALS EINEN FUSS NACH DEVLINSHIRE HILLS ZU SETZEN

Eine Liste von Diego Silva

1. Mir die Augen mit Sand auswaschen.
2. Mich für exakt drei Jahre in ein Riesenfass mit Zitronenwackelpudding sperren lassen.
3. Mich von einem Skorpion beißen lassen.
4. Mich von zehntausend Skorpionen beißen lassen, die alle das Gesicht von Mrs Gliba und die Stimme von Micky Maus haben.
5. Mrs Gliba aus Versehen »Mom« nennen.
6. Barfuß über Legosteine laufen.
7. Mich an einen Stuhl fesseln lassen und neun Jahre lang Yumi zuhören, die immer dasselbe Lied auf der Ukulele spielt.
8. Spaghettiarme haben.
9. T-Rex-Arme haben.
10. T-Rex-Arme haben und eine Nase, die nie aufhört zu jucken.
11. An einem Stinktier lecken.
12. Wirklich ein ganzes Glas Mayo essen.
13. Gabby gegenüber zugeben, dass ich alle Staffeln von Megastar gesehen habe. Zweimal.
14. Mir die Augenbrauen in Brand stecken.
15. Alles, weil es einfach nichts Schlimmeres gibt als Devlinshire.

Okay, ich will ganz ehrlich sein. Einen Gegner wie Devlinshire zu haben ist nicht schön. Diese Kids haben nur das Beste vom Besten. Richtig professionelle Stollenschuhe. Eine echte Trainerin, nicht bloß einen Biolehrer, der seine Freizeit opfert und sich nach Kräften bemüht. Schicke, atmungsaktive Sporthosen und Trikots mit aufgedrucktem Schullogo. Hier an der Mitchell haben wir noch nicht mal einheitliche T-Shirts. Jeder muss einfach irgendwas Grünes anziehen.

Ein paar unserer Spieler sind gar nicht mal so übel und haben sich im Lauf der Jahre immer weiter verbessert. Aber sobald die Devlinshire-Mannschaft hier aufläuft, gerät alles aus den Fugen. Dann verlieren die Kids die Nerven, als wäre das Spiel schon vor dem Startpfiff entschieden.

Und als wäre das nicht genug, hatten wir dazu bis letztes Jahr auch noch Paulie am Hals.

Tja, wie soll man Paulies Fußballkünste beschreiben? Wenn er den Ball zugepasst bekam, dann trat er nicht einfach nur daneben. Nein, er trat mit so viel Schwung daneben, dass es ihn von den Füßen riss. Und dann lag er hilflos wie ein Käfer auf dem Rücken. Vor zwei Jahren – und das ist jetzt kein Scherz – hat Paulie sich mitten im Spiel einfach den Ball geschnappt und ihn wie beim Basketball übers Feld gedribbelt. Hast du schon mal versucht, einen Fußball über eine Wiese zu dribbeln?

Manchmal hab ich mich schon gefragt, ob er das alles absichtlich macht, wie so eine Art Performancekünstler. Zum Beispiel, wenn er plötzlich überhaupt nicht mehr mitgespielt, sondern stattdessen den Kommentator gegeben hat.

Um ganz ehrlich zu sein, kam mir Paulie immer eher wie ein *Un*glücksbringer vor.
Aber wenn die Pioniere jetzt gerne glauben wollten, dass er sich in einen Glücksbringer verwandelt hat? In Form einer Vogelscheuche? Wer hätte ihnen da widersprechen oder sie gar bitten sollen, das Ding wieder abzubauen?
Ich beschloss, erst mal abzuwarten. Ohne Paulie, und seit die Kinder an ihren neuen Glücksbringer glaubten, konnte es schließlich sein, dass wir dieses Jahr tatsächlich eine Chance gegen Devlinshire hatten.

RUHM UND EHRE

Am Montag der letzten Septemberwoche zieht Mags eine weitere Karteikarte aus Paulies Kappe und liest vor, was darauf steht: *Amerika sucht den neuen Megastar*. Nach kurzem Nachdenken geht sie zur Tafel und schreibt:

KLEOS

Und darunter:

κλέος

Und darunter:

RUHM, EHRE, UNSTERBLICHKEIT.

Dann dreht sie sich wieder zu uns um. »Für die alten Griechen stand fest, dass echte Unsterblichkeit den Göttern vorbehalten war. Der einzige Weg zu etwas Vergleichbarem schien es daher zu sein, im Leben etwas zu erreichen, von dem man noch lange über ihren Tod hinaus reden würde. Im Begriff *Kleos* drückt sich die Hoffnung der Menschen aus, dass man sich an sie erinnern würde. Er ist verwandt mit dem Verb *kluein*, was ›hören‹ bedeutet. Man könnte also sagen, *Kleos* bedeutet mehr oder weniger wörtlich ›von sich hören machen‹.«

Sie erklärt, dass das Gegenteil von *Kleos* die Vergessenheit ist. »So sah schon damals das Schicksal der meisten Menschen aus. Jedem

Platon, an den wir uns erinnern, stehen unzählige andere gegenüber, die gelebt haben und gestorben sind, und heute erinnert sich niemand mehr an sie.«

Und heute erinnert sich niemand mehr an sie. Die Worte drücken mich förmlich nieder. Als läge statt des Steins *in* meiner Brust mit einem Mal einer *darauf*, so schwer, dass ich kaum noch Luft bekomme. Was möglicherweise damit zu tun hat, dass ich Mira sicher eine Million Nachrichten wegen ihrer Übernachtungsparty geschrieben habe: Wann es am Siebenundzwanzigsten losgeht, ob ich lieber vorher was essen soll oder ob es bei ihr was gibt, weil allein die Fahrt ja fünf Stunden dauert, und ob meine Mom jetzt definitiv ihre Nachmittagstermine absagen soll. Ob ich Donuts von der Donutlady mitbringen soll, und wenn ja, wie viele. Vielleicht war Mira auch einfach genervt von meinen vielen Fragen und hat deswegen keine einzige davon beantwortet.

»Aber ...« Ich hebe die Hand. »Mags?«

Sie macht ein verdutztes Gesicht, und mir wird klar, dass ich mich an der Mitchell noch nie zuvor gemeldet habe. Am liebsten hätte ich mich auf meine Hände gesetzt und die Klappe gehalten, aber Mags lächelt so aufmunternd.

»Ich meine nur, selbst wenn man zu den wenigen Glücklichen gehört, die nicht vergessen werden«, fange ich an. »Dann ist es doch trotzdem nicht man selbst, an den die Menschen sich erinnern. Nicht wirklich jedenfalls.«

Mags bemüht sich offensichtlich, meine Gedanken nachzuvollziehen, aber ich weiß ja nicht mal selbst genau, was ich sagen will. »Wie zum Beispiel der Typ mit der Höhle«, fahre ich fort. »Dieser Platon. Der hat dieses ... *Kleos*-Dings erreicht, meinen Sie?«

Sie nickt. »Genau.«

»Aber was wissen wir überhaupt über ihn?«

»Na ja, dafür, dass er vor zweitausend Jahren gelebt hat, würde ich behaupten, eine ganze Menge. Worauf willst du denn hinaus?«

»Darauf, dass ... Was wissen wir denn schon über den *echten* Platon? Zum Beispiel, keine Ahnung, war er –«

Ich überlege. Irgendetwas nagt an mir, seit Henry mir von den Kindern an seiner alten Schule erzählt hat, die ihm ständig seine Sachen geklaut haben. Die waren gemein, keine Frage. Aber andererseits: Wenn Anna Spang irgendwem von mir erzählen würde, dann klänge ich vermutlich genauso fies.

Dabei wäre der Mensch, den sie beschreiben würde, ja gar nicht *ich*. Anna hat mich schließlich nie richtig kennengelernt, sondern nur ein paar willkürliche Momente aus meinem ganzen Leben mitgekriegt. Und trotzdem kann sie *ihr* ganzes Leben lang Geschichten über mich erfinden? Wie unfair ist das denn?

»Ich hab das Gefühl, das, woran wir uns bei einem Menschen erinnern, reicht einfach nicht«, sage ich. »Das sind doch alles nur ... Bruchstücke.«

Mags mustert mich aufmerksam und scheint zu überlegen, was sie antworten soll.

»Es sei denn natürlich, man ist Paulie Fink«, füge ich hinzu. Das sollte ein Witz sein, aber möglicherweise schleicht sich noch etwas anderes, etwas Spitzes, in meinen Tonfall. »In dem Fall erinnern sich die Leute selbstverständlich an *alles*.«

Yumi nickt. »Paulie hatte definitiv *Kleos*.«

»Und was für eins«, stimmt Diego zu.

Mags lächelt. »Das kann man wohl sagen.«

»Ich wünschte, wir könnten einfach einen neuen Paulie anheuern«, seufzt Diego. »Irgendwen, der hin und wieder im Hühnerkostüm hier auftaucht.«

»Wie bei Shakespeare«, merkt Yumi an. »Manche seiner Stücke

handeln ja von echten Menschen, wie Julius Caesar und die ganzen Könige, Henry Dings und Richard Bums und so weiter. Aber jetzt werden die Rollen von ganz verschiedenen Schauspielern übernommen. Jeder interpretiert sie auf seine Weise, dabei spielen sie alle dieselbe historische Persönlichkeit.«

Mags will gerade erläutern, warum diese Persönlichkeiten ein tolles Beispiel für *Kleos* sind, aber Gabby fällt ihr ins Wort.

»Das ist bei *Megastar* ganz genauso!«

Yumi verdreht die Augen. »Das kann man ja wohl kaum vergleichen.«

»Doch, wirklich«, beharrt Gabby. »Unterschiedliche Menschen, die alle versuchen, das zu verkörpern, was einen Megastar ausmacht.«

»Wisst ihr was? Genau das brauchen wir!«, ruft Fiona. »Wenn wir schon nicht den echten Paulie haben können, müssen wir eben den nächstbesten Ersatz finden, jemanden, der die Rolle von Paulie spielt. Jemanden mit der offiziellen Aufgabe, unsere Schulzeit ... *erinnerungswürdiger* zu gestalten.«

»Das hab ich doch eben auch schon gesagt«, protestiert Diego. »Tu mal nicht so, als wäre das dein Einfall gewesen.«

Mags versucht, das Gespräch zurück auf *Kleos* zu lenken, aber sie kommt nicht weit, denn plötzlich springt Gabby auf.

»OgottogottogottichhabdiebesteIdeeallerZeiten! Wir veranstalten einen Wettbewerb! Wie *Megastar*!«

Alles starrt sie verwirrt an. Gabby blickt versonnen in die Ferne und hebt die Hand, als würde sie eine Zeile auf einem imaginären Bildschirm nachfahren. »*Mitchell sucht den neuen Paulie Fink!*«

Diego murmelt ihr nach. »*Mitchell sucht den neuen Paulie Fink.*«

»Gabby«, sagt Sam. »Ich glaube, das ist tatsächlich die beste Idee aller Zeiten.«

»Absolut.« Henry nickt. »Eine sehr, sehr gute Idee.«

»Und eigentlich meine«, beharrt Diego erneut.

»Gar nicht, *meine*«, widerspricht Fiona.

»Moment mal, das mit den Schauspielern bei Shakespeare kam ja wohl von mir«, schaltet sich Yumi ein, »darum war es im Grunde genommen –«

»Es war Gabbys Idee!«, rufe ich dazwischen.

Henry beugt sich vor und blinzelt angestrengt. »Und wie soll das denn funktionieren, Gabby?«

ÜBERRASCHENDE WENDUNG

In der Pause sitzen wir alle am Paulie-Denkmal. Als wären wir komplett ahnungslos, erläutert Gabby uns das Grundprinzip aller Castingshows: Stinknormale Menschen kämpfen um irgendeinen Titel, indem sie sich bestimmten Aufgaben stellen. Nach jeder dieser sogenannten *Challenges* fliegt jemand raus. Bis am Ende nur noch einer übrig ist und zum Sieger gekürt wird.

»Gabby, wir wissen selber, wie Castingshows ablaufen«, stöhnt Diego. »Die Frage ist doch vielmehr, wie wir das Ganze hier aufziehen. Was für Challenges soll es zum Beispiel geben?«

»Lasst mich mal kurz nachdenken«, sagt Gabby. »Okay, also bei *Megastar* müssen die Teilnehmer zeigen, was sie im Bereich Musik so draufhaben. Singen, tanzen und der ganze Rest: Das Publikum für sich gewinnen. Sich interessant machen und so.«

Fiona, die neben ihr sitzt, schreibt auf einem losen Zettel mit. *»Auf besondere Fähigkeiten testen«*, murmelt sie, und ihr Stift fliegt nur so übers Papier.

»Obwohl, in diesem Fall testen wir die Kandidaten natürlich auf Paulies Eigenschaften«, fährt Gabby fort, »was bedeutet, wir müssen ...« Sie runzelt die Stirn.

Ich warte gespannt darauf, dass sie weiterredet. Nach all den Geschichten, die die anderen über Paulie erzählt haben, kommt er mir nämlich noch immer nicht wie ein echter Mensch vor. In meiner

Vorstellung ist er eine Mischung aus einer Vogelscheuche und einem Superhelden, der im Hühnerkostüm gegen die böse Glibberhexe kämpft. Eben wie in den Geschichten, die ich Plüschi erzähle.

Und außerdem, wie soll so ein Wettbewerb denn überhaupt funktionieren? Niemand lässt sich schließlich so einfach ersetzen.

»Ach.« Gabby winkt ab. »Die Challenges können wir uns später noch ausdenken. Lasst uns lieber überlegen, was der Preis ist. Der Sieger kriegt ja meistens was richtig Tolles, wie einen Plattenvertrag oder so.«

Toller Gewinn, schreibt Fiona. Dann guckt sie hoch. »Vielleicht können wir ja diesen alten Rockstar aus Devlinshire fragen, ob er dem Gewinner einen Plattenvertrag verschafft?«

»Vergiss es«, sagt Diego. »Wir bitten bestimmt niemanden aus Devlinshire um Hilfe.«

»Außerdem«, gibt Yumi zu bedenken, »selbst wenn das nicht total absurd wäre, brauchen wir ja einen Gewinn, der zu Paulie passt.«

Ein paar Sekunden lang schweigen alle.

»*Kleos*«, sagt Henry irgendwann. »Ich meine, der Gewinner kriegt doch auf jeden Fall *Kleos*, oder?«

»Boah, Henry, das reicht doch nicht«, meckert Fiona. »Da muss man schon –«

»Das ist es!«, ruft Diego und lässt den Blick in die Runde schweifen. »*Bohr, ey*! Kapiert?«

»Das T-Shirt!«, sagt Timothy.

»Gut.« *Der Gewinner kriegt das Glücks-T-Shirt,* notiert Fiona. *Und außerdem* Kleos.

»Und wir brauchen eine Jury oder zumindest einen einzelnen Juror«, sagt Gabby. »Jemanden, der nach jeder Challenge entscheidet, wer weiterkommt und wer raus ist. Wäre gut, wenn die Person streng wäre. Vielleicht sogar ein kleines bisschen gemein.«

»Die Gliba!«, ruft Lydia, aber Willow schüttelt den Kopf.

»Vergiss es«, sagt sie. »Die macht nie im Leben bei so was mit.«

»Im Gegenteil, die bricht wahrscheinlich eher den ganzen Wettbewerb ab, sobald sie davon Wind kriegt«, stimmt Sam zu.

»Ich kapier's immer noch nicht, Gabby«, sagt Yumi. »Warum guckst du dir diesen Kram eigentlich an? Folge um Folge, eine Staffel nach der anderen. Ist doch ständig dasselbe: Challenges, Rauswürfe, dann wird der Gewinner gekürt und Ende. Und danach geht's wieder von vorne los. Langweilst du dich dabei nicht zu Tode?«

»Hm ...« Gabby überlegt. »Es geht mehr um die Menschen, weißt du? Die Teilnehmer sind alle total unterschiedlich, und außerdem hocken sie ununterbrochen aufeinander, sodass sie sich früher oder später tierisch auf die Nerven gehen. Und dann fangen sie an zu streiten und –«

»Also befinden wir uns schon längst in einer Castingshow«, witzele ich.

Fiona springt auf. »Du!« Sie zeigt auf mich. Zuerst denke ich, sie will mir wieder die Meinung geigen, wie am Zucchinitag. Aber anstatt wütend zu wirken, lächelt sie sogar. »Du musst es machen!«

Moment mal. Wie bitte?

»Du bist unsere Jurorin!«, erklärt sie.

Ich starre sie an. Da steht sie in ihrem roten Anzug mit den viel zu langen, schlammverkrusteten Hosenbeinen. Ihre Nasenflügel sind gebläht und ihre Wangen gerötet. Sie sieht aus wie ein winziges, aber gemeingefährliches buntes Vögelchen, das sich jeden Moment auf seine Beute stürzen will.

»Na klar!« Diego nickt. »Caitlyn ist die Richtige dafür.«

Nein. Auf keinen Fall.

»Das passt perfekt!«, bedrängt Fiona mich weiter. »Du hast andauernd miese Laune und hältst uns ständig vor, wir würden uns nicht an irgendwelche dämlichen Regeln halten. Jetzt darfst *du* die Regeln aufstellen. Ganz offiziell.«

»Klingt tatsächlich ziemlich einleuchtend«, gibt Gabby zu.

»Aber ich kannte Paulie doch nicht mal!«, wende ich ein.

»Macht nichts«, sagt Fiona im selben Moment, in dem Diego »Ist doch egal!« ruft.

Henry guckt mich eindringlich an. »Du hast recht, du kennst ihn nicht«, pflichtet er mir bei. »Aber das heißt auch, dass du unparteiisch bist. Du solltest es wirklich machen.«

Jetzt ruht meine letzte Hoffnung auf Yumi, doch auch die nickt. »Ich glaube, dir bleibt gar nichts anderes übrig.«

Ich versuche zu widersprechen. Ehrlich. Aber dann fangen sie an, meinen Namen zu singen, und tja ... Schätze, ihr könnt euch denken, wie die Sache ausgeht.

CAITLYN:

Hat mich ganz schön überrascht, dass du auch so für den Wettbewerb warst, Henry. Das Ganze kam mir ziemlich albern vor, und du bist doch so ein ernster Typ. Mit deinen vielen Sachbüchern und so.

HENRY:

Als wir hergezogen sind, war ich total besessen von einem Buch: *So überlebst du in der* Wildnis. Es war voller Ratschläge, wie zum Beispiel: *Wenn du in der Jagdsaison in den Wald gehst, trag immer Orange. Lauf niemals vor einem Schwarzbären weg, der ist schneller als du. Waschbären sind nachtaktiv, wenn du tagsüber einen siehst, mach einen großen Bogen drum – gut möglich, dass er Tollwut hat.* Das Meiste davon lernt man ganz automatisch, wenn man erst mal eine Weile hier lebt.

Aber eine Sache stand in dem Buch nicht drin: *Stell dich nach einem Unwetter nie zu dicht an einen Fluss.* So ein durchweichtes Flussufer kann nämlich leicht mal nachgeben. Das musste ich auf die harte Tour lernen. Als wir ungefähr sechs Monate hier wohnten, stand ich nach einem längeren Regen am Miller's Creek und plötzlich ... war der Boden unter meinen Füßen weg. Ich bin ins Wasser gefallen und bestimmt hundert Meter flussabwärts getrieben. Das hat mir ein Jahr lang Albträume beschert, aber alles in allem hatte ich echt Glück. Manche Leute schaffen es nie wieder raus aus dem Fluss.

CAITLYN:

Krass!

HENRY:

Ja. Jedenfalls war es ganz ähnlich, als Paulie nicht zurückkam. Mit einem Mal war er weg, ohne dass wir was gemerkt hätten ... und da wurde mir klar, dass wir vielleicht gar nicht auf so festem Boden stehen, wie wir immer denken. Darum kam mir der Wettbewerb vor wie eine Chance, um, na ja, Paulie zurückzuholen eben. Und selbst wenn das nicht funktionierte, würden wir zumindest alle zusammen im Wasser landen.

MITCHELL SUCHT DEN NEUEN PAULIE FINK

BOXENSTOPP 

Ich sage meinen Klassenkameraden, dass ich mir das mit dem Wettbewerb erst mal gründlich überlegen muss. Schließlich habe ich keine Ahnung, wer dieser Paulie ist, geschweige denn, mit welchen Challenges ich die Kandidaten auf seine Eigenschaften testen soll. Ich frage, ob er vielleicht einen Onlineaccount hatte, auf dem er Fotos gepostet hat oder so.

Die anderen gucken einander an und lachen. Yumi erklärt, dass das einzige Profil, das sie ihn je haben anlegen sehen, für etwas namens BoxMan war. Sie versuchen, es mir zu beschreiben, müssen aber immer wieder losprusten.

»Man muss wohl einfach dabei gewesen sein«, schließt Fiona.

Abends zu Hause suche ich nach BoxMan. Ich finde tatsächlich was, aber ... ich verstehe nur Bahnhof. Auf der Seite sind nichts als Fotos von jemandem mit einem Pappkarton auf dem Kopf. Ich klicke auf ein Bild, auf dem der Karton schwarz angemalt ist. Die Bildunterschrift lautet: *Blackbox.*

Dann auf das nächste, das BoxMan in einer schmalen Straße zeigt. Darunter steht: *Boxengasse.*

Ich klicke weiter. BoxMan hat sich in eine Ecke manövriert und kommt nicht weiter. *Boxenstopp.*

Auf einem Bild sitzt er sogar in Mrs Glibas Büro. Er muss sich für das Foto reingeschlichen haben, denn die Direktorin ist nirgends zu sehen. Auf diesem Bild hat der Karton ein Loch, durch das eine Faust ragt. *Einfach durchboxen*, steht darunter.

Im Ernst jetzt? Darüber haben die anderen sich so schlappgelacht?

Ich kapiere einfach immer noch null: Warum sie andauernd *Im Namen Paulie Finks* rufen, oder warum sie ihm zu Ehren ein Denkmal gebaut haben, oder warum sie überhaupt so dringend einen neuen Paulie brauchen. Wenn dieser Typ auf meine alte Schule gegangen wäre, hätten wir ihn vermutlich genauso behandelt wie Anna Spang.

Wie soll ich bloß diesen Wettbewerb leiten? Ich fühle mich wie BoxMan in seiner Ecke. Ich komme nicht weiter. Boxenstopp.

Schließlich bitte ich die anderen, mir alle Paulie-Geschichten zu erzählen, an die sie sich erinnern.

Ich erzähl dir jetzt mal was, was du sicher noch nicht über Paulie wusstest: Der Junge konnte super mit den Minis umgehen. Für die war er so was wie ein Guru.
Letztes Frühjahr zum Beispiel, da hat Mr Farabi verkündet, die sechste Klasse würde ein riesiges Verstecken-mit-Anschlagen-Turnier mit der Vorschule und der ersten und zweiten Klasse ausrichten. Das kennst du, oder? Quasi eine Mischung aus Verstecken und Fangen. Und mal ganz unter uns: Minis sind grottenschlecht darin. Die sind so klein, dass sie kaum rennen können, darum werden sie jedes Mal erwischt, bevor sie das Freimal erreichen.
Paulie hob die Hand und sagte: »Die Minis sind in meiner Mannschaft.«
»Ich hab's euch doch gerade erklärt«, entgegnete Mr Farabi. »Jeder nimmt zwei oder drei Minis in seine Mannschaft und –«
Und Paulie so: »Nein, Mr Farabi. Ich nehme sie alle.«
Und wir so: »*Waaaas?*«, weil Paulie echt alles andere als eine Sportskanone war. Das Spiel würde im Nullkommanichts entschieden sein.
Aber Mr Farabi zuckte nur mit den Schultern, und Paulie und die Minis steckten die Köpfe zusammen. Danach rannten sie los, um sich Verstecke zu suchen, während wir anderen uns die Augen zuhielten und zu zählen anfingen.
Wie gesagt: Minis sind nicht gerade Überflieger in dem Spiel. Manche haben sich hinter Bäume gestellt, deren Stämme schmaler waren als sie. Andere haben sich einfach nur auf dem Boden zusammengerollt und sich die Augen zugehalten. Und

hinter *denen* haben sich dann noch ein paar andere versteckt. Die hätten es nie im Leben bis zum Freimal geschafft.
Gerade als wir anderen uns auf die Suche machen wollten, erklang ein ganz seltsames Geräusch. Fast wie eine Sirene: *Wiiiii-uuuuu-wiiiii-uuuuu! Wiiiii-uuuuu-wiiiii-uuuuu!* Paulie stand mitten auf der Wiese, die Hände wie einen Trichter um den Mund gelegt, und auf sein Kommando rannten die Minis los. *Tonnenweise* Minis, die alle gleichzeitig das Freimal ansteuerten, viel zu viele, als dass wir sie hätten fangen können.
Ich weiß noch, wie fassungslos Yumi geguckt hat, als acht Trillionen Minis an ihr vorbeidampften und ausnahmslos das Freimal erreichten.
Fiona dagegen hat nur gelacht und gerufen: »Das ist ja der totale Minigeddon!«
Und wie so ziemlich alles Interessante, was hier jemals passiert ist, war es auf Paulie Finks Mist gewachsen. Genau wie das Bananenschalendebakel ... Davon erzählt dir aber am besten Mr Farabi!

Na schön, ich geb's zu. An Paulies Bananenschalendebakel war ganz allein ich schuld.

Letztes Jahr sollte die Klasse sich einem Forschungsprojekt widmen. Das Thema durfte jeder Schüler sich völlig frei aussuchen, solange er dabei bewies, dass er wissenschaftliches Recherchieren beherrschte.

Die meisten kamen auch mit wirklich guten Konzepten zu mir. Diego beschäftigte sich mit Riesenkraken, während Gabby fleischfressende Bakterien studieren wollte. Yumi hatte sich vorgenommen, den Effekt verschiedener Arten von Musik auf den Erfolg ihrer Klassenkameraden bei einem Merkspiel zu erforschen.

Paulie dagegen ... Ihm fiel es wirklich schwer, sich ein Projekt auszudenken. Nicht, dass es ihm an Ideen gefehlt hätte – im Gegenteil, die sprudelten nur so. Sie waren nur nicht unbedingt brauchbar.

Paulies erster Einfall war sehr clever, aber auch extrem gruselig und außerdem unmöglich umzusetzen. Offenbar steht in irgendeinem Museum ein Glas mit drei von Galileo Galileis Fingern und einem seiner Zähne. Und Einsteins Augen werden in einem Safe in New York City aufbewahrt, während Mozarts Schädel angeblich bei einer Stiftung in Österreich liegt. Paulie wollte alle diese Körperteile einsammeln und zu einem Supergenie zusammensetzen.

Als Romanidee ganz großartig. Aber nicht unbedingt geeignet für ein wissenschaftliches Projekt. Selbst wenn es ihm gelungen wäre, ein geniales Frankenmonster aus auf der ganzen Welt verstreuten Fitzeln toter Menschen zu bauen, dann wohl kaum innerhalb von vier Wochen.

»Bitte denk dir was aus, was auch durchführbar ist«, sagte ich also zu ihm. »Irgendwas ganz Einfaches.«

Eine Woche später überreichte Paulie mir einen Zettel mit einer neuen Projektidee. Moment, den müsste ich hier noch irgendwo haben ...

... Ah ja, da ist er. *Der Effekt der Dekomposition auf das Exokarp von* Musa acuminata, *einer in den Tropen verbreiteten krautigen Blühpflanze, und die damit einhergehenden Implikationen für humane Lokomotion.*

Hör dir mal die Zusammenfassung an, die er für mich geschrieben hat:

Als *Musa acuminata* wird eine krautige Blühpflanze aus den Tropen bezeichnet, deren Verwendung in Humangesellschaften eine lange Geschichte aufweist. Man nimmt an, dass sie seit etwa 5000 v. Chr. angebaut wird. Noch heute dient sie vielen Völkerkreisen als wichtiger Nährwertlieferant, während ihre Außenhülle, die für gewöhnlich entsorgt wird, Verwendung in der Nutzviehfütterung oder bei der Herstellung von Komposterde findet. Mein Projekt befasst sich mit der Dekomposition dieser Hülle und der Frage, wie sich die unterschiedlichen Stadien dieses Verrottungsprozesses in die menschliche Umgebung integrieren lassen.

Ich will ganz ehrlich sein, Caitlyn: Ich hab das Ganze bloß überflogen. Die halbe Schule hatte irgendwelche Projekte laufen, und dazu kamen noch der normale Unterricht und das Fußballtraining. Als ich also Paulies Beschreibung sah, nahm ich einfach

an, seine Eltern hätten irgendwo eine verdorrte Zimmerpflanze rumstehen und er würde irgendwie versuchen, ein Experiment daraus zu machen.
Glaub mir, wenn ich die Zeit zurückdrehen könnte, würde ich einiges anders machen.
Als Erstes würde ich *Musa acuminata* nachschlagen. Und rausfinden, dass das der botanische Name der Banane ist. Dann würde ich mich näher mit dem Begriff *Exokarp* beschäftigen, der die Außenhaut einer Frucht bezeichnet. Man könnte auch einfach sagen: die Schale.
Und *Lokomotion*: Bewegung.

Was bedeutet, man könnte Paulies Projekt wie folgt übersetzen: *Der Effekt einer verrottenden Bananenschale ... auf menschliche Bewegung.*
Oder noch einfacher:
Ich lege eine gammelige Bananenschale auf den Boden und gucke, ob einer drauf ausrutscht.
Ja, da hat Paulie mich ordentlich reingelegt. Wie gesagt, der Junge hatte das Zeug zum Superschurken.

DIEGO:
In den Wochen danach hat Paulie jeden Tag Bananen gegessen, bis er haufenweise Schalen hatte, alle einzeln in Plastikbeutel verpackt. Und eins kannst du mir glauben, Caitlyn: Bananenschalen werden nach einer Weile richtig fies.

FIONA:
Sie werden erst schwarz und dann flüssig, und dann fangen sie an zu blubbern.

DIEGO:
Die Bananenbeutel hat er dann an verschiedenen Stellen in der Schule versteckt. Dauerte nicht lange, bis die ersten Fruchtfliegen auftauchten. Zuerst nur ein paar. Bisschen nervig. Aber nach einer Woche war es eine ausgewachsene Plage.

FIONA:
Überall Fruchtfliegen. Auf den Fluren, in den Klassenzimmern ... Die Lehrer kamen vor lauter Um-sich-Schlagen kaum noch zum Unterrichten.

DIEGO:
Sobald man einen Fuß ins Gebäude setzte, stürzte sich ein ganzer Schwarm auf einen.

FIONA:
Und keiner wusste, warum! Keiner außer Paulie!

DIEGO:

Am Ende hat die Gliba uns alles ausräumen lassen. Schränke. Sporttaschen. Die komplette Schule. So kam sie irgendwann dahinter, was los war.

FIONA:

Sie mussten – [*Kann vor Lachen nicht weiterreden.*]

DIEGO:

Sie mussten – [*Kann ebenfalls vor Lachen nicht weiterreden.*]

FIONA:

Ausräuchern! Sie mussten die ganze Schule ausräuchern!

[*Etwa drei Minuten anhaltendes Gelächter,*
dann endet die Aufnahme.]

INTERVIEW MIT GABBY UND YUMI

GABBY:

Oh Mann, war die Gliba sauer wegen der Fruchtfliegen. Mags dagegen hat sich kaputtgelacht. Sie meinte zu Paulie, er wäre ein Narr.

YUMI:

Na ja, um genau zu sein, hat sie gesagt: »Du bist eine wahre literarische Figur, Paulie, ein Archetyp. Ein Narr wie aus einem Shakespeare-Drama.«

GABBY:

Kann sein, aber die meisten von uns haben eben nur auf das mit dem Narren geachtet. Passiert ja nicht jeden Tag, dass eine Lehrerin einen Schüler so nennt.

YUMI:

Jedenfalls hat Mags uns – oder eigentlich nur den anderen, weil ich ja schon Bescheid wusste – dann erklärt, dass die Narren bei Shakespeare überhaupt nicht dumm sind, sondern sogar meistens die schlausten Figuren im ganzen Stück. Die benehmen sich nur daneben, um die Mächtigen ins Lächerliche zu ziehen. Ich weiß noch, wie sie gesagt hat: »Die Hochmütigen verspotten, die Eitlen überlisten.« Genauso hat sie es ausgedrückt, das hab ich mir gemerkt – weil ich nämlich einen Song mit dem Titel geschrieben habe. Wenn ihr wollt, spiele ich ihn euch kurz –

GABBY:

Und ich dachte gleich: »Aha, dann ist so ein Shakespeare-Narr anscheinend dasselbe wie ein Störfaktor bei Megastar!« Ich hab noch kurz überlegt, was Shakespeare wohl von Jadelicious gehalten hätte, aber Mags war schon weiter in ihrem Vortrag und erklärte, dass die Narren bei Shakespeare dazu da sind, der Gesellschaft die Wahrheit um die Ohren zu hauen. Sie war total begeistert, Paulie mit dieser Tradition verknüpfen zu können, und irgendwann, nachdem sie ewig geredet hatte, guckte Paulie plötzlich hoch. Er hat ein paarmal geblinzelt, das weiß ich noch genau, und dann gefragt: »'tschuldigung. Reden Sie mit mir?«

YUMI:

Keiner wusste, ob er jetzt mitten in einem Gespräch über Narren den Narren spielte oder ob er tatsächlich komplett auf Durchzug geschaltet hatte.

GABBY:

Und in der Woche darauf hat Paulie plötzlich einen ganzen Tag lang wie eine Figur aus einem Shakespeare-Stück geredet. Im Ernst, er muss das ganze Wochenende nichts anderes gelesen haben, weil er sich nämlich mit einem Mal so anhörte: »Seid gegrüßt, mein Fräulein, so saget mir, wie ergehet es euch an diesem holden Morgen?«, und: »Fürwahr, mein Herr! Mich deucht, dies ist ein erquicklicher Tag.« Was übrigens beides nur vornehme Arten sind, Hallo zu sagen.

YUMI:

Ich weiß noch, wie er zu einem Lehrer gesagt hat: »Ich beschwöre Euch aufs Innigste, seht ab von der verfluchten Feder Werk am heimischen Herde«, womit er darum bitten wollte, dass wir keine Hausaufgaben aufbekommen.

GABBY:

Und als die Gliba ihn zur Schnecke gemacht hat, weil er auf dem Flur gerannt ist, hat er sich bloß umgedreht, den Zeigefinger gehoben und verkündet: »Ich wünsche mir Eure entferntere Bekanntschaft.«
Und sie so: »Hä?«

YUMI:

Am nächsten Morgen war Paulie dann wieder wie vorher und hat ganz normal geredet, als hätte es diese ganze Shakespeare-Episode nie gegeben.

ALS KÖNNTE MICH REIN GAR NICHTS BEIRREN

Die ganze letzte Septemberwoche verbringe ich mit dem Sammeln von Paulie-Geschichten. In jeder Pause befrage ich irgendwen über Paulie und nehme das Ganze in meine offiziellen Wettbewerbsaufzeichnungen auf. Wie ich den Pionieren erkläre, soll mir das Anregungen für geeignete Challenges liefern. Aber schon nach kurzer Zeit fällt mir auf, wie viel Spaß mir die Interviews machen. Sobald ich auf »Aufnahme« drücke, habe ich das Sagen. Dann darf ich die Fragen stellen und das Gespräch steuern, so wie ich es für richtig halte. Die anderen müssen mir Rede und Antwort stehen. Noch dazu sind die Geschichten witzig ... und perfekt, um Plüschi zu unterhalten. Und was das Beste ist: Die Arbeit an den Interviews hält mich davon ab, mir zu viele Gedanken über Miras Pyjamaparty zu machen.

Das Einzige, was leider nicht dabei rumkommt, sind verwertbare Ideen für den Wettbewerb.

Abends ziehe ich mir die doppelte Dosis *Megastar* rein, aber Gabby hat recht: Bei den Challenges dort geht es immer nur ums Singen und Tanzen. Nichts davon lässt sich auf unseren Wettbewerb übertragen.

Die Pioniere werden langsam ungeduldig.

»Wir könnten ein großes Zombie-gegen-Werwolf-Turnier veranstalten«, schlägt Timothy auf dem Weg zum Ziegenfüttern vor.

»Oder du lässt uns ganz viel rennen«, meldet sich Diego zu Wort. »Wie bei Olympia.«

Fiona wirft entnervt die Hände in die Luft. »Und was genau haben Zombies oder Rumgerenne mit Paulie zu tun, ihr Trottel?«

»Halt dich einfach an die Paulie-Geschichten, die wir dir erzählt haben«, flüstert Gabby mir zu.

»Keine Sorge.« Ich kann nur hoffen, dass es klingt, als wüsste ich, was ich tue. »Bald geht's los. Aber ein paar Interviews brauche ich noch, okay?«

»Aber *wann* denn?«, jammert Fiona. »Wann geht's endlich los? Ich will anfangen!«

»Freitag«, platzt es schließlich aus mir heraus. »Die erste Challenge gebe ich Freitagnachmittag bekannt, klar? Am neunundzwanzigsten September, nach dem Fußballtraining.«

Doch Freitagnachmittag habe ich immer noch keine zündende Idee. Tja, es gibt nun mal leider keinen Ratgeber mit dem Titel *So ziehen Sie eine Castingshow auf, um einen Jungen zu ersetzen, den Sie nie kennengelernt haben – Das Handbuch für Anfänger!*.

Nach dem Training scharen sich die anderen um mich, gespannt auf die Challenge. Ich starre auf die in sämtlichen Herbstfarben erstrahlenden Berge und denke fieberhaft nach. Klar, ich könnte ein Sandwich-Wettessen veranstalten, aber wie öde wäre das denn? Hat Paulie nicht mal irgendeinen Streich mit Glitter gespielt? Aber wie soll ich daraus eine Challenge machen? Dann war da noch diese Außerirdischengeschichte ... und das Hühnerkostüm ... und als er geredet hat wie ...

»Shakespeare!«, brabbele ich drauflos. »In eurer ersten Challenge geht es um Shakespeare.«

»Wie jetzt?«, fragt Diego entgeistert. »Heißt das, wir müssen *lesen*?«

»Ich erkläre nächsten Montag zum Rede-wie-Shakespeare-Tag!«, verkünde ich.

Die Zwillinge lassen die Köpfe hängen. Fiona zieht die Nase kraus, als würde irgendwas plötzlich ganz furchtbar stinken.

»Äh, Caitlyn.« Yumi räuspert sich. »Ich selbst weiß ja alles über Shakespeare, aber ich bin nicht ganz sicher, ob die anderen ... auch so vertraut mit den Werken des großen Barden sind.«

Fiona äfft Yumi nach. »Ich bin nicht ganz sicher, ob die anderen auch so *vertraut* mit den Werken des großen *Barden* sind.«

»Was Yumi meint«, erklärt Diego, »ist, dass wir dachten, es gäbe richtige Wettkämpfe. Mit Rumrennen und so. Wie bei Olympia eben.«

»Das wollte ich überhaupt nicht sagen, Diego«, widerspricht Yumi.

»Diese Challenge ist doch Mist!«, ruft Timothy, und schon stimmen sie alle ein.

»Diese Challenge ist doch Mist! Diese Challenge ist doch Mist! Diese Challenge ist doch Mist!«

Ist ja nicht so, als wäre ich selbst total überzeugt von der Idee. Es ist nur leider meine einzige.

»Shakespeare«, wiederhole ich, als könnte mich rein gar nichts beirren.

VON DER NACHT VERSCHLUNGEN

Abends, als Mom und ich gerade zusammen *Megastar* gucken, vibriert mein Handy. Ein Videoanruf von Mira. »Bestimmt soll ich ihr bei der Planung für die Pyjamaparty helfen«, sage ich, husche in mein Zimmer und mache die Tür hinter mir zu.

Aber als ich drangehe, sehe ich zu meiner Überraschung nicht bloß Miras Gesicht, sondern einen ganzen Haufen Leute. »Hey!«, rufen sie alle gleichzeitig.

»Oh ... hi!« Es wurmt mich, wie begierig ich klinge.

Alle meine alten Freundinnen sind da, und außerdem noch ein paar Mädchen, die ich zwar vom Sehen kenne, mit denen ich aber nie viel zu tun hatte. »Wow«, sage ich, »was ist denn bei euch los?«

Mira zieht den Bildschirm näher zu sich. »Die Party«, erklärt sie. »Wir mussten den Termin vorverlegen, weil Gigi am siebenundzwanzigsten nicht kann. Und wenn wir nicht dieses Wochenende genommen hätten, wäre es erst kurz vor Thanksgiving wieder gegangen!«

Moment mal. Das kann noch nicht die Party sein. Dann wäre ich doch dabei!

Sie feiern ohne mich. Weil irgendeine Gigi am ursprünglichen Termin nicht kann.

»Wer ist denn Gigi?«

»Sie ist dieses Jahr hergezogen, aus Ohio«, antwortet Mira. »Ach, stimmt, dann kennt ihr euch ja gar nicht. Wie ulkig.« Sie dreht die

Kamera so, dass ich ein fremdes dunkelhaariges Mädchen sehe. Sie winkt mir zu, also winke ich zurück.

Dann ist Mira wieder da, aber nur kurz. »Warte mal.« Sie wendet sich ab, sodass ich nur noch ihren Haaransatz und ihr Ohr in Großaufnahme sehe. »Hast du Jeremy erzählt, dass wir alle hier sind?«, fragt sie irgendwen.

»Oh Mann«, sagt sie dann wieder zu mir, »Jeremy Newby und seine Kumpels sind hier, die wollen die Party crashen.«

Ich lache, obwohl mir kein bisschen danach zumute ist.

»Sag mal den anderen Hallo«, fordert Mira mich auf und reicht mich weiter. Ich sehe hauptsächlich verschwommenes Geruckel und hin und wieder ein vertrautes Detail – ein Paar jeansumhüllte Knie, Miras gerahmtes Familienporträt an der Wand. Die Augenbrauen einer anderen Freundin, dann den Mund einer dritten, halb zum Lachen verzogen. Die Bilder sind pixelig und frieren immer wieder kurz ein.

Alle sagen so ziemlich dasselbe. *Wie geht's dir? Wie ist Vermont? Ist es schön da?* Dazwischen reden sie nicht mit mir, sondern miteinander: *Nein, den nicht, diesen Film kann ich nicht leiden. Halt, drück mal kurz auf Pause.* Dann wenden sie sich wieder mir zu. *Okay, wie ist es in der Schule? Meine Mom sagt, Vermont wäre total malerisch. Schon irgendwelche süßen Holzfäller kennengelernt?*

Ich weiß nicht, wie ich ihnen beschreiben soll, wie es mir geht oder wie es in Vermont aussieht. Dieses Gefühl, wenn man hochguckt und von Bergen eingekesselt ist, ohne einen Weg raus oder rein. Oder wie ich mir an den ersten Schultagen vorkam: Als wäre ich auf den Grund eines Schwimmbeckens getaucht, wo man plötzlich den viel zu großen Druck spürt und die Panik einsetzt. Und am allerwenigsten kann ich ihnen beschreiben, wie oft ich in letzter Zeit an Anna denken musste, geschweige denn warum.

Also lächele ich und sage Sachen wie: *Ich glaube, in diesem Bundesstaat gibt es mehr Kühe als Menschen.* Obwohl ich mir ziemlich sicher bin, dass das nicht stimmt – das ist einfach so was, was die Leute als Fakt hinnehmen, selbst wenn es gar keiner ist.

Ja, es ist superschön hier. Die Landschaft ist echt unglaublich.

Hier ganz in der Nähe wohnt ein Rockstar. Ich komme gerade nicht auf den Namen, aber der ist total berühmt, ehrlich.

Ich bin zur Veranstalterin von so einem Wettbewerb gewählt worden. Ist schwer zu erklären, aber die anderen wollten unbedingt mich haben, das ist also ganz cool.

Aber niemand wirkt sonderlich beeindruckt oder auch nur interessiert, und bald habe ich wieder Mira vor mir. »Na du?«, sagt sie.

»Tja ... äh ... und was macht Anna Spang so?«, frage ich, bemüht, so uninteressiert zu klingen wie früher, wenn wir über sie geredet haben.

»Halt, schreib ihm noch nicht!«, sagt Mira, nicht zu mir. Dann antwortet sie: »Wer? Anna? Sich zum Affen, nehme ich an, wie immer. Hab sie dieses Schuljahr noch nicht oft gesehen.« Dann ruckelt es wieder, und sie ruft: »*Was* hat er geschrieben? Lasst mich auch mal gucken!«

Als ich sage, dass ich Schluss machen muss, versucht sie nicht, mich davon abzubringen. Ich drücke auf »Auflegen«, während sie noch winkt, hauptsächlich, weil ich ihr zuvorkommen will.

Dann bin ich allein, und alles um mich wirkt noch stiller als zuvor.

Als ich zurück in die Küche gehe, lächelt Mom mir zu. »Wie geht's Mira? Ist sie schon aufgeregt?«

Ich berichte, dass die Party vorverlegt werden musste und jetzt gerade stattfindet. Natürlich versuche ich, mir nichts anmerken zu lassen, aber Mom zieht trotzdem ein mitleidiges Gesicht.

»Ist schon okay«, sage ich. »An dem Tag findet hier ein Fußballspiel statt, bei dem ich gebraucht werde, darum hätte ich wahrscheinlich eh nicht hinfahren können.«

Ich gehe nach draußen auf die winzige Veranda, von der aus man unseren Garten überblicken kann. Heute scheint kein Mond, und die Nacht ist so dunkel, dass sie mir wie ein Monster vorkommt, das mich zu verschlingen droht. *Vielleicht ist das ja auch Paulie Fink passiert*, denke ich. *Vielleicht hat ihn einfach die Nacht verschlungen.*

Nach einer Weile kommt Mom zu mir raus. Sie wickelt mich in eine Decke und rubbelt mir die Schultern. Als ich nach oben gucke, stehen mindestens eine Million Sterne am Himmel.

Bis jetzt habe ich mir immer eingeredet, Vermont wäre bloß der Ort, an dem ich bis auf Weiteres wohne. Mein richtiges Zuhause war woanders.

Aber jetzt ist mir eins klar geworden: Das, was ich für mein Zuhause gehalten habe, ist es nicht. Nicht mehr.

Als ich am Montag in die Schule komme, stehen die Zwillinge breit grinsend vor unserer Klassentür. Als führten sie irgendwas im Schilde.

»Äh ... hi«, sage ich.

Daraufhin ziehen sie beide gleichzeitig die Reißverschlüsse ihrer Kapuzenjacken auf. Darunter kommen T-Shirts zum Vorschein, auf die sie irgendwas mit dickem schwarzem Filzstift gekritzelt haben.

Ich sehe genauer hin. Auf Thomas' Shirt steht NICHTSEIN. Auf Timothys SEIN. Die beiden scheinen auf irgendeine Reaktion von mir zu warten.

Aber ich stehe komplett auf dem Schlauch. NICHTSEIN? SEIN? Was soll das ...?

»Warte«, sagt Timothy, und er und sein Bruder tauschen die Plätze. Jetzt kommt das SEIN zuerst.

»Ach so!«, sage ich, als ich endlich kapiere. Das ist eins der berühmtesten Zitate von William Shakespeare, das es gibt – *Sein oder Nichtsein. Das ist hier die Frage.*

Die Shakespeare-Challenge. Nach Miras Anruf hatte ich das Paulie-Casting total vergessen.

Aber als ich die Klasse betrete, wird mir klar, dass ich da offenbar die Einzige bin.

Nee, begeistert war ich nicht gerade von dieser Shakespeare-Challenge. Aber ich wollte auch auf keinen Fall jemand anders gewinnen lassen.
Also hab ich Folgendes gemacht: Ich bin nach Hause gegangen und hab *Reden wie Shakespeare* ins Internet eingegeben. Ein paar Vorschläge würde ich da ja wohl finden, dachte ich mir – ein bisschen *dich* in *Euch* ändern und ganz oft Wörter mit Apostroph abkürzen, sodass normale Sätze zu *Ich putz' mir die Zähn'* oder *Fürwahr, 's gibt Tage, da wünscht' ich, ich könnt' Euch eine knall'n, Sir Diego* werden.
Aber stattdessen kam bei meiner Suche etwas ganz anderes raus. Ich dachte ja, Shakespeare wäre nur was für verspießerte alte Langweiler wie den ollen Oxthorpe, der uns immer von seinem Porträt in unserer Klasse anglotzt. Aber wie es scheint, sind seine Stücke die totale Fundgrube für Beleidigungen! Wahnsinn, was die Leute sich da alles an den Kopf werfen! Es gibt sogar einen Haufen Websites, die sich einzig und allein seinen besten Sprüchen widmen. Manche waren so cool, dass ich es gar nicht fassen konnte, nicht selbst darauf gekommen zu sein. Zum Beispiel:
Mir ist schon übel, blick ich nur auf dich. Das ist Shakespearianisch für: *Alter, bei deinem Anblick muss ich kotzen.*
O mögst du bersten! Das bedeutet: *Wenn ich könnte, würde ich dich in acht Fantastillionen Teile zerplatzen lassen.*
Die abscheulichste Komposition von niederträchtigem Gestank, die je ein Geruchsorgan entrüstete. Einfach nur ein vornehmerer Ausdruck für: *Du stinkst.*
Es gibt so viele tolle Stellen: *Packt Euch, Ihr abgestandener Schuft!*

Gehirn hast du nicht so viel als Ohrenschmalz. Du gift'ger Wurm, der nagt am Innern! Und mein Favorit, weil es so schön kurz und knackig ist: *Finkenei!* Ich konnte mir lebhaft vorstellen, wie ich Diego ins Visier nahm und sagte: *Ey, Diego, du Finkenei!*
Ich hab versucht, mir alles zu merken, aber es war einfach zu viel, und das meiste ist mir nach dem Lesen gleich wieder aus dem Hirn geflutscht. Also hab ich mir ein bisschen was auf dem Arm notiert. Und dann noch ein bisschen mehr. Als es Schlafenszeit wurde, war ich bis zu den Schultern voller Shakespeare-Zitate, und durch meinen Kopf geisterten Beschimpfungen wie *hornbeschwingter Käfer, Beuteltrog der Bestialität, querulierende Knechtsseele, schwellender Karbunkel* und *Ochsenziemer*, dabei wusste ich nicht mal, was die Hälfte davon bedeutete. Aber das war mir egal, denn wer ist denn bitte schon mal auf die Idee gekommen, jemanden als *schwellenden Karbunkel* zu bezeichnen?!
Ich würde dieses Casting so was von gewinnen. Aber hallo.
Wie sich jedoch herausstellte, war ich nicht die Einzige, die ein bisschen recherchiert hatte.

DIE SHAKESPEARE-CHALLENGE

Kaum dass ich die Klasse betrete, springt Fiona von ihrem Stuhl und schreit viel zu laut: »Gott zum Gruße!« Sofort fallen mir ihre vollgekritzelten Arme auf.

Auch Diego ist mit schwarzer Schrift übersät. Er schiebt sich vor Fiona. »Ist unsere Caitlyn wohl?«, fragt er.

Ich lasse den Blick durch den Raum schweifen. Yumi trägt eine mit einer riesigen Feder verzierte Samtkappe, mit der schon Shakespeare persönlich damals hätte rumlaufen können. Auf ihrem T-Shirt steht KEEP CALM AND READ MACBETH. Sam, Willow und Lydia haben wie immer ihre Bommelhaarreifen auf, aber heute tragen sie dazu weiße T-Shirts, auf denen massenweise geflügelte Worte stehen:

GUT GEBRÜLLT, LÖWE

BEREIT SEIN IST ALLES

DER REST IST SCHWEIGEN

ZAHN DER ZEIT

ES IST NICHT ALLES GOLD, WAS GLÄNZT

»Was ist das denn?«, will ich wissen.

»Spickzettel, wenn man so will.« Willow deutet grinsend auf ihr T-Shirt. »Diese Wendungen hat alle Shakespeare erfunden. Halt, ich meine natürlich, der edle Shakespeare war's, der sie – ersinnte? Ersann.«

Sam nickt eifrig: »Ist das nicht voll cool? Äh, oder ... ersprießlich?«

Anfangs sind alle ziemlich still und trauen sich kaum, den Mund aufzumachen – sie wissen schließlich, dass sie auf dem Prüfstand stehen, und haben Angst, was Falsches zu sagen. Aber als wir später zum Ziegenpferch gehen, fangen Diego und Fiona an, sich Beleidigungen um die Ohren zu hauen.

»Du neid'sche Schwäre«, liest Fiona von ihrem Ellbogen ab.

Diego späht auf sein Handgelenk. »Du ... schmaler Ziegenkäse!«, entgegnet er.

»Verdammter Karrngaul!«

»Borst'ger Eber!«

»Blöder, schwachgemuter Schurke!«

»Schoßkind des Mondes!«

»Was soll das eigentlich heißen, du ... du ... Tellerlecker!«

Yumi dreht sich zu mir um. »Das ist ja mal Shakespeare vom Feinsten«, sagt sie. Erst bin ich mir nicht ganz sicher, ob sie sich bloß lustig machen will, aber dann erklärt sie, dass es zu Shakespeares Zeiten im Publikum genauso rüpelhaft zuging. »Die Leute haben gejohlt, wenn derb geflucht wurde, die Bösewichte ausgebuht und die Schauspieler mit faulem Obst beworfen. Manchmal brach mittendrin eine Prügelei aus. Das totale Chaos!«

Am Ziegenpferch angekommen, haben sich Fiona und Diego so hochgeschaukelt, dass sie sich über die kleinste Kleinigkeit streiten. »'s ist an mir, das Getier zu verköstigen«, sagt Diego und schnappt Fiona den Eimer weg.

»'s war demletzt an dir«, erwidert sie, lächelnd, aber durch zusammengebissene Zähne. Sie versucht, den Eimer wieder an sich zu reißen. »'s ist an *mir*!«

»Du taube Nuss ohne Kern!«

»Selber taube Nuss!«, schreit Fiona. Sie umklammert den Eimer mit beiden Händen und zieht so fest sie kann. Diego lässt los, woraufhin Fiona rückwärts fliegt und es Ziegenfutter regnet. Schnell rappelt sie sich hoch, klaubt eine Handvoll Futter auf und wirft es nach Diego. Er tut es ihr nach. »Du abgestand'ner Klumpen Sauerteig!«

Timothy und Thomas wollen auch mitmischen. »Führwahr, 's gibt 'ne Essensschlacht!« Sie grapschen sich ein paar Ziegenpellets und eröffnen das Feuer.

»Yumi ist 'ne taube Nuss!«, ruft Timothy und schleudert eine Ladung nach ihr. »Sam ist 'ne taube Nuss! Gabby ist 'ne taube Nuss!« Und natürlich setzen die Angegriffenen sich zur Wehr.

Irgendwann ziehen die Zwillinge ihre Kapuzenjacken aus und schlagen damit nacheinander wie mit nassen Handtüchern. »Höllenhund!«, beschimpft Timothy seinen Bruder. »Brand'ge Ähre! Quintessenz von Staub!«

Das lässt Thomas nicht auf sich sitzen. »Quintessenz von Staub am Arsch! Los, Shakespeare gegen Shakespeare!«

Während sich zwischen den beiden ein Ringkampf entspinnt, gucke ich mich um. Sam jagt Lydia hinterher, die wiederum Willow auf den Fersen ist. Yumi hüpft durch die Gegend und lässt Ziegenpellets regnen wie ein Blumenmädchen Blütenblätter. Dabei rutscht ihr immer wieder die Samtkappe mit der Feder über die Augen, was sie jedoch nicht zu stören scheint. Fiona hat indessen einen Geißblattzweig abgebrochen und lässt ihn bedrohlich über ihrem Kopf kreisen. »Ich geb' die Rute dir!«, warnt sie jeden, der ihr zu nahe kommt. Gabby dagegen steht nur lächelnd da und applaudiert hin und wieder, wie eine begeisterte Zuschauerin in einem Shakespeare-Stück.

Henry, der sich ebenfalls aus dem Trubel raushält, tritt neben mich. »Einige werden hoch geboren«, sagt er todernst, während er den Blick über die Szenerie schweifen lässt, die sich uns bietet. »Einige erwerben Hoheit, und einigen wird sie zugeworfen. Andere dagegen ...« Er deutet auf den Rest unserer Klasse und spricht den Satz nicht zu Ende.

So was habe ich nun wirklich nicht erwartet. Fliegendes Tierfutter. Shakespeare-Verse vor einem Soundtrack aus Ziegengemecker. Timothy und Thomas mitten in einem Shakespeare-gegen-Shakespeare-Kampf. Fiona in ihrem Anzug, die einen Zweig schwingt wie eine Peitsche. Und dann Henry, der den weisen alten Knacker gibt.

Ich pruste los, und das überrascht mich an der ganzen Situation am meisten. Mein eigenes Lachen. Ich kann mich nicht mal erinnern, wann ich zum letzten Mal gelacht habe.

Aber dann verstumme ich genauso abrupt, wie ich angefangen habe. Denn Mr Farabi kommt eilig auf uns zumarschiert, und er ist nicht allein. Dicht hinter ihm läuft die Gliba, und sie erreicht uns in genau dem Moment, als Yumi – der schon wieder die Samtkappe über die Augen gerutscht ist – es erneut Pellets regnen lässt.

Und zwar direkt über den Kopf der Gliba.

Natürlich hat uns die Gliba ordentlich den Marsch geblasen, aber am denkwürdigsten an der Shakespeare-Challenge fand ich, dass du noch einen Monat vorher mit keinem von uns reden wolltest und plötzlich hast du einen ganzen Castingwettbewerb geleitet. Das hat mich total an eine *Megastar*-Kandidatin aus der vierten Staffel erinnert, Maryellen Papademiera aus Indiana. Die war extrem still, darum waren alle überzeugt, dass sie mit dem ersten Bus zurück nach Hause in den Mittleren Westen geschickt würde. Aber Pustekuchen! Die kleine, ruhige Maryellen hatte nämlich richtig Ehrgeiz. Nach einer Weile hat sie sich umgetauft in Spicy G und hing mit Jadelicious in den coolsten Nachtclubs rum.
Eigentlich hatte ich mir vorgenommen, am Wochenende auch ein bisschen Shakespearianisch zu lernen, aber vorher wollte ich unbedingt noch kurz in die *Megastar*-Folge reingucken, in der Maryellen zu Spicy G wird. Nur ein paar Minuten. Daraus wurden ein paar Minuten mehr, und dann hab ich irgendwie die Zeit vergessen.
Plötzlich war es Sonntagabend, und meine Grandma hat mich angebrüllt, ich soll endlich *Megastar* ausschalten und ins Bett gehen, »und zwar zackig, Fräulein«. Dabei hatte ich noch gar nicht nach Shakespeare-Sprüchen gesucht.
Also beschloss ich, in der ersten Challenge wie Maryellen zu sein, bevor sie zu Spicy G wurde: Ich würde den Mund halten und gerade noch so in die nächste Runde durchflutschen.

CAITLYN:

Aber leider ist mir aufgefallen, wie still du warst. Und als wir nach Glibas Brüllorgie aus ihrem Büro kamen, hab ich dich gebeten, was auf Shakespearianisch zu sagen, und du hast nur »Hmm?« gemacht.

GABBY:

Ja, okay, so vom Fleck weg kriege ich solche Sachen einfach nicht so gut hin, da hast du mich auf dem falschen Fuß erwischt. Ich hab versucht, mich dran zu erinnern, was Diego und Fiona sich alles zugerufen oder wie die Zwillinge einander beschimpft haben, oder irgendwas von dem, was Paulie an seinem Shakespeare-Tag gesagt hat, aber ich war wie erstarrt. Du hast mich angeguckt, als würdest du echt hoffen, ich würde irgendwas zustande kriegen, was wie Macbeth klingt. Aber alles, was mir eingefallen ist, war ein Zitat von Maryellen: »Die Leute gehen immer davon aus, sie wüssten alles, was es über mich zu wissen gibt. Aber wenn sie mir gegenüberstehen, sehen sie immer nur sich selbst«, hat sie mal gesagt.
Keine Ahnung. Das kam mir irgendwie tiefsinnig vor, und Shakespeare soll ja angeblich auch tiefsinnig sein, also hab ich zu dir gesagt: »'s ist nur sich selbst, was die Leute seh'n.«
Du hast nur ein bisschen traurig den Kopf geschüttelt. Da wusste ich, dass ich raus war.

EHRENRUNDE

Als wir nach dem Shakespeare-Fiasko aus Glibas Büro kommen, hat die Pause schon angefangen. Diego stürmt nach draußen und ruft: »Leute, das war der Hammer!«

Niemanden scheint es groß zu jucken, dass wir gerade ziemlich eins auf den Deckel bekommen haben. Eben im Büro haben alle noch verschämt zu Boden gestarrt, aber jetzt lachen sie und geben sich High Five.

»Caitlyn!«, johlt Sam. »Du bist verantwortlich für die erste Essensschlacht aller Zeiten an dieser Schule!«

»Und zwar keine Nullachtfünfzehn-Essensschlacht, sondern eine *Ziegenfutterschlacht*«, fügt Willow hinzu. »Was ja wohl ungefähr achttausendmal besser ist!«

Sogar Henry wirkt zufriedener denn je. »Das war echt ziemlich cool, Caitlyn«, lobt er.

Diego nickt. »Typisch Paulie Fink.«

»Und dazu auch noch typisch Shakespeare«, merkt Yumi an.

»Genau«, sagt Gabby. »Verbeug dich, Caitlyn!«

Timothy und Thomas rufen: *»Ver-beu-gen! Ver-beu-gen!«*

Aber Diego schüttelt den Kopf. »Verbeugen reicht nicht«, sagt er. »Da ist eine Ehrenrunde fällig! Los, einmal um den Spielplatz!«

Die Zwillinge ändern ihren Singsang zu *»Eh-ren-run-de! Eh-ren-run-de! Eh-ren-run-de!«*

»Aber ich hab doch gar nichts gemacht«, protestiere ich. »Ich wollte nur –«

»Jetzt mach schon«, unterbricht mich Diego. »Eine Aufforderung zur Ehrenrunde darf man nie ausschlagen.«

Zögernd setze ich mich in Bewegung, und alle fangen an zu jubeln. Aber schon nach ein paar Schritten springt Fiona mir in den Weg. »Moment mal! Stopp!«

Sie zieht ihren Blazer aus. »Hier. Nimm den.«

Es ist der, den sie am zweiten Schultag anhatte: türkis, mit ein paar fehlenden Knöpfen. Der Kragen ist schon ganz speckig. »Na los, Caitlyn«, feuert sie mich an. »Du hast dir meinen Powerblazer verdient.«

»Äh ... danke, aber ...« Ich überlege, ob ich mich irgendwie aus der Angelegenheit rauswieseln kann, aber alle gucken mich so erwartungsvoll an, und Fiona scheint ernsthaft zu glauben, dass sie mir gerade das tollste Geschenk des Universums überreicht hat. »Ach, na gut.« Ich schlüpfe in den Blazer. Die Ärmel sind zu kurz, und ich komme mir komplett bescheuert vor, aber alle klatschen, also renne ich los. Die anderen joggen neben mir her und rufen schon zum zweiten Mal innerhalb von zwei Tagen meinen Namen.

»Cait-lyn! Cait-lyn! Cait-lyn!«

Nach ein paar Metern flitzt Gabby kurz auf den Spielplatz und holt Plüschi an der Schaukel ab. Dann kommen die beiden auf mich zugestürmt, eine Horde weiterer Minis im Schlepptau. Plüschi und ich rennen den Rest der Runde gemeinsam, Hand in Hand, und die Kleine strahlt mich an, als wäre ich eine Superheldin oder so was. Immer mehr Kinder aus unterschiedlichen Klassen schließen sich uns an. Die meisten wissen nicht mal, warum sie meinen Namen rufen, aber es scheint ihnen schnurzegal zu sein, sie machen einfach mit.

Als die Runde vorbei ist, wendet Gabby sich ernst an mich. »Caitlyn«, sagt sie. »Willst du morgen nach der Schule mit zu mir kommen? Wir zwei haben eine Menge zu tun.«

DAS MEGASTAR-EVANGELIUM ODER ALLES,
WAS ICH AUS CASTINGSHOWS ÜBER DAS LEBEN
GELERNT HABE
Eine Liste von Gabby

1. Man weiß nie, wie die Kandidaten sich entwickeln. Die allerwenigsten sind in der letzten Folge noch so wie in der ersten. Wer so lange bleibt, verändert sich automatisch.

2. In jeder Staffel gibt es Helden und Schurken. Anfangs sind sie noch schwer auseinanderzuhalten. Manchmal muss man erst die komplette Staffel geguckt haben, um sich sicher zu sein.

3. Sei du selbst. Das Publikum erkennt immer den Unterschied zwischen einem echten Megastar und einer Fälschung.

4. Trau dich was. Stürz dich Hals über Kopf ins Abenteuer. Hab keine Angst. Aber sei vor allem mit Spaß dabei. Welchen Sinn hat es sonst, überhaupt mitzumachen?

5. Ruhm und Ehre sind wichtiger als jeder Gewinn. Kaum zu glauben, wozu manche Menschen imstande sind, wenn ihr Stolz auf dem Spiel steht. Jeder will Kleos erlangen.

6. Es gibt niemals eine Garantie auf den Sieg. Gib dein Bestes, aber vergiss nicht: Manchmal verlieren auch die Guten.

INTERVIEW MIT HENRY

CAITLYN:

Erzähl mal, wie du von der schlechten Nachricht erfahren hast.

HENRY:

Ich hätte schon viel früher dahinterkommen müssen. Mein Dad sitzt im Gemeinderat und ist ständig mit riesigen Dokumentenstapeln nach Hause gekommen. Das waren Finanztabellen, aber ich hab erst mal bloß irgendwelche Zettel mit Zahlen drauf gesehen. Nach einer Weile fiel mir allerdings auf, dass viele von den Zahlen rot waren. Rot ist keine gute Farbe, wenn es um Geld geht, aber ich hab's trotzdem nicht kapiert.
Nicht mal durch die Zeitungen, die bei uns zu Hause rumlagen, ist mir ein Licht aufgegangen – da standen Artikel mit Schlagzeilen drin wie: DORFSCHULEN IN NOT oder SCHULE AUS: DORFSCHULEN DROHT SCHLIESSUNG. Ich meine, dabei war es doch eigentlich eindeutig: *Not. Schließung*. Aber irgendwie hab ich nichts davon auf uns bezogen.
Am Sommeranfang kam mein Dad dann von einer Besprechung nach Hause und blieb erst mal ganz lange im Auto sitzen. Als er endlich reinkam, hatte er ganz rote Augen. Und am nächsten Tag hab ich eine offene E-Mail auf seinem Computer gesehen. Da stand: *Es wird Zeit, den Tatsachen ins Auge zu sehen. Ohne drastische Maßnahmen können wir uns hier in Mitchell keine Schule mehr leisten.*
Natürlich musste ausgerechnet in dem Moment mein Dad ins Zimmer kommen. Aber er sagte nur: »Das solltest du eigentlich gar nicht sehen.«
Und da ist mir der Boden unter den Füßen weggebrochen.

WAS WÜRDE JADELICIOUS TUN?

Bei Gabby zu Hause riecht es nach Suppe, nassem Hund und Medizin, aber Gabbys Großmutter freut sich so, uns zu sehen, dass das irgendwie gar nicht groß auffällt. Sie drückt mich, als würden wir einander schon seit Ewigkeiten kennen.

Gabby hebt einen kleinen struppigen Hund hoch. »Komm mal her, Buster«, sagt sie und drückt dem zappelnden Tier einen Kuss auf den Kopf. »Du wilde alte Bestie. Du Furcht einflößendes Monster.«

»Du siehst deiner Mama aber ähnlich«, sagt Gabbys Großmutter zu mir. Woher sie das wohl weiß? Doch bevor ich sie danach fragen kann, zieht Gabby mich schon den Flur runter.

In Gabbys Zimmer ist alles lila: Teppich, Kissen, Wände, lauter verschiedene Schattierungen. Und aus allen Richtungen starrt einem von unzähligen aus Zeitschriften ausgerissenen Fotos Jadelicious' Gesicht entgegen.

Gabby drückt mir etwas in die Hand: DAS MEGASTAR-EVANGELIUM. »Das lernst du auswendig, okay?« Dann hüpft sie auf ihr Bett und macht es sich im Schneidersitz auf der zerwühlten lavendelfarbenen Steppdecke bequem. »Und außerdem musst du eine Rede halten.«

»Eine Rede?«

»Ja. Und zwar eine echt mitreißende. Eigentlich hättest du das schon vor der ersten Challenge machen müssen. Aber da warst du ja noch nicht so drin im Thema.«

»Ich hab keine Ahnung, wie man eine Rede hält.«

»Die hier wird ganz einfach. Du musst bloß die Wettbewerbsregeln verkünden. Den Leuten erklären, was du von ihnen erwartest. Ruf ihnen einfach kurz in Erinnerung, dass du das Sagen hast. Jag den Kandidaten ein bisschen Angst ein. Zeig ihnen, wer der Boss ist.«

Ich muss ziemlich skeptisch aus der Wäsche geguckt haben, denn kurz darauf fügt sie hinzu: »Ach komm, das schaffst du schon. Du bist doch tough! Du kommst immerhin aus New York City!«

Kurz bin ich verwirrt, aber dann fällt es mir wieder ein: Meine Lüge vom allerersten Schultag. Es kommt mir vor, als wären seitdem hundert Jahre vergangen.

»Und wenn du mal nicht weiterweißt«, rät Gabby, »stell dir einfach nur eine Frage: Was würde Jadelicious tun?«

Ich spähe rüber zu einem der Fotos an der Wand. Jadelicious posiert mit lässig rausgeschobener Hüfte auf einem roten Teppich vor einem Meer von Paparazzi. Es wirkt wie eine Warnung an die Fotografen: Wehe, ihr macht ein schlechtes Bild von mir. Auf einem anderen drängen sich Massen von Fans vor einer Bühne, während Jadelicious aus sämtlichen Richtungen von violetten und pinkfarbenen Scheinwerfern angestrahlt wird.

»Sie sieht immer aus, als wäre es ihr total egal, was andere von ihr denken«, sage ich. »Ich wünschte, das könnte ich auch.«

»Was, es dir egal sein lassen oder nur so aussehen, als ob?«

Wieder steigt die Erinnerung an das Brennballspiel in mir auf, bei dem mich die Panik übermannt hat. »Beides«, antworte ich.

»Warte kurz«, sagt sie. »Ich glaube, ich weiß, was du brauchst.« Sie springt auf, geht an ihre Schreibtischschublade und kramt zwischen den Tausenden von Zetteln darin herum: alte Zeichnungen, Grußkarten, Mathehausaufgaben, zerknitterte Aufsätze.

»Aha!« Sie zieht einen Zeitschriftenartikel hervor. »Lies mal ab hier«, sagt sie und deutet auf einen Absatz in der Mitte der Seite. Ich lese laut vor:

Jadelicious, die ihren Namen offiziell geändert hat, um voll und ganz zur Kunstfigur zu werden, gibt zu, dass sie sich im Rampenlicht nicht immer so wohlgefühlt hat wie jetzt.

»Mir ist schon früh klar geworden«, erklärt die Sängerin, deren neuestes Musikvideo im Internet bereits mehr als drei Millionen Mal aufgerufen wurde, »dass man nicht warten darf, bis die Leute erkennen, wie gut man ist. Man muss selbst daran glauben, dass man ein Megastar ist. Und das gilt auch für alles andere im Leben: Was wünschst du dir? Wer willst du sein? Niemand wird dir eine schriftliche Erlaubnis dafür erteilen. Also nimm deine Pose ein und halte sie.«

Gabby nickt. »*Durch Schein zum Sein*, so was will sie doch sagen, oder?« Sie nimmt Jadelicious' Divenhaltung vom roten Teppich ein. »Siehst du? Ich fühle mich gleich viel selbstbewusster. Willst du's auch mal versuchen?«

Über Gabbys Schreibtisch hängt ein weiteres Foto. Es zeigt einen Raum voller Menschen – vielleicht eine Party oder so was. Jadelicious ist der Mittelpunkt, während die Menschen um sie nichts als ein verschwommenes Gewirr sind. Sie trägt einen glitzernden lila Einteiler mit passendem Cape und wirkt kein bisschen, als würde sie posieren, sondern einfach bloß stark. Eben wie eine Superheldin, beide Füße fest auf dem Boden, die Hände in die Hüften gestemmt, den Kopf hoch erhoben.

Ich sehe mir das Bild genau an und nehme dann dieselbe Haltung ein.

»Gar nicht schlecht«, lobt Gabby. »Und, wie fühlst du dich?«

»Wie vorher.«

»Tja«, sagt sie, »dann musst du wohl einfach so lange weitermachen, bis der *Schein* wirklich zum *Sein* wird.«

Und das tue ich, gleich am nächsten Tag.

MEINE ALLERERSTE REDE

Seid gegrüßt, werte Mitschüler. Die erste Challenge von Mitchell sucht den neuen Paulie Fink *habt ihr erfolgreich hinter euch gebracht.*

Zum Sieger des Wettbewerbs wird gekürt, wem es gelingt, Paulies Wesen am besten zu verkörpern. Mittlerweile kenne ich unendlich viele Geschichten über euren Helden Paulie Fink. Ich habe erfahren, dass er ein furchtloser Störenfried und wagemutiger Spaßvogel war, der die Welt auf den Kopf gestellt und Chaos hinterlassen hat, wohin er auch ging.

Manchmal kam Paulie im Hühnerkostüm zur Schule oder trug eine Pappbox auf dem Kopf.

Er mag kein Pionier gewesen sein, aber an dieser Schule hat er auf jeden Fall Pionierarbeit geleistet, was Spaß angeht.

Jeder Castingwettbewerb hat Regeln. Und unsere lauten wie folgt:

1. Ich, Caitlyn Breen, stelle die Challenges.
2. Ihr, die Pioniere, führt die Challenges nach meinen Anweisungen aus.
3. Wer sich weigert teilzunehmen, scheidet aus.
4. Wer mich bei der Gliba verpetzt, scheidet aus.
5. Wer als Folge dieses Wettbewerbs ins Büro der Gliba gerufen wird, gilt als an der Challenge gescheitert und scheidet damit aus.

6. Ich bestimme. Ich bin die einzige Jurorin und habe das letzte Wort. Wenn euch das nicht passt – Pech gehabt.
Außerdem möchte ich an dieser Stelle klarstellen, dass es sich hierbei nicht im Entferntesten um einen echten Wettbewerb handelt, weswegen der offizielle Gewinn das wohl hässlichste T-Shirt der Welt ist, das nur möglicherweise Glück bringt.
Aber dafür winkt dem Sieger etwas viel Erhabeneres. Und zwar ein Preis, um den seit Menschengedenken gekämpft wird, sei es bei den alten Griechen oder bei Megastar.
Ihr erlangt Kleos und werdet niemals in Vergessenheit geraten.
Bürger von Mitchell, eine Challenge ist geschafft, viele weitere werden noch folgen. Seid ihr bereit für die nächste?

Als ich fertig bin, herrscht zunächst Schweigen. Dann reckt Fiona die Faust in die Luft. »Ja!« Ein paar der anderen fangen an zu applaudieren.

Gerade ist Pause, und wir stehen am Paulie-Denkmal. Hinter uns bläht sich das BOHR, EY-Shirt im Wind.

Gabby hebt die Hand. »Äh, Caitlyn?«

Sie wirft den anderen einen verstohlenen Blick zu, dann huscht sie zu mir und flüstert mir etwas ins Ohr, so laut, dass alle mithören können. »Bevor du uns sagst, was als Nächstes kommt, brauchen wir noch eine feierliche Ausscheidungszeremonie. In der du mich offiziell rausschmeißt.«

»Ach, stimmt ja.« Daran hatte ich gar nicht gedacht.

Mit demütiger Miene tritt sie zurück an ihren Platz.

»Gabby«, sage ich in bemüht strengem Tonfall, weil jetzt schließlich alle eine gnadenlose Richterin erwarten. »Du ... bist nicht der neue Paulie Fink.«

Sie sieht mir in die Augen. »Gut«, sagt sie. »Jetzt musst du mir noch erklären, woran es lag.«

»Weil ...«, stammele ich, »du nicht wie Shakespeare geredet hast?«

Sie schüttelt den Kopf. »Nein. Weil Paulie Fink viele Facetten hatte. Er war wie einer dieser Götter vom Olymp, die unzählige verschiedene Gestalten annehmen konnten. Mir ist es leider nicht gelungen, diesen Aspekt seiner Persönlichkeit herauszustellen.«

»Ahhh«, mache ich. »Klar, genau. Gut, dann können wir ja zur nächsten –«

»Ich bin bereit, das erste Opfer zu bringen«, unterbricht mich Gabby und erinnert uns alle daran, dass jeder Kandidat, der bei *Megastar* rausfliegt, etwas zurücklassen muss. »Einen persönlichen Gegenstand, der für seinen geplatzten Traum steht.«

Sie wühlt in ihrem Rucksack und zieht eine Schachtel Reißzwecken und das Foto von Jadelicious in ihrem lila Einteiler hervor, das, auf dem sie aussieht wie eine Superheldin. Sie hält es hoch. »Ich opfere dieses Bild des weltgrößten aller Castingstars«, sagt sie. »Ohne Jadelicious gäbe es diesen ganzen Wettbewerb nämlich gar nicht, und außerdem finde ich, sie und Paulie haben eine Menge gemeinsam.«

Sie heftet das Foto an das Paulie-Denkmal und stellt die Schachtel Reißzwecken für die nächste Ausscheidungsrunde darunter.

»Im Namen Paulie Finks«, verkündet sie. Als niemand reagiert, flüstert sie der Gruppe zu. »Das müsst ihr mir nachsprechen.«

Sie startet einen zweiten Versuch. »Im Namen Paulie Finks!«

Und diesmal wiederholen alle im Chor: »Im Namen Paulie Finks!«

»Okay.« Gabby wendet sich wieder mir zu. »Jetzt kannst du ihnen die nächste Challenge erklären.«

DIE REGELN MACHE ICH

»Die zweite Challenge basiert auf der Geschichte über Paulie und seinen Minigeddon«, sage ich. »Damals hat er bewiesen, dass er kleinere Kinder für sich einnehmen konnte. Er hat ihre Stärken erkannt. Und sie anschließend auf überraschende Weise ausgespielt. Die Frage ist nun ... könnt ihr das auch?«

Die Challenge, erkläre ich, ist im Grunde ganz simpel: Morgen in der Pause müssen alle Teilnehmer sich mit den Minis beschäftigen. »Denkt euch eine Aktivität aus und führt eine möglichst große Gruppe von Minis hindurch. Das Ziel dabei ist, ihr Interesse zu wecken und dauerhaft zu fesseln. Wer von euch die wenigsten Minis bei der Stange halten kann, scheidet aus.«

»Es sei denn, man wird ins Büro der Gliba zitiert, stimmt's?«, fügt Gabby hinzu.

»Wer ins Büro muss, scheidet automatisch aus.«

Diego seufzt. »Ich will eine Challenge, bei der man rumrennen darf«, mosert er.

Unsicher spähe ich zu Gabby rüber, die daraufhin kaum merklich mit dem Kinn auf das Foto von Jadelicious deutet. *Vom Schein zum Sein*, daran will sie mich wohl erinnern.

Ich schlucke. »Okay, Diego, du willst also eine Renn-Challenge?«

»Ja.«

»Na schön. Als offizielle Jurorin von *Mitchell sucht den neuen Paulie*

Fink erteile ich dir eine. Diego, du rennst sofort zehn Runden um den Platz.«

»Äh, wie jetzt?«

»Du hast ganz richtig gehört.«

»Aber ... nur ich?«

Ich nicke.

»Das ist doch voll unfair!«

Ich gucke runter auf meine Rede und fordere Diego auf, die ersten drei Regeln vorzulesen:

1. Ich, Caitlyn Breen, stelle die Challenges.
2. Ihr, die Pioniere, führt die Challenges nach meinen Anweisungen aus.
3. Wer sich weigert teilzunehmen, scheidet aus.

Als er fertig ist, stelle ich mich etwas breitbeiniger hin und stemme die Hände in die Hüften. »Zehn Runden«, wiederhole ich. »Es sei denn, du möchtest, dass wir direkt zur nächsten Ausscheidungszeremonie übergehen.«

Fiona zeigt mit dem Finger auf Diego. »Du hast Ärger gekriegt!«, trällert sie. Ich drehe mich zu ihr um und ziehe kaum merklich die Augenbrauen hoch. Sofort strafft sie den Rücken und setzt eine Unschuldsmiene auf.

Diego tritt wütend gegen ein Grasbüschel. »Von mir aus«, murrt er und setzt sich in Bewegung.

Wieder steigt dieses seltsame Gefühl in mir auf, wie schon bei der Shakespeare-Challenge: *Ich habe hier das Sagen.*

Ich muss mich nicht einfach bloß an die Regeln halten. Stattdessen kann ich selber welche aufstellen, an die andere Leute sich halten müssen.

Ich reiße die Regelliste von meinem Block ab und befestige sie mit einer von Gabbys Reißzwecken am Paulie-Denkmal, direkt über dem Bild von Jadelicious.

Damit das ja keiner vergisst. Vor allem nicht ich selbst.

DIE MINI-CHALLENGE

Als ich in der Pause über den Spielplatz spaziere und die Mini-Challenge beaufsichtige, komme ich mir ein bisschen vor wie die Gliba.

Yumi stellt sich neben den Sandkasten und fängt an, auf ihrer Ukulele zu klimpern, womit sie natürlich sofort die Aufmerksamkeit der Kleinen auf sich zieht. Ein paar von ihnen rennen direkt zu ihr.

»Kannst du das Prinzessinnenlied spielen?«, fragt ein Mädchen, das ein Tutu über ihrer Jeans trägt. »Aus diesem Film, wo immer Winter ist?«

Yumi schüttelt den Kopf. »Tut mir leid, aber dieses Lied wurde nur geschrieben, damit ein internationaler Großkonzern jede Menge Geld scheffeln konnte. Das lässt sich leider nicht mit meinem Künstlerethos vereinbaren.«

»›Alle meine Entchen‹?«, fragt ein kleiner Junge mit stoppelkurzen Haaren.

»Puh.« Yumi verdreht die Augen. »Das ist ja wohl so was von abgenudelt.«

Ein drittes Kind schlägt »O du lieber Augustin« vor, und Yumi guckt entsetzt. »Wisst ihr nicht, dass es in dem Lied um die Pest geht?«

»Was ist die Pest?«, fragt der »Alle meine Entchen«-Junge.

»Eine Krankheit«, sagt Yumi. »Eine ganz schlimme. Erst kriegt man am ganzen Körper Eiterbeulen, die ganz schrecklich wehtun. Und dann verrotten einem von innen die Eingeweide und –«

»Yumi«, mahne ich.

»Jedenfalls handelt das Lied vom Tod«, winkt sie ab. »Und ich finde nicht, dass Kinder über den Tod singen sollten.«

»Was ist mit dem Gummibärchenlied?«, fragt ein Mini.

»Hm, ehrlich gesagt kenne ich das gar nicht, aber ich würde sowieso eher ungern über Zucker singen. Der kann nämlich abhängig machen.«

»Was heißt abhängig?«, fragt der »Alle meine Entchen«-Junge.

»Okay, Yumi«, schreite ich schließlich ein. »Wie wär's, wenn du ihnen einfach *dein* Lieblingslied vorspielst?« Aber Yumis Lieblingslied klingt wie die Ukulelenversion eines Trauermarschs: deprimierend und zugleich seltsam beschwingt. Einem nach dem anderen wird es den Minis zu langweilig, und sie wenden sich wieder ihren Spielen zu.

Ich sehe, wie Lydia und Willow ein paar Minis Richtung Fußballplatz führen, Fiona dagegen steht direkt neben mir an der Rutsche und schreit die Minis an, die unten ankommen.

»Ich sage ja nur, dass die Gesellschaft von euch verlangen wird, stillzusitzen, ruhig zu sein und euch brav an die Regeln zu halten. Aber das heißt nicht, dass ihr dabei immer mitmachen müsst!«

Falls die Minis überhaupt zuhören, merkt man davon nicht viel. Sie rutschen noch ein paarmal und flitzen dann weiter zu den Schaukeln, ohne sich groß um Fiona zu kümmern.

Aber Fiona folgt ihnen. »Ist euch schon mal aufgefallen, dass immer nur von *Mädchen* erwartet wird, dass sie adrett und ordentlich sind? Dass immer nur *Mädchen* ihre Konflikte friedlich lösen sollen? Findet ihr das etwa in Ordnung?«

Die Minis horchen etwa eine Sekunde lang auf. Dann fragt ein Junge: »Willst du mal sehen, wie hoch ich schaukeln kann?«

Fiona lässt nicht locker und hängt sich an immer neue Kindergruppen, die sie alle mehr oder weniger ignorieren. »Ihr seid die Eleanor Roosevelts der Zukunft! Die Malalas von morgen!«

Schließlich breitet sie die Arme aus und brüllt Richtung Himmel: »Was ist denn bloß los mit euch? Wisst ihr nicht, dass man Powerfrauen zuhören sollte, wann immer man die Gelegenheit dazu hat?«

Anscheinend nicht.

Jetzt kommt Gabby angerannt. »Also Henry baut gerade mit sechs Minis eine total tolle Bude«, berichtet sie. »Sie sammeln Stöcke, und er erklärt den Kleinen dabei was über Architektur, bei ihm läuft es also gut. Diego bringt vier Minis Fußballtricks bei, und Timothy und Thomas ...« Sie deutet in eine Ecke des Spielplatzes, wo sich ein ganzer Trupp Minis versammelt hat und jubelt. »Das musst du dir selbst angucken.«

Wie üblich spielen die Zwillinge Zombie gegen Werwolf, aber diesmal lassen sie ihr Publikum die Figuren dafür aussuchen. Allerdings scheinen die Minis das Spiel überhaupt nicht zu verstehen.

»Hundebaby!«, ruft einer. Timothy geht auf alle viere und stürmt mit raushängender Zunge auf seinen Bruder zu.

»Meine Mami!«, ruft der Nächste.

Thomas macht sich so groß wie möglich und droht seinem Bruder mit dem Zeigefinger. »Hast du auch deine Hausaufgaben gemacht?«, schriekst er, während das Timothy-Hündchen sich gegen seine Schienbeine wirft. »Räum dein Zimmer auf!«

Die Minis sind hin und weg.

Gabby erzählt, das Bommeltrio hätte sich die Erlaubnis geholt, mit ein paar Minis die Ziegen zu besuchen. Aber als ich nachsehen gehe, erkenne ich, dass sie nicht bloß draußen am Zaun stehen ... sondern mitten im Pferch.

Willow führt eine Yogaposition vor. Sie stemmt den linken Fuß gegen den rechten Oberschenkel und legt die Handflächen vor der Brust zusammen, als würde sie beten. Sam, Lydia und die Minis – mindestens zehn, vielleicht sogar mehr – bemühen sich unter heftigem Geschwanke, es ihr nachzutun.

Sogar Plüschi turnt hochkonzentriert mit. Sie verliert kurz das Gleichgewicht und rappelt sich wieder auf.

»Was soll das denn werden?«, frage ich.

»Ziegenyoga«, antwortet Sam.

»Ziegenyoga? So was gibt's doch gar nicht«, schnaube ich.

Willow lächelt. »Und ob es das gibt. Meine Mom unterrichtet das jeden Samstagmorgen auf der Morning Glory Farm in Devlinshire Hills. Da kommen immer jede Menge Leute.«

»Um Yoga mit Ziegen zu machen?« Ich kratze mich am Kopf. »Und wie genau passt das zusammen?«

Sam zuckt mit den Schultern. »Ach, wer weiß das schon bei reichen Leuten? Die lieben solchen Kram.«

Willow nimmt eine neue Position ein. Sie beugt sich vor, stützt die Hände vor sich ins Gras und bewegt die Beine rückwärts, bis ihr Körper ein Dreieck bildet. »Die Übung heißt normalerweise Herabschauender Hund. Heute nennen wir sie mal Herabschauende Ziege.«

Plüschi macht mit und verbiegt sich zu einem perfekten kleinen Dreieck.

Das Ganze ist komplett absurd, aber die Minis wirken zufrieden. Und selbst die Ziegen scheinen ihren Spaß zu haben. So entspannt habe ich sie noch nie erlebt. Ein paar von den Kitzen staksen zwischen den Minis umher und beschnuppern sie neugierig, die meisten jedoch stehen ganz ruhig da.

Guck an. Wer hätte gedacht, dass Willow eine wahre Mini- und Ziegenflüsterin ist?

»Versucht, euren Atem zu spüren«, weist sie ihr Grüppchen an. »Ein. Aus.«

Sie lässt sich in eine Position sinken, die Stellung des Kindes heißt, wofür sie sich auf den Boden kniet, die Stirn auf die Knie legt und die Hände nach vorn streckt.

»Fühlt die Dehnung in euren Armen«, sagt Willow. »Gut so. Und dabei das Atmen nicht vergessen. *Ein. Aus.*«

Der grummelige alte Ziegenbock bewegt sich langsam auf sie zu. *Sogar meinen Erzfeind haben sie gezähmt*, staune ich. Als er bei Willow ankommt, beugt er ein wenig die Hinterbeine und senkt den Po, als wollte er die Übung ebenfalls mitmachen.

Aber stattdessen strullt der Bock kräftig auf Willows ausgestreckte Hand.

Sie hebt den Kopf, und als sie begreift, was los ist, springt sie kreischend auf.

Der Bock macht einen erschrockenen Satz rückwärts, was wiederum die anderen Ziegen aufscheucht. Meckernd galoppieren sie durch den Pferch und jagen den Minis Angst ein. Die ersten Kinder fangen an zu quietschen.

Ein paar Lehrer werden auf das Geschehen im Pferch aufmerksam und eilen herüber.

Nur Plüschi rührt sich inmitten all des Aufruhrs nicht vom Fleck. Stocksteif steht sie da, mit großen, verstörten Augen, genau wie Henry an dem Tag, als er niedergetrampelt wurde.

Bevor ich mir ganz bewusst werde, was ich da tue, renne ich schon durchs Tor und schnappe sie mir. Plüschi ist leichter als erwartet und klammert sich so fest mit ihren dünnen Ärmchen und Beinchen an mich, als wollte sie für immer und ewig mit mir verwachsen.

»Alles gut«, beruhige ich sie, und sie schmiegt ihr Gesicht an meinen Hals. Ihre Haare riechen nach Kokos. »Ich hab dich.«

Plüschi lässt mich nicht los. Nicht nachdem wir den Pferch verlassen haben, nicht als wir den Fußballplatz überqueren, nicht als wir den Sandkasten erreichen. Nicht mal, als Mr Farabi das Bommeltrio Richtung Schulgebäude scheucht, wo bereits mit gerunzelter Stirn die Gliba auf sie wartet. Ich wiege meinen Mini sanft hin und her.

Nach einer Weile wird ihr Griff ein wenig lockerer. Sie hebt den Kopf, schnieft und wischt sich über die Nase. Mein Hals ist ganz nass geweint, und langsam werden meine Arme lahm. Trotzdem setze ich sie nicht ab. Ich spüre ihr klopfendes Herz: winzig und kraftvoll und ganz dicht an meinem.

PECH

Am nächsten Morgen lachen sich immer noch alle über das Pinkeldesaster kaputt – *Ziegeddon* nennen sie es –, bis Mags reinkommt und sich Paulies Kappe mit den Karteikarten schnappt. »Guten Morgen, liebe Pioniere! Bitte setzt euch hin, heute reden wir nämlich über …« Diego neben mir vollführt mit den Fingern einen Trommelwirbel auf dem Tisch.

»Na, wenn das kein Zufall ist«, sagt Mags mit einem Blick auf Lydia, Sam und Willow und hebt die Karte, die sie gezogen hat. Darauf steht in großen Druckbuchstaben: ZIEGEN.

Wir erfahren, dass Ziegen im Leben der alten Griechen eine große Rolle spielten.

Mags erklärt, dass sie für die Menschen damals eine wichtige Nahrungsquelle darstellten, was vermutlich der Grund dafür ist, dass sie überall in der Mythologie auftauchen. Zeus, der Obergott, wurde mit Ziegenmilch aufgezogen, Athene trug ein Ziegenfell, und es gab sogar einen Gott namens Pan, der halb Ziege und halb Mensch war. »Pan war der Gott der Natur«, sagt Mags. »Von Wald und Bergen und allem, was wild ist. Eigentlich würde er ziemlich gut hierher passen.« Dann erzählt sie, dass Ziegen auch regelmäßig zu rituellen Zwecken geopfert wurden.

»*Geopfert?*«, wiederholt Gabby.

Mags nickt. »Ganz genau. Unser Leben wird seit jeher von äußeren Umständen beeinflusst, die wir nicht kontrollieren können. Das trifft umso mehr auf die Antike zu. Damals konnte eine Dürreperiode ganze Zivilisationen auslöschen. Hungersnöte waren an der Tagesordnung. Und anders als wir heute hatten die Menschen so gut wie keine Medikamente, darum gab es häufig schlimme Epidemien.«

Sie dreht sich um und schreibt an die Tafel:

PHARMAKOS

Und darunter:

Φαρμακός

»In besonders schlechten Zeiten«, fährt Mags fort, »wurde daher jemand aus der Gemeinschaft zum sogenannten *Pharmakos* ausgewählt und anschließend in einer Prozession durch die Stadt geführt. Die übrigen Bürger wurden dazu angehalten, ihn mit Zweigen oder Ruten zu schlagen, und am Ende wurde er davongejagt und durfte nie wieder zurückkehren.«

»Aber ... wieso denn?«, will Fiona wissen.

»Die Menschen damals glaubten, dass man alles Pech einer einzigen Person aufladen konnte, und wenn man die dann loswurde, verschwand alles Unglück mit ihr.«

Wieder schreibt sie etwas an die Tafel:

KATHARSIS

κάθαρσις

»Für diesen Prozess prägten die Griechen das Wort *Katharsis*, das wir heute noch benutzen. Es bezeichnet die Befreiung von starken negativen Gefühlen, woraufhin sich große Erleichterung einstellt – wie wenn man sich mal so richtig ausweint oder einen Urschrei ausstößt. Den *Pharmakos* davonzujagen war eine Methode, diese Erleichterung herbeizuführen.«

»Und was hat das jetzt mit Ziegen zu tun?«, fragt Gabby.

»Irgendwann bestimmte man keine Menschen mehr zum *Pharmakos*, sondern Tiere, und das waren häufig Ziegenböcke.«

»Aha ...« überlegt Yumi, »vom Prügelknaben zum Sündenbock also.«

Mags lächelt. »Volltreffer«, lobt sie.

Das kommt mir alles sehr bekannt vor. In meiner alten Schule ging es oft um dieses Thema. Zum Beispiel, wenn die Lehrer einem mal wieder eine Standpauke hielten. Hauptsächlich ging es dabei um Anna Spang. *Warum hackt ihr immer auf ihr rum? Könnt ihr euch vorstellen, was das für ein Gefühl ist, ständig den Prügelknaben spielen zu müssen?*

Ich fand diese Vorträge immer vollkommen überflüssig. Es war ja nicht so, als hätten wir nicht gewusst, dass wir nicht sonderlich nett zu ihr waren. Man ist ja nicht deswegen gemein, weil einem nie jemand beigebracht hat, freundlich zu sein. Wenn wir Anna ausgelacht haben oder demonstrativ geschnüffelt, wenn sie vorbeiging, als würde es auf einmal stinken – ging es uns ja nicht darum, irgendwelches Unglück zu vertreiben. Sondern darum ...

Darum ...

Ehrlich gesagt habe ich keine Ahnung, warum wir das gemacht haben.

»Caitlyn«, sagt Mags. »Worüber grübelst du denn so angestrengt nach?«

»Hm?«

»Es gibt nur wenig, was mich so sehr erfreut wie die nachdenklich gerunzelte Stirn einer Schülerin oder eines Schülers während einer

Unterrichtsdiskussion. Darum wäre es toll, wenn du uns an deinen Gedanken teilhaben lassen würdest.«

»Ach«, sage ich. »Ich finde nur ... dass die Griechen da falschlagen.«

»Aha, und warum?«

Von der Sache mit Anna kann ich natürlich nicht erzählen, darum sage ich: »Mir kommt das einfach wie ein ziemlich dummer Aberglaube vor. Ich gehe mal davon aus, dass das Leben der Griechen sich damals nicht schlagartig verbessert hat, sobald der Ziegenbock weg war, also warum haben sie es dann trotzdem immer wieder gemacht?«

Henry, der mir schräg gegenübersitzt, hebt die Hand. »Ich kann verstehen, warum.« Alle gucken ihn überrascht an. »Ich wette, auf gewisse Weise hat es nämlich doch funktioniert.«

Wie kann es sein, dass ausgerechnet Henry, der besessen von Fakten ist, an etwas wie den *Pharmakos* glaubt?

Ich hab zu Hause jede Menge Bücher über die Antike. Darum wusste ich auch schon viel von dem, was Mags uns erzählt hat. Das mit Platons Höhle und der griechischen Demokratie, und die ganzen Göttinnen und Götter kannte ich auch schon. Ich wusste, dass Paulie einiges mit dem frechen Gott Hermes gemeinsam hatte und dass Fiona ein bisschen wie die Göttin Artemis war, die Hüterin junger Mädchen, die außerdem ziemlich jähzornig sein konnte. Einmal war sie so sauer, dass sie einen Typen in einen Hirsch verwandelt und zugeguckt hat, wie er von seinen eigenen Jagdhunden zerfleischt wurde.
Aber ich wusste auch noch andere Sachen – von denen Mags uns nichts gesagt hat. Die Griechen waren nämlich gar nicht immer so toll. Manchmal haben sie Babys, die schwächlich wirkten, in der Wildnis ausgesetzt, wo sie dann von Wölfen gefressen wurden. Und außerdem war es vollkommen an der Tagesordnung, dass die Kinder in der Schule aufeinander losgingen, weil sie das angeblich stark machte.
Aber das mit dem *Pharmakos* war mir auch neu.
Ob ich wirklich geglaubt habe, dass das funktioniert? Na ja, natürlich nicht. Aber es gibt halt Probleme, mit denen man einfach nicht weiterkommt. Man grübelt endlos darüber nach, durchlebt immer wieder dieselben alten Ängste, bis im Kopf kein Platz mehr für irgendwas anderes ist.
Und vielleicht ist der Glaube daran, dass man seine Probleme in die Wüste schicken kann, ja eine Möglichkeit, aus diesem Gedankenkarussell auszubrechen.
Eine Art letzter Ausweg.

Für den man sich nur entscheidet, weil man das Unglück schon heranrasen sieht und nicht einfach nur tatenlos rumstehen und abwarten will.

Jede Castingshow hat ihren *Pharmakos*. Einen Kandidaten, den man wunderbar hassen kann.
Meistens ist das jemand, der ums Verrecken nicht singen kann, und dann werden immer wieder Ausschnitte von seinem misslungensten Auftritt gezeigt, so lange, bis die Person berühmt dafür ist und in Talkshows eingeladen wird. Aber manchmal ist der *Pharmakos* auch ein Bösewicht. Der seine Gegner sabotiert, ihre Geheimnisse verrät oder versucht, sich vor irgendwelchen Pflichten zu drücken. Und obendrein scheiden oft andere Kandidaten aus, obwohl sie viel besser waren, während diese Leute weiterkommen. Je länger das so geht und je näher der Sieg rückt, desto mehr hasst man sie.
Wie zum Beispiel Rexx Rowdy, der sich die komplette zweite Staffel hindurch einen Kampf mit Jadelicious geliefert hat. Und dessen einziges wirkliches Talent es zu sein schien, auf den Konkurrenten rumzuhacken, die er nicht leiden konnte. Aber aus irgendeinem Grund fuhren die Zuschauer total darauf ab. Sie fingen sogar an, Plakate hochzuhalten, mit Sprüchen wie DER REXX-EFFEKT oder REXX UND HOPP!
Und niemanden hasste Rexx so sehr wie Jadelicious. Keine Ahnung, warum, aber man hätte echt meinen können, er wäre stinksauer über ihre bloße Existenz. Also brachte er das Publikum dazu, sie bei ihren Auftritten auszubuhen und Sachen auf die Bühne zu werfen. Egal, wo sie hinging, überall waren Leute in REXX UND HOPP-T-Shirts zur Stelle und machten die Daumen-runter-Geste.
Ab einem gewissen Zeitpunkt war *für* Rexx Rowdy zu sein

dasselbe wie *gegen* Jadelicious zu sein. Bei ihm drehte sich alles nur noch um diese Fehde. Zuerst war ich überzeugt, dass er keine Chance auf den Sieg hätte. Aber je länger die Staffel ging, desto mehr Sorgen machte ich mir. Weil er schon viel weiter gekommen war, als ich das von so einem Bösewicht je gedacht hätte. Als er in der vorletzten Folge endlich doch rausgeflogen ist, bin ich vom Sofa gesprungen und durchs Zimmer gehüpft. Sogar meine Grandma, die wirklich nicht die Beweglichste ist, hat ein Freudentänzchen aufgeführt.
Das war mal eine ... wie hat Mags das genannt? Genau, *Katharsis*.
Was ich damit sagen will: Ich bin mir ziemlich sicher, dass es genau so ablaufen muss. Die Bösen dürfen einfach nicht gewinnen.

DIE BANANEN-CHALLENGE

Die zweite Ausscheidungszeremonie halten wir am Montagmorgen vor dem Ziegenfüttern ab.

Eigentlich hatte ich nur Willow rauswerfen wollen, aber Lydia und Sam meinten, bei ihnen gelte das Motto »Einer für alle und alle für einen«. »Bei unseren Rollenspielkampagnen machen wir das auch so«, erklärte Lydia.

»Aber wir bräuchten noch ein bisschen, um unser Opfer vorzubereiten, wenn das in Ordnung ist«, fügte Sam hinzu.

Am Montag war ich froh über den Aufschub, weil ich nämlich noch keine Idee für die nächste Challenge hatte. Aber als wir uns ein paar Tage später wieder am Paulie-Denkmal versammeln, weiß ich immer noch nichts.

»Lydia. Willow. Sam«, fange ich an. Die drei haben sich an den Händen gefasst und stehen mit ihren Bommelhaarreifen vor mir. Man sieht, wie fest sie einander umklammern, obwohl sie genau wissen, was als Nächstes kommt. »Es tut mir leid, aber keiner von euch wird der neue Paulie Fink.«

»Wir wollten eigentlich einen Bommelhaarreif für Paulie basteln«, sagt Sam. »Das hätten dann Antennen sein können, weil er doch von den Sternen gekommen ist. Aber das Denkmal hat ja keinen Kopf, deswegen hätten wir ihm das Ding gar nicht aufsetzen können.«

Lydia greift in eine Papiertüte. »Also haben wir stattdessen das hier gemacht.« Sie zieht drei lange Bommelgirlanden in sämtlichen Regenbogenfarben hervor.

Einer nach dem anderen fangen sie an, das Denkmal zu dekorieren. Als Erste wickelt Lydia ihre Girlande um den Ast, und Sam tut es ihr nach. Die letzte legt Willow um den Kragen des T-Shirts wie einen Schal oder eine Perlenkette.

Dann treten die drei einen Schritt zurück, um ihr Werk zu begutachten.

»So wirkt er gleich viel freundlicher«, befindet Willow.

Lydia nickt. »Richtig festlich.«

»Außerdem sieht man das BOHR, EY nicht mehr so doll«, fügt Yumi hinzu. »Auch eine Verbesserung, wenn ihr mich fragt.«

Ich blinzele hoch zum Paulie-Denkmal. Mittlerweile haben wir Anfang Oktober, und das meiste Laub an den Bäumen hat sich verfärbt. Die herbstlichen Töne lassen das neongrüne Shirt und die knallbunten Bommeln ein wenig fehl am Platz wirken.

»Und, Caitlyn?« Gabby reibt sich gespannt die Hände. »Was ist die nächste Challenge?«

Ich kneife die Augen zusammen und denke fieberhaft nach. Mir ist klar, dass die Challenges im Laufe des Wettbewerbs immer interessanter werden müssten. Und am beliebtesten war bis jetzt diejenige, die in völligem Chaos geendet hat. Aber wie soll man so was vorausplanen?

Ich gehe alle Paulie-Geschichten durch, die ich kenne. *Hühnerkostüm Putensandwich Schreibtischschubladen Pizza Glitter BoxMan Fruchtfliegen Bananensch–*

Das ist es.

Bananenschalen sind lustig. Das weiß jeder, sogar ich. Die sind der wahrscheinlich älteste Witz der Welt. Ich hole tief Luft. »Liebe Paulie-Kandidaten«, sage ich mit meiner Rednerinnenstimme, meiner

Vom-Schein-zum-Sein-Stimme, als wäre mir diese Challenge nicht gerade erst eingefallen.

»Es gibt da ein sehr wichtiges Projekt, das euer ehemaliger Klassenkamerad nicht abgeschlossen hat«, sage ich. Alle starren mich verständnislos an, also füge ich hinzu: »Im Bereich Naturwissenschaft.«

Als sie immer noch nicht begreifen, gebe ich ihnen einen Tipp: »Denkt mal an Fruchtfliegen.«

»Die Bananenschalen!«, ruft Thomas.

Ich nicke. »Die nächste Challenge besteht darin, dass ihr zu Ende bringt, was Paulie nie gelungen ist.«

»Sollen wir versuchen, unsere Lehrer zu Fall zu bringen?«, fragt Fiona. »Wenn ja, will ich die Gliba!«

»Ihr sollt *jemanden* zu Fall bringen«, korrigiere ich. »Außer mir natürlich. In den nächsten Mittagspausen fangt ihr an, Bananenschalen zu sammeln. Wenn wir genug zusammen haben, legt ihr sie an strategisch wertvollen Stellen aus. Der Letzte, dem es gelingt –«

»Nein«, unterbricht mich Henry. »Das finde ich keine gute Challenge. So was hätte Paulie nie gemacht.«

»Versucht hat er es, Henry«, widerspricht Lydia.

»Stand alles in seiner Projektbeschreibung«, stimmt Diego zu. »Weißt du nicht mehr?«

»Aber *gemacht* hat er es nie«, beharrt Henry auf seiner Meinung. »Ziel seines Projekts war nicht, dass irgendwer auf die Nase fliegt. Paulie wollte bloß Mr Farabi ein bisschen foppen.«

»Immerhin hatte er schon die Bananenschalen«, meldet sich jetzt Diego zu Wort. »Er war nur noch nicht ganz so weit.«

Yumi schüttelt den Kopf. »Ich glaube, Henry hat recht. Diese Schalen lagen wochenlang rum. Da hätte er so oft Gelegenheit gehabt, sie zu benutzen, aber gemacht hat er es nie.«

»Genau«, sagt Henry. »Weil das nämlich total gemein gewesen

wäre. Und Paulie war klar, dass zwischen lustig und gemein ein himmelweiter Unterschied besteht.«

Ich luge verstohlen zu dem Bild von Jadelicious rüber, das hinter der Bommelgirlande gerade noch sichtbar ist, stelle mich etwas breitbeiniger hin, straffe die Schultern und funkele Henry mit einem *Die-Regeln-mache-ich*-Blick an. Falls der ihn beeindruckt, lässt er es sich jedenfalls nicht anmerken.

»Ich weiß nicht, Henry«, wendet Fiona ein. »Waren wir in der Shakespeare-Challenge nicht auch ganz schön gemein zueinander? Da haben wir uns immerhin lauter Beleidigungen an den Kopf geworfen. Was ist denn hieran jetzt anders?«

»In der Shakespeare-Challenge ging es nur um uns«, erklärt Henry. Er führt sich ziemlich oberlehrerhaft auf, was mich aus irgendeinem Grund tierisch aufregt. Ein hässlicher Gedanke formt sich in meinem Hinterkopf: *Du warst der Prügelknabe, Henry. Dir haben sie immer den Rucksack geklaut. Nicht mir. Dir.*

»Da wussten wir alle, was Sache ist«, fährt Henry fort. »Aber jetzt sollen wir versuchen, jemand völlig Ahnungslosen auszutricksen, der sich noch dazu ernsthaft wehtun könnte. Erkennt ihr da echt keinen Unterschied?«

Timothy zuckt mit den Schultern. »Ich find's witzig.«

»Kann schon sein«, sagt sein Bruder. »Aber meistens hat Henry in solchen Fragen ja recht.«

»Es könnte richtig gefährlich werden«, bekräftigt Henry. »Es haben sich schon Leute Schädelbrüche geholt, weil sie auf Bananenschalen ausgerutscht sind. Manche sind sogar gestorben.«

»Jetzt mach aber mal halblang, Henry.« Ich stemme die Hände in die Hüften. »Glaubst du im Ernst, dass sich jemand den Schädel bricht, wenn wir ein paar Bananenschalen auslegen? Dass jemand *stirbt*?«

»Statistisch gesehen ist das zwar sehr unwahrscheinlich«, sagt er. »Aber gemein ist es hundertprozentig.«

Darauf weiß niemand eine Antwort.

Alle gucken mich an, gespannt, wie es jetzt weitergeht. Am liebsten würde ich die Zeit zurückdrehen. Auf gestern, als ich Plüschi aus dem Ziegenpferch gerettet habe. Oder auf neulich, als mir klar geworden ist, dass ich die Shakespeare-Challenge ganz allein auf die Beine gestellt habe. Das heißt, nein, wenn wir schon an der Zeit rumspielen, will ich lieber noch weiter zurück. Dahin, wo ich noch hätte ablehnen können, als die anderen mich gebeten haben, den Wettbewerb zu leiten.

Wie bin ich bloß auf die Idee gekommen, dass ich das schaffen kann?

»Okay, Henry«, sage ich. Und da ist der Stein wieder, tief in meinem Brustkorb. Das, was mich stärker macht als alle anderen. »Wenn du so unheimlich klug bist, warum rufst du uns dann nicht mal die Regeln Nummer zwei und drei in Erinnerung?«

Er schiebt seine Brille hoch und guckt mir unverwandt in die Augen. Der Stein wird noch ein bisschen härter.

»Gabby«, sage ich, ebenfalls ohne den Blick von Henry zu wenden. »Würdest *du* sie bitte vorlesen?«

»Äh ... okay.« Sie macht einen Schritt nach vorn und zitiert mit leicht zittriger Stimme: *»Ihr, die Pioniere, führt die Challenges nach meinen Anweisungen aus. Wer sich weigert teilzunehmen, scheidet aus.«*

»Möchtest du gern ausscheiden, Henry?«, frage ich. Als er nicht antwortet, wende ich mich an die anderen: »Der Wettbewerb geht weiter. Und wie es aussieht, haben wir ab sofort einen Kandidaten weniger.«

Henry guckt mich noch einen Moment länger an. Dann schiebt er die Hände in die Taschen und marschiert wortlos Richtung Ziegenpferch, greift nach dem Futtereimer und öffnet das Tor. Irgendwie gelingt es ihm, die Tiere zu füttern, ohne dass jemand sie ablenkt. Und das – dass er es komplett ohne Hilfe schafft – macht mich sogar noch wütender als alles andere.

Ich starre an ihm vorbei auf die Bäume und muss daran denken, wie Anna sich einmal einfach geweigert hat, die Rolle einzunehmen, die ich ihr zugedacht hatte. Damals stand sie an ihrem Spind und kümmerte sich um ihren eigenen Kram, aber ich ging trotzdem zu ihr rüber. Ich hatte nichts Bestimmtes geplant; Hauptsache, sie kriegte mal wieder ihr Fett weg.

»Hallo, Anna«, sagte ich. Sie wollte gerade ein Buch aus dem obersten Spindfach nehmen, und ihre Hand erstarrte mitten in der Luft. Hinter mir hörte ich gedämpft meine Freundinnen kichern.

»Ich hab *Hallo* gesagt.«

»Hallo«, antwortete sie schließlich, ohne den Blick von ihrem Spind zu wenden, und griff dann langsam nach dem Buch.

»Sag mal«, fragte ich lässig, »hat dich eigentlich schon mal irgendwer drauf hingewiesen, dass du ... die totale Oberloserin bist?«

Ich hatte erwartet, dass sie einfach zu Boden gucken und alles schweigend hinnehmen würde. Aber so kam es nicht.

»Ja«, entgegnete Anna. Dann drehte sie sich um und sah mir in die Augen. »*Du*. Schon ungefähr eine Million Mal.«

»Oh. Tja ... dann ist ja gut. Wollte nur sichergehen, dass du das nicht vergisst.«

Im Weggehen guckte ich meine Freundinnen an und verdrehte die Augen. Immerhin hatte ich das letzte Wort gehabt. Aber das Ganze hatte mich ziemlich aus dem Konzept gebracht. Als hätte Anna mit ihrer Behauptung, ich würde mich wiederholen, angedeutet, dass etwas mit mir nicht stimmte.

Dabei war *sie* es doch eigentlich, die sich mies hätte fühlen sollen.

VERSAMMLUNG DER NACHZÜGLER

Zu meinem Ärger lassen mich Henrys Worte den ganzen Morgen nicht mehr los: *Aber gemein ist es hundertprozentig.* Vielleicht rutsche ich deswegen so unruhig auf meinem Platz hin und her, als Mags anfängt, von Ehre und Tugendhaftigkeit zu reden.

Sie erzählt, dass es bei den Griechen etwas namens *Arete* gab.

»Das Wort lässt sich schlecht übersetzen«, erklärt sie, »aber Ehre und Tugendhaftigkeit kommen der Sache schon recht nahe. In der Literatur findet man es häufig im Zusammenhang mit Soldaten im Krieg – *Arete* bedeutete also zum einen, tapfer zu kämpfen. Aber zum anderen ging es auch darum, die bestmögliche Version seiner selbst anzustreben – in jeder Situation mutig und ehrbar zu sein, egal, was um einen herum passierte.«

Je länger ich Mags zuhöre, desto kleiner und armseliger fühle ich mich. Was mich ziemlich nervt.

Also echt, *so* schlimm ist das mit den Bananenschalen ja wohl auch wieder nicht.

Beim Mittagessen fragt Plüschi wie immer nach einer Paulie-gegen-Glibberhexe-Geschichte.

»Es war einmal …«, fange ich an. Und halte direkt wieder inne. Ich will jetzt nicht an Paulie Fink denken. Henrys Stimme geistert mir ununterbrochen durch den Kopf: *Paulie war klar, dass zwischen lustig und gemein ein himmelweiter Unterschied besteht.*

»Weißt du was?«, sage ich zu Plüschi. »Ich hab Halsschmerzen. Ich glaube, ich muss heute mal eine Geschichtenpause einlegen.«

Als sie die Unterlippe vorschiebt, strecke ich ihr meinen kleinen Finger hin, wie am ersten Schultag. Und genau wie am ersten Schultag hakt sie ihren kleinen Finger in meinen ein. Ich habe keine Ahnung, was wir einander diesmal versprechen. Vielleicht, dass sie immer noch mein Mini ist und ich mich immer noch um sie kümmere, auch wenn ich gerade nicht in Erzähllaune bin.

Erleichtert stelle ich fest, dass die übrig gebliebenen Kandidaten – die Zwillinge, Yumi, Fiona und Diego – jeder mindestens eine Bananenschale neben sich liegen hat.

Tja, Henry. Sieht aus, als hätte ich gewonnen, denke ich. Eigentlich müsste ich mich freuen, aber aus irgendeinem Grund schmeckt mein Essen plötzlich bitter.

Nach der Mittagspause durchsuchen Timothy und Thomas den Müll nach noch mehr Bananenschalen. Fiona drängelt sich zwischen sie, dann kommt Diego dazu und am Ende sogar Yumi. Gemeinsam wühlen sie sich durch die Tonnen und zanken um jeden matschig gelben Fitzel.

»Oh Mann«, bemerkt Sam trocken. »Damit hat dieser Wettbewerb wohl einen neuen Tiefpunkt erreicht.«

Niemand von uns sieht die Gliba kommen.

»Also hört mal!«, blafft sie durch die Cafeteria.

Die Fäuste voller Obstreste, schrecken die fünf hoch. Fiona und Timothy halten je ein Ende derselben Bananenschale umklammert.

»Würdet ihr mir freundlicherweise erklären«, fragt die Gliba betont ruhig, »was genau ihr mit dem Abfall vorhabt?«

Schweigen. Yumi und die Zwillinge starren auf ihre Schuhspitzen.

Fiona guckt an die Decke und macht »Hmmmm ...«, als würde sie angestrengt nachdenken.

»Zuerst erwische ich euch dabei, wie ihr einander mit Ziegenfutter bewerft. Dann kommt mir zu Ohren, dass einige von euch die kleinen Kinder zum Yoga mit in den Ziegenpferch genommen haben. Und jetzt wühlt ihr im Müll nach –« Mrs Glibas Blick wandert zu der Bananenschale in Fionas und Timothys Händen. Vor Schreck lassen die beiden sie los, woraufhin sie mit einem Klatschen auf Fionas Sneaker landet.

»– Bananenschalen«, beendet die Gliba den Satz. »Darum würde mich jetzt wirklich mal interessieren, was das alles soll.«

»Äh ...«, macht Timothy.

»Wir ... ähm«, sagt Thomas.

Die beiden gucken sich an. »Caitlyn hat uns dazu angestiftet!«, platzt es aus Timothy heraus.

Thomas nickt. »Genau, Caitlyn ist schuld!«

Dann geht es Schlag auf Schlag.

»Wir wollten das gar nicht.«

»*Alle* haben gesagt, sie wollen nicht.«

»Oder na ja, vielleicht nicht alle, aber ein paar von uns.«

»Du jedenfalls nicht.«

»Klappe.«

»Selber Klappe.«

»Halt den Mund, du taube Nuss.«

»Die taube Nuss bist ja wohl du, du Idiot.«

Mrs Gliba hebt die Hand. »Moment mal, meine Herren. Wozu genau –« Sie mustert mich kurz und wendet sich dann wieder den Zwillingen zu: »– hat Caitlyn euch denn angestiftet?«

»Caitlyn hatte eine ganz tolle Idee, Mrs Gliba!«, plappert Fiona drauflos. »Eine absolut fantastische. Sie fand nämlich, wir sollten ...

ähm … also, Caitlyn hat ja übrigens *immer* tolle Ideen, wussten Sie das eigentlich? Sie ist eine richtige Ideenfabrik, das ist echt beeindruckend …«

»Ziegen!«, ruft Henry und kommt näher. »Caitlyn meinte, es wäre so ein Unsinn, dass wir diese ganzen Essensreste wegwerfen, wo wir doch Ziegen haben, denen die bestimmt schmecken würden.« Henry schiebt seine Brille hoch und guckt Mrs Gliba eindringlich an. »Eine sehr gute Idee, wie ich finde.«

»Verstehe«, sagt die Gliba, doch sie beäugt uns weiterhin argwöhnisch, als wäre sie nicht ganz sicher, ob sie uns glauben soll. »Nun ja, die Ziegen könnten durchaus Gefallen daran finden, das ist wahr …«

»Natürlich ist das wahr«, ereifert sich Fiona. »Warum sollten wir denn lügen? Es gibt ja wohl überhaupt keinen Grund, deswegen zu lügen, weder heute noch morgen noch überhaupt.« Diego versetzt ihr einen unauffälligen Tritt, damit sie endlich still ist.

»Caitlyn«, sagt die Gliba. »Wenn das wirklich alles ist, was hier vor sich geht, dann finde ich das tatsächlich sehr umsichtig von dir. Es tut niemandem weh, wenn ihr die Schalen an die Ziegen verfüttert, aber danach ist dieses Experiment bitte zu Ende. Ich kann meine Schüler schließlich nicht tagtäglich den Müll durchwühlen lassen. Gut. Bringt das, was ihr gesammelt habt, runter zum Pferch.«

Aber bevor wir auf die Tür zustürzen können, schüttelt die Gliba den Kopf. »Doch nicht alle. Caitlyn, du gehst und … Henry, du darfst ihr helfen, weil du so angetan von der Idee warst. Ihr anderen begebt euch bitte in eure Klasse, und zwar auf direktem Weg.«

Der Spaziergang zu den Ziegen verläuft ziemlich krampfig. Henry und ich reden kein Wort, bis wir an der Bude vorbeikommen, die er für die Mini-Challenge gebaut hat. »Die steht ja immer noch«, merke ich an.

»Ja«, antwortet er. Und dann weiß ich nicht mehr, was ich sagen soll.

Am Pferch angekommen, reißen wir dünne Streifen von den Bananenschalen ab und werfen sie einzeln über den Zaun. Wie sich herausstellt, mögen die Ziegen sie tatsächlich. Zumindest ein paar von ihnen fressen sie – die übrigen spielen lieber damit, werfen sie in die Luft oder schieben sie mit der Nase über die Erde.

Ich starre geradeaus in den Pferch. »Tja, das ist jetzt schon die zweite Nachzüglerversammlung«, sage ich schließlich. »Alle anwesend?«

»Nicht ganz«, antwortet Henry. »Denk dran, Paulie war auch kein Pionier.«

»Der steht doch da drüben.« Ich deute auf das Paulie-Denkmal. Nach einer kurzen Pause sage ich: »Ich bin froh, dass wir die Schalen los sind. Das war eine dumme Idee.«

»Nicht dumm«, entgegnet Henry. *Bloß gemein* fügt er nicht hinzu, aber ich nehme an, dass er genau das denkt.

»Jedenfalls hast du mir da gerade den Hintern gerettet«, sage ich.

Er reißt einen schmalen Streifen Schale ab und wirft ihn einem der Kitze zu. Beinahe augenblicklich stibitzt der bösartige alte Bock sie dem Kleinen.

»Warum hast du das gemacht?«, frage ich.

»Was?«

»Mir geholfen. Eben bei der Gliba.«

Er wirft dem Kitz ein zweites Stück Schale zu. Diesmal schnappt es sich den Fetzen und rennt weg, bevor ihm irgendwer zuvorkommen kann. »Ich glaube einfach nicht, dass du von Natur aus gemein bist.«

Meine Kehle ist wie zugeschnürt.

»Bin ich aber«, gestehe ich. »Oder war ich zumindest.«

»Ach Quatsch.« Er zuckt mit den Schultern. »Ich hätte eben nicht vor den anderen mit dir einen Streit anfangen sollen.«

»Ich meine nicht, dass ich gemein zu *dir* war«, erkläre ich. »Oder jedenfalls nicht nur zu dir. Sondern vorher. In meiner alten Schule. Da war ich ziemlich fies, um ehrlich zu sein.«

Meine Worte hängen in der Luft. Und ... mehr passiert nicht. Die Welt geht nicht unter oder so.

»Nur zu diesem einen Mädchen«, erzähle ich weiter. »Aber dafür so richtig heftig. Ich hab sie nonstop geärgert. Und das Komische ist, dass ich heute nicht mal mehr genau weiß, warum eigentlich. Ich grübele andauernd drüber nach, aber ...«

Ich unterbreche mich. Schüttele den Kopf. »Na ja, du bist jedenfalls immer noch im Rennen beim Wettbewerb, okay?«, sage ich. »Ich meine, ich muss ja jetzt auf jeden Fall die Zwillinge rausschmeißen, so wie die mich verpetzt haben. Und damit haben wir schon zwei ausgeschiedene Kandidaten.«

Der Ziegenbock klaut schon wieder einer kleineren Ziege ihre Bananenschale. Ich sehe zu, wie er kaut und schluckt. *Blöder Bock*, denke ich. *Erkennst du etwa nicht den Unterschied zwischen lustig und gemein?*

Endlich dreht Henry sich zu mir um. »Caitlyn, ich weiß ja selber nicht, ob Paulie die Schalen nicht doch benutzt hätte, wenn die Gliba nicht vorher dahintergekommen wäre. Wahrscheinlich wünsche ich mir bloß, dass er es sich noch mal anders überlegt hätte.«

Hm. Henry hätte anscheinend gern, dass der Wettbewerb die beste Version von Paulie ans Licht bringt – seine *Arete*, wie Mags es genannt hat –, selbst wenn die nicht unbedingt den ganzen Paulie abbildet.

Er wirft die letzte Schale in den Pferch und wischt sich die Hände an seiner Jeans ab. »Eigentlich will ich gar nicht der neue Paulie Fink werden.«

»Nein?«

Er zuckt mit den Schultern. »Nein. Mir gefiel nur die Idee mit dem Wettbewerb. Weil das was für uns alle zusammen war. Eine gemeinsame Erinnerung, egal, was wird.«

Natürlich ist es schade, dass Henry nicht mehr mitmachen will, aber andererseits kann ich ihn auch verstehen. Schließlich ist es schon verwirrend genug, ein einziger Mensch zu sein. Wieso sollte man da freiwillig versuchen, zwei auf einmal zu werden?

Nach dem Sportunterricht führen wir eine rasche Ausscheidungszeremonie durch. Timothy und Thomas stehen vor mir, noch verschwitzt und mit Bleistiften in den Ohren. Als ich verkünde, dass keiner von ihnen zum Paulie Fink gekürt wird, rufen sie im Chor: »Wir kommen von den Sternen!« und rammen ihre Bleistifte vor dem Paulie-Denkmal in die Erde.

»Ich bin auch raus«, sagt Henry. Vorsichtig legt er sein Naturkundebuch daneben. »Nur noch drei Kandidaten übrig.«

»Diego, Yumi und ich«, sagt Fiona. »Die Top Drei!«

Das bedeutet, nur noch zwei Challenges. Ich will es nicht wieder vermasseln.

INTERVIEW MIT HENRY

HENRY:

Weißt du noch, was ich dir erzählt hab? Wie ich in den Fluss gefallen bin?

CAITLYN:

Nach dem Unwetter. Klar.

HENRY:

Daran musste ich in letzter Zeit oft denken. Ich weiß noch ganz genau, wie es sich angefühlt hat, als der Boden unter meinen Füßen plötzlich einfach ... weg war. Es hat nicht mal eine Sekunde gedauert, bis ich im Wasser gelandet bin und von der Strömung weggerissen wurde, aber das war lange genug, um zu begreifen, dass es zu spät war, dass ich fiel, dass ich nicht kontrollieren konnte, was als Nächstes passieren würde. Und weißt du, was ich mir in diesem Augenblick gewünscht habe?

CAITLYN:

Keine Ahnung. Eine Schwimmweste?

HENRY:

Nein, und auf jeden Fall auch nicht, irgendwelche Fakten zu erfahren, das kannst du mir glauben. Ich hab mir gewünscht, mich nicht so allein zu fühlen. Und ich glaube, das ist auch der Grund, warum ich dir mein Geheimnis verraten habe.

DAS PROTOKOLL

Als der Tag um ist und ich mich auf den Weg zum Parkplatz machen will, hält Henry mich auf. »Warte mal kurz«, sagt er. »Ich muss dir was zeigen.«

Er streckt mir einen zusammengefalteten Zettel hin, aber als ich danach greife, hält er ihn fest. »Erst musst du schwören«, verlangt er. »Schwör bei deiner Ehre als Nachzüglerin, dass du niemandem davon erzählst.«

Ich nicke. »Okay. Ich schwöre bei meiner Nachzüglerehre.«

Er lässt den Zettel los. Ich klappe ihn auseinander und fange an zu lesen.

www.vt.com/verwaltung/mitchell/gemeinderat/sitzung/protokoll/2708
PROTOKOLL: Gemeinderat Mitchell
Sitzung: 27. August
Seite 7 von 12

Gemeinderat Cardinali: Wieso diskutieren wir überhaupt über so was? Es geht hier schließlich um unsere Kinder.

Gemeinderätin Gloster: Wir müssen darüber diskutieren, weil wir ein Loch von 387 000 Dollar in unserem Budget haben. Wir stehen kurz vor dem finanziellen Ruin. Erinnern Sie sich nicht, was drüben in Marshall Falls passiert ist? Die waren auch nicht viel mehr in den Miesen als wir jetzt. Aber dann ist ihr Defizit innerhalb von drei Jahren auf über zwei Millionen explodiert.

Gemeinderätin Miller: Du lieber Himmel! Kann mir bitte mal jemand erklären, wie wir in diese Bredouille geraten sind?

Gemeinderätin Gloster: Wie so was eben läuft, Angie. Wir hatten höhere Ausgaben, als unsere Steuereinnahmen abdecken.

Gemeinderat Cardinali: Wir können den Haushalt aber doch nicht auf Kosten unserer Kinder sanieren.

Gemeinderätin Gloster: Die Schule war ein Experiment. Wir haben uns redlich bemüht, aber sie ist nun mal einfach zu teuer.

Gemeinderat Cardinali: Was ist denn eine Gemeinde ohne eigene Schule?

Gemeinderätin Gloster: Viele Orte haben keine eigene Schule.

Gemeinderat Cardinali: Keine Familie will an einem Ort ohne Schule wohnen. Und von denen, die hier leben, würde ein großer Teil wegziehen. Wir werden zur Geisterstadt, wenn wir zulassen, dass ...

Gemeinderätin Miller: Wir sind doch schon längst eine Geisterstadt, Hector.

Gemeinderat Cardinali: Wie viel Zeit haben wir noch, bis wir eine endgültige Entscheidung fällen müssen?

Gemeinderätin Gloster: Wir sind verpflichtet, die

Schule bis zum Ende dieses Jahres zu finanzieren. Aber wenn es nächstes Jahr keine mehr geben soll, müssen wir die Familien der Schüler rechtzeitig informieren. Ich würde sagen, so bald wie möglich.

GEHEIMNISSE UND GEBROCHENE VERSPRECHEN

Ich stehe neben Henry und lese mir den Zettel dreimal durch, weil ich es einfach nicht fassen kann.

Nach dem dritten Durchgang hämmert mein Herz wie wild. Vor uns stellen sich die Schüler an der Guten-Tag-Glocke an. *Klöng,* läutet der erste sie, dann der nächste. *Klöng. Klöng.*

»Reden die von … *hier*? Der Mitchell School?«, frage ich Henry.

Er nickt.

»Und die macht …?« Ich beende den Satz nicht, aber ich denke: *zu. Die Schule macht zu.*

Wieder nickt er.

»Und dein Dad ist der Einzige, der …«

»Versucht, es zu verhindern, ja. Er gibt sich echt Mühe, aber es sieht nicht so aus, als würde es viel bringen.«

Wieder gucke ich runter auf den Zettel. Ich habe das Gefühl, irgendwas zu übersehen – die Lösung für alles, die ich finden kann, wenn ich nur gründlich genug lese. *Den Haushalt nicht auf Kosten unserer Kinder sanieren … kurz vor dem finanziellen Ruin … redlich bemüht …* »Aber was wird aus –?«

»Uns?«, fragt er. Ich nicke. Und mir wird klar, dass ich wirklich genau das sagen wollte. *Uns.* Nicht *euch.* Nicht *der Mitchell.*

Uns.

»Schulen müssen andauernd schließen«, sagt er. »Das passiert überall. Für die Mitchell wäre es sogar schon das zweite Mal. Dann gehen die Schüler halt woandershin. Wir sind keine Ausnahme. Na, jedenfalls finde ich, dass du dir jetzt erst recht ein paar richtig lustige letzte Challenges ausdenken solltest. Für uns alle. Das wird ja sozusagen unsere Abschiedsparty.«

Jetzt drängeln sich die Vorschulkinder an der Guten-Tag-Glocke. Mr Twilling drückt einem Mädchen, das kaum so groß ist wie sein eigener Rucksack, das Tau in die Hand. »Serena«, sagt er, »hattest du einen guten Tag?« *Klöng.* Nächstes Kind. »Max, wie war's bei dir?« *Klöng.*

Dann ist Plüschi an der Reihe. Mr Twilling hält ihr das Tau hin. »Du hast heute drei Wörter lesen gelernt«, lobt er. »Ich finde, das hört sich nach einem ziemlich guten Tag an!«

Sie schüttelt den Kopf. *Nein.* Mr Twilling lächelt ihr zu. »Vielleicht ja morgen«, sagt er.

Unser Schwur. Wie albern der mir plötzlich vorkommt. Warum verlange ich von einer Fünfjährigen, die Glocke nicht zu läuten? Was wollte ich denn damit erreichen? Für sie oder mich oder sonst wen?

Ich weiß nicht, was ich gegen das, was unserer Schule bevorsteht, unternehmen soll. Ich weiß nicht, wie die nächsten Challenges aussehen sollen. Aber immerhin weiß ich, was ich für das kleine Mädchen mit dem Plüschhasen tun kann.

Ich gebe Henry den Zettel zurück und eile auf die Guten-Tag-Glocke zu. »Hey«, sage ich und gehe vor Plüschi in die Hocke. »Hast du heute echt drei neue Wörter lesen gelernt?« Sie nickt.

»Willst du mal wissen, wie viele Wörter ich lesen konnte, als ich gerade frisch in der Vorschule war? Null. Also für mich klingt das auch, als hättest du einen guten Tag gehabt. Ich finde, du solltest die Glocke doch läuten.«

Sie guckt auf ihre Füße. »Aber ich hab's dir doch versprochen.«

»Hm. Tja ... Was würdest du davon halten, wenn wir zusammen das Versprechen brechen? Beide gleichzeitig?«

Sie überlegt.

»Hase müsste natürlich auch mitmachen«, füge ich hinzu. »Ich hab nämlich so das Gefühl, dass er ganz, ganz dringend die Glocke läuten will.«

Mr Twilling formt mit den Lippen lautlos das Wort *Danke*, während er uns das Tau überreicht. Plüschi bringt Hase in Position, ich zähle bis drei, und dann läuten wir gemeinsam die Glocke. Ein lautes, sattes *Klöng* ertönt.

Plüschi hüpft davon, ohne sich noch ein einziges Mal umzudrehen.

Das hier darf einfach nicht schon vorbei sein, denke ich, während ich ihr nachsehe. *Noch nicht. Ich fange doch gerade erst an.*

WEG IST WEG

»Ich hab gerade erst angefangen, Jadelicious!«, ruft Rexx Rowdy durch die Tür der Garderobe. Er hat sie darin eingeschlossen, dabei muss sie in wenigen Minuten auf die Bühne. Was für ein billiger Trick! Billiger geht's gar nicht.

Gabby neben mir auf dem Sofa schiebt wütend das Kinn vor. »Rexx Rowdy ist echt das Allerletzte.«

Ihre Großmutter, die auf Gabbys anderer Seite sitzt, nickt. »Ein ganz unverschämter Rüpel ist das, wenn ihr mich fragt.«

Es ist jetzt zwei Tage her, seit Henry mir das mit der Schule erzählt hat. Gabby und ich sind bei ihr zu Hause und gucken *Megastar*, in der Hoffnung, dass uns das inspiriert, weil ich nämlich keine Ahnung habe, was ich in den letzten beiden Challenges veranstalten soll. Aber Henry hatte auf jeden Fall recht: Sie sollten der Hammer werden.

Mein Versprechen ihm gegenüber habe ich übrigens gehalten und niemandem weitererzählt, dass die Schule dichtmachen muss. Weder meiner Mom noch irgendwem aus meiner Klasse noch sonst wem. Trotzdem muss ich ständig daran denken. Was würden Gabby und ihre Großmutter wohl sagen, wenn ich jetzt einfach rausposaunen würde: *Die Schule ist pleite und muss wahrscheinlich zumachen.*

Ich sehe mich in Gabbys Wohnzimmer um. An der Wand hängen eine Million Fotos von Gabby, und ich gehe rüber, um sie mir genauer anzugucken. Den Bildern von ihr als pummeliges Baby und

Kleinkind gönne ich nur einen flüchtigen Blick, bevor ich mich auf ein Gruppenbild konzentriere. Meine Klasse im Minialter vor dem MITCHELL-SCHOOL-Schild. Ein winziger Diego. Yumi in jünger, ohne eine einzige rosa Strähne in ihrem dunklen Haar. Die kleine Fiona, die ich in ihrem weißen Kleidchen kaum wiedererkannt hätte, wenn ihr zerzaustes Haar und ihre glitzernden Augen nicht wären. Sie umringen eine weitaus fröhlicher wirkende Gliba und halten ein Transparent hoch: ERSTER SCHULTAG: HEUTE SCHREIBEN WIR GESCHICHTE!

»Oh, wow«, staune ich. »Ist das in der Vorschule?«

»Jepp«, antwortet Gabby. »Bei der Schuleröffnung.«

Ihre Großmutter lächelt. »So ein schöner Tag. Endlich wurde hier zur Abwechslung mal was eröffnet, nachdem so lange immer nur alles zugemacht hatte – erst die Fabrik, das Krankenhaus, dann die ganzen Läden ...«

»Hier gab es ein Krankenhaus?« Das wusste ich gar nicht.

»Hier hat es mal eine ganze Menge gegeben«, erwidert sie. In dem Moment kommt Buster ins Zimmer gerannt und fängt an zu bellen. »Schon gut, schon gut. Na komm.« Sie stemmt sich vom Sofa hoch und geht mit ihm nach draußen.

Ich wende mich wieder den Fotos zu und betrachte eins von Gabby als Baby, die mit einem Mann und einer Frau auf einer Treppe sitzt. Die Haut des Mannes ist viel dunkler als Gabbys, aber seine Augen sehen genau aus wie ihre: braun, warmherzig, groß und ernsthaft.

»Ist das dein Dad?«

»Ja«, sagt sie. »Dass er tot ist, weißt du, oder?«

Ich schüttele den Kopf.

»Er war ein Flüchtling. Aus Kinshasa. Ist mit sechs Jahren hergekommen. Er hatte das tollste Lachen auf der ganzen Welt. Wenn man das gehört hat, konnte man gar nicht anders, als mit einzufallen. Aber dann hat er Magenkrebs bekommen. Ich war in der fünften Klasse, als er gestorben ist.«

Die Frau auf dem Foto hat lange Haare und schwarz umrandete Augen. Ihr Gesicht ist mitten im Lachen erstarrt. Sie ist dünner als Gabby und hat sehr helle Haut, aber dasselbe Lächeln wie sie. Und wie Gabbys Großmutter. »Und das ist ...«

»Meine Mom, ja.« Gabby guckt geradeaus auf den Fernseher. »Die ist auch weg. Schon länger als mein Dad.«

Ich weiß nicht, ob das heißt, dass sie Gabby verlassen hat, oder ob sie auch gestorben ist, wie ihr Dad. Vielleicht heißt es ja auch was ganz anderes. Nach einer kleinen Pause fügt Gabby hinzu. »Eine andere Art von Krankheit, könnte man wohl sagen.«

Mehr erzählt sie nicht, und ich bohre nicht weiter nach. Vielleicht spielt es ja auch gar keine Rolle. Weg ist weg.

Bei *Megastar* betritt jetzt Rexx Rowdy die Bühne. Das Publikum hat Jadelicious erwartet, und man sieht förmlich, wie der Schock durch die Reihen brandet. Als die Leute begreifen, was Sache ist, fängt eine Hälfte wie wild an zu jubeln, während die andere Rexx ausbuht und die Daumen-runter-Geste zeigt.

Gabby schüttelt den Kopf. »Ich wünschte, ich könnte diesem Typen eins mit dem Stock überziehen und ihn für immer davonjagen.«

»Du meinst, wie bei den alten Griechen?«

»Genau. Wie beim *Pharmakos*. Schön wär's.« Als Rexx zu singen anfängt, zieht sie eine Grimasse und schaltet den Fernseher stumm. »Und du? Wie kommt's eigentlich, dass du nur mit deiner Mom zusammenwohnst?«

»Das war schon immer so.«

»Also hattest du nie zwei Eltern?«

»Nö. Mom hat irgendwann beschlossen, dass sie auch ohne Partner auf jeden Fall ein Kind will. Und als sie dann mit fünfunddreißig immer noch Single war, hat sie es einfach gemacht.«

»Ah«, sagt Gabby. »Aber wünschst du dir nicht manchmal, du hättest eine größere Familie?«

Ich schüttele den Kopf. Tatsache ist, dass ich mir gar nichts anderes vorstellen kann. Es ist ja nicht so wie bei Gabby, die einen geliebten Dad gehabt und dann verloren hat. Mom und ich waren immer nur zu zweit. Ich glaube, man kann gar nichts vermissen, was man nie hatte. Jeder empfindet schließlich sein eigenes Leben als normal.

»Gabby, ich muss dir was sagen«, platzt es aus mir raus. Sie guckt mich fragend an.

»Ich bin gar nicht aus New York City«, gebe ich zu. Das ist zwar nicht das größte Geheimnis, das ich vor ihr habe, aber immerhin eins, das ich ihr anvertrauen kann, ohne dabei irgendwelche Versprechen zu brechen. »Wir haben im Bundesstaat New York gewohnt, aber ziemlich weit weg von der Stadt. Keine Ahnung, warum ich am ersten Schultag gelogen hab. Vielleicht, weil mich keiner so richtig beachtet hat. Da hab ich halt ein bisschen geflunkert, um mich interessant zu machen. Ganz schön blöd, was?«

»Dich soll keiner beachtet haben? Spinnst du? Wir waren alle so was von aufgeregt, als du zu uns gekommen bist.«

Ich schüttele den Kopf. »Von wegen. Weißt du nicht mehr? Ihr habt andauernd nur von Paulie geredet. Und dann habt ihr getanzt, und dann kam das mit den Ziegen ...«

Sie winkt ab. »Na ja, okay, natürlich waren wir alle schockiert, dass Paulie nicht mehr da war. Aber wir haben doch die totale Show für dich abgezogen. Den ganzen Morgen. Hast du das nicht gemerkt? Wie Fiona und Diego sich zum Beispiel ständig gestritten haben, während du in der Mitte saßest? Und wie Yumi mitten im Unterricht angefangen hat, Ukulele zu spielen? Alle waren komplett aus dem Häuschen. Oh, warte mal kurz, die Stelle, die jetzt kommt, ist super.«

Gabby stellt die Lautstärke wieder an, als im Fernsehen Jadelicious, die mittlerweile aus der Garderobe befreit wurde, die Bühne betritt. Ihre Augen funkeln, und ihr langes Kleid umflattert sie elegant. Mit ihrer Haltung – vielleicht liegt es an ihrem hocherhobenen Kopf – wirkt sie beinahe wie eine der antiken Göttinnen, über die wir in der Schule gesprochen haben. Dann fängt sie an zu singen, und Rexx Rowdys Blick verfinstert sich vor Wut. Nicht nur, dass sie sein Solo in ein Duett verwandelt, nein, sie lässt es auch noch aussehen, als wäre er bloß das Vorprogramm gewesen, während sie die Hauptattraktion ist. Das Publikum rastet aus.

»Okay, wo waren wir? Ach so, ich wusste schon längst, dass du nicht aus New York City bist«, sagt Gabby jetzt. »Hat meine Grandma mir erzählt, nachdem sie letzte Woche bei deiner Mom in der Praxis war. Ist mir aber total egal.«

Ich lasse mich zurück in die Sofakissen sinken und frage mich, ob überhaupt irgendwas je wirklich so ist, wie es scheint.

DIE FABEL VOM ELEFANTEN

»Na, habt ihr schön gespielt?«, fragt Mom, als sie mich von Gabby abholt.

»Mom«, stöhne ich. »Wir haben doch nicht gespielt! Sind wir vier, oder was?«

Mom antwortet nicht, und ich gucke sie neugierig an. Sie sieht so müde aus. Ich denke daran, wie sie auf dem Weg von New York nach Mitchell das Radio lauter gestellt hat, bei irgendwelchen Songs, die ich nicht mal kannte. Wie sie, kaum dass wir in Vermont waren, alle Fenster runtergefahren hat, um die frische Luft reinzulassen. Mann, war ich da sauer auf sie. Nicht nur weil der Wind mir total die Haare zerzaust hat. Sondern weil sie so glücklich war.

»Mom, bist du eigentlich froh, dass wir hergezogen sind?«, frage ich.

Sie denkt kurz nach. »Überwiegend ja.« Sie lächelt. »Du scheinst dich ja auch langsam einzugewöhnen, das hilft schon mal. Das hilft sogar sehr.«

»Ist es denn so, wie du es dir vorgestellt hast?«

»Na ja, ich glaube, nichts ist komplett so, wie man es sich vorstellt, oder was meinst du? Die Arbeit ist jedenfalls anstrengender als erwartet.«

»Aber wenigstens bist du gut darin«, wende ich ein. »Du weißt, was du tust.«

»Ach Schätzchen, ich verrate dir mal was: Niemand weiß wirklich, was er tut. Man improvisiert und hofft, dass alles glattgeht. Aber es gibt Leute, die sich auf mich verlassen, darum gebe ich mein Bestes, und an den allermeisten Abenden kann ich beim Schlafengehen guten Gewissens sagen, dass ich getan habe, was ich konnte. Und das ist schon mal eine Menge wert.«

Eine Weile guckt sie schweigend auf die Straße, bevor sie hinzufügt: »Aber um ganz ehrlich zu sein, wäre es schon schön, wenn ich hier ein, zwei neue Freunde kennenlernen würde.«

Mir war gar nicht klar, dass Erwachsene sich überhaupt über so was Gedanken machen. Ich dachte immer, nur Kinder hätten Sorge, irgendwo nicht genug Freunde zu finden.

»Was wäre denn, wenn wir noch mal umziehen müssten?«, frage ich. »Wenn zum Beispiel die Notfallpraxis zumachen würde und du wieder deinen alten Job machen müsstest?«

»In meinem alten Job würde ich wohl nicht wieder anfangen. Aber wenn ich müsste? Tja, dann wäre ich immer noch froh darüber, es überhaupt versucht zu haben. Weil ich jetzt weiß, dass ich es kann. Ich kann einen Umzug organisieren, ein Team leiten, ich kann einen harten Tag gehabt haben und am Morgen darauf trotzdem wieder aufstehen, in der Hoffnung, dass der nächste besser wird. Das heißt, auch wenn ich wieder in meinem alten Job anfangen müsste, wäre es eigentlich gar nicht mehr derselbe. Weil ich einfach nicht mehr derselbe Mensch bin.«

Vor uns staut sich der Verkehr wegen eines gemütlich dahintuckernden Traktors. So was kommt hier öfter vor: Man hängt hinter einem Traktor fest, eine Schar Enten überquert die Straße, oder ein Reh springt mitten auf die Fahrbahn, und man muss eine Vollbremsung hinlegen. Zuerst ging mir das ziemlich auf die Nerven. Aber jetzt ist es einfach so.

Vor uns erhebt sich ein monströser Klotz: die alte Oxthorpe-Fabrik. Ich sehe sie mir genau an. Riesige silbrig glänzende Sprossenfenster. Manche der kleinen Scheiben sind zerbrochen, und die dunklen Löcher wirken wie fehlende Zähne.

»Was da wohl jetzt drin ist?«, überlege ich.

»Hauptsächlich Erinnerungen«, sagt meine Mom. »Irgendwann hat fast jeder aus der Stadt mal dort gearbeitet.«

Ich versuche, mir das Gebäude voller surrender Maschinen und geschäftig durcheinanderplappernder Leute vorzustellen. Jetzt sind nur noch Rost, zersprungenes Glas und bröckelnder Backstein davon übrig.

Kurz darauf stößt Mom einen Seufzer aus. »Guck dir das an.«

»Aber echt«, sage ich. »Dieser Bau ist so was von gruselig.«

»Hm?« Sie blinzelt verwirrt. »Nein. Ich meinte die Blumen da. Guck mal, wie die leuchten.«

Und da sehe ich, was sie meint. Massen von Wildblumen, die auf dem verlassenen Firmengelände aus jeder Ritze wuchern, als wollten sie sich den Ort zurückerobern. Die Spätnachmittagssonne bringt ihre Gold- und Purpurtöne derart zum Strahlen, dass es schon beinahe unnatürlich wirkt.

Der Anblick erinnert mich an eine Geschichte, die Mom mir früher immer vorgelesen hat. Darin wurden ein paar Menschen, die nicht sehen konnten, gebeten, einen Elefanten zu beschreiben, und zwar nur aufgrund dessen, was ihr Tastsinn ihnen verriet. Einer befühlte den Rüssel und sagte, ein Elefant sei so was wie eine Schlange. Der Nächste legte die Hand auf ein Bein und erklärte, ein Elefant sei eine Art dicker Baumstamm. Ein Dritter bekam den Schwanz zu fassen und verglich den Elefanten mit einem Seil. Alle hatten sie recht und lagen zugleich komplett daneben. Oder vielmehr jeder Einzelne daneben, bis sie ihre Eindrücke zu einem Ganzen zusammenfügten.

Ich will Mom gerade fragen, ob sie sich an die Geschichte erinnert, aber sie trommelt mit den Fingern zu irgendeiner Melodie, die sie nur in ihrem Kopf hört, aufs Lenkrad und wirkt so zufrieden.

Der Traktor vor uns biegt auf einen Feldweg ab, Mom gibt Gas, und wir brausen los nach Hause.

UNTER STATUEN

Am nächsten Morgen setzt mich Mom früher als sonst an der Schule ab, weil sie Termine hat. Die Klassentür ist noch abgeschlossen, also gehe ich zurück nach draußen und besuche die Ziegen.

Gerade habe ich den Garten mit den Statuen halb durchquert, als ich beinahe über Mags' Füße stolpere. Eingemummelt in einen dicken Pulli sitzt sie auf dem Boden, die Beine vor sich ausgestreckt, und lehnt sich an die Statue von Athene. Sie hat die Augen geschlossen und hält einen Thermobecher in den Händen.

»Mags? Was machen Sie denn da?«

»Oh, Caitlyn!« Sie klopft einladend neben sich auf den Boden. »Du bist aber früh dran. Ich genieße nur meinen Morgenkaffee, bevor der Tag richtig losgeht. Meine Freunde hier« – sie deutet auf die Statuen – »leisten ziemlich gute Gesellschaft, wenn man etwas hat, worüber man nachdenken muss.«

Ich habe etwas, worüber ich nachdenken muss. Eine ganze Menge sogar.

»Mags.« Ich zögere. »Wissen Sie noch, wie wir über *Kleos* gesprochen haben?«

Sie nickt.

»Und wie ich dann gesagt habe, dass man sich bei Leuten mit *Kleos* gar nicht an den echten Menschen erinnert? Also nicht eins zu eins?«

»Wenn ich mich recht entsinne, Caitlyn, hast du gesagt, dass das, was wir von anderen im Gedächtnis behalten, *unvollständig* ist. Ich fand das ziemlich treffend.«

»Okay, aber was ist, wenn *alles*, was wir über andere wissen, unvollständig ist? Nicht nur über Leute von ganz früher, sondern auch über welche, die wir jetzt angeblich gut kennen?«

Auf gewisse Weise geht es bei meiner Frage um Paulie. Es kommt mir nämlich vor, als gäbe es lauter verschiedene Versionen von ihm, und ich kriege einfach nicht raus, welches die richtige ist. Andererseits geht es auch nicht *nur* um Paulie. Ich muss an meine Mom denken, die sich Freunde wünscht, und an Gabby, die ihren Dad vermisst, und daran, dass ihr Dad überhaupt von so weit weg hierhergezogen ist und dass weg wirklich *weg* bedeutet. Außerdem denke ich an Henry und sein Geheimnis und an den ganzen anderen Kram, der sich um mich abspielen muss – Sachen, von denen ich nicht mal weiß, dass man darüber nachdenken könnte, geschweige denn jemanden danach fragen.

»Was wir wissen, *kann* nur unvollständig sein«, sagt Mags. »Am Ende lernen wir nur einen einzigen Menschen ganz kennen: uns selbst. Und auch das nur, wenn wir uns sehr große Mühe geben.«

Nach einer Weile frage ich: »War Paulie Fink wirklich so toll, wie alle behaupten?«

Mags lächelt. »Paulie war auf jeden Fall was Besonderes. Aber das sind eigentlich alle meine Schüler.«

»Diese ganzen Geschichten über ihn, sind die genau so passiert?«

»Mehr oder weniger. Aber hat dir auch schon mal jemand erzählt, wie stinkwütend manchmal alle auf ihn waren?«

»Ach echt?«

»Und wie. Manchmal musste die ganze Klasse unter Paulies

Unsinn leiden. Ich kann mich an mehr als eine Pause erinnern, die seinetwegen gestrichen wurde. Das kam nicht besonders gut an.«

So was haben die anderen noch nie erwähnt. Überhaupt nicht.

»Wenn man eine Geschichte erzählt«, sagt Mags, »dann trifft man dabei Entscheidungen. Man betont gewisse Teile, andere lässt man weg. Ansonsten wäre es nämlich keine Geschichte, sondern bloß eine Ansammlung von Fakten. Weißt du zum Beispiel noch, was wir über die griechische Demokratie gelernt haben?«

»Klar.«

»Tja, diese Geschichte könnte man auch ganz anders erzählen: Obwohl die Griechen das Konzept der Demokratie vorangebracht haben, haben sie nämlich ganz bewusst drei Vierteln ihrer Bevölkerung – vielleicht sogar noch mehr – das Wahlrecht abgesprochen. Ich als Frau hätte dort nicht wählen dürfen. Und unterrichten auch nicht. Ich hätte keinerlei Möglichkeit gehabt, meine Belange öffentlich geltend zu machen. Und den meisten Menschen, die du kennst, wäre es ebenso ergangen. Es gibt noch mehr Geschichten, die wir über die Griechen erzählen könnten: zum Beispiel waren sie fremdenfeindlich. Sie haben unzählige furchtbar brutale Kriege geführt. Ihre Mitmenschen versklavt.«

»Moment mal«, sage ich. »Warum finden sie denn dann alle so toll?«

Mags überlegt kurz. »Tja, man könnte sagen, dass die Geschichte, die viele Menschen sich im Lauf der Jahrhunderte über die Griechen zu erzählen entschieden haben, selbst eine Art Mythos ist.«

»Und warum müssen wir dann so viel über sie lernen?«

»Eine Antwort darauf lautet: Weil du dein Leben lang immer wieder Dingen begegnen wirst – wie Rechtsprechung, Literatur, Kunst und Naturwissenschaften –, die ihren Ursprung in Platons Zeiten haben. Aber wie gesagt, das ist nur eine Antwort, und zwar die einfachere.«

»Und was ist die schwierigere?«

»Die Griechen haben sich nichts zuschulden kommen lassen, was die Menschheit nicht heute noch genauso falsch machen würde. Absolut gar nichts.«

Hm. Das heißt, obwohl Platon schon vor Tausenden von Jahren davon gesprochen hat, ins Licht zu gehen, haben die Leute bis heute nichts gelernt.

»Der Punkt ist«, fährt Mags fort, »wir haben die Wahl. Wir können uns aussuchen, welche Aspekte unserer Welt wir gern beibehalten würden und welche wir lieber in den Mülleimer der Vergangenheit werfen.«

Mags trinkt einen Schluck von ihrem Kaffee, und ein paar Minuten sitzen wir einfach schweigend da, umringt von Göttern, die es nie wirklich gegeben hat. Ich frage mich, ob sie weiß, dass die Schule schließen muss. Am liebsten würde ich sie danach fragen, aber ich bin mir ziemlich sicher, dass sie es mir sowieso nicht sagen dürfte, selbst wenn sie es wüsste.

Langsam wird es Zeit für die erste Stunde. Als wir auf das Schulgebäude zugehen, sagt Mags: »Weißt du, manchmal frage ich mich, was wohl Julius Oxthorpe dazu sagen würde, dass wir jetzt hier sind. Dass wir in seinem alten Haus sitzen und zwischen seinen Statuen über Mythen und Legenden diskutieren.«

»Das fände er doch bestimmt cool, oder?«

»Vielleicht«, sagt Mags. »Aber sicher bin ich mir da nicht. Guck dich doch nur mal um. Das Ganze hier ist ein regelrechter Schrein für die Antike. Und gleichzeitig liegt das Anwesen so abgeschieden, dass ich glaube, der alte Mr Oxthorpe hat es nur für sich allein gebaut. Ich habe so den Verdacht, dass er es gar nicht gut fände, wozu sein Haus heute genutzt wird. Darum fühle ich mich manchmal wie eine Rebellin. Als würde ich mir einfach etwas nehmen, was niemals für mich bestimmt war. Aus demselben Grund macht es mir auch so viel Spaß, die alten Griechen zu studieren.«

»Mags, die Rebellin.« Ich lache.

Und in dem Moment kommt mir der Gedanke, dass auch Mags auf ihre ganz eigene Art ein Störfaktor ist.

DIE BÜRO-CHALLENGE

Als wir etwas später durch den Statuengarten zu den Ziegen gehen, bitte ich die anderen in der Nähe der Stelle, wo Mags und ich gesessen haben, kurz zu warten. »Paulie Fink hatte den Ruf, Menschen und Dinge an Orte zu bringen, an denen man sie nicht erwartete«, fange ich an. »Er hat Pizza in die Klasse bestellt, Glitzerkonfetti auf Deckenventilatoren verteilt, und seinetwegen waren Fruchtfliegen … tja, überall. Und dann wäre da natürlich noch sein berühmtester Streich, als er sich im Büro der Gliba versteckt hat.«

Ich halte inne und betrachte die Statuen, dann die Villa, in der Mr Oxthorpe sich uns vermutlich niemals vorgestellt hat. In der er uns nicht mal hätte haben wollen. Und trotzdem sind wir da.

»Darum besteht die nächste Challenge für unsere drei Finalisten« – ich mustere Yumi, Diego und Fiona – »darin, einen Ort zu betreten, an dem sie nichts zu suchen haben und definitiv nicht erwünscht sind.«

»Yippie!«, jubelt Fiona und stößt ihre Faust gegen Diegos.

»Okay«, sagt Yumi. »Und wo genau willst du uns hinschicken?«

Ich beuge mich vor und senke die Stimme zu einem Flüstern, als könnten uns die steinernen Götter belauschen. »Ins Büro der Gliba.«

Diego, Fiona und Yumi wechseln einen Blick.

»Da erwischt sie uns doch todsicher«, flüstert Fiona.

»Ja«, stimmt Diego zu. »Und dann scheiden wir alle aus.«

»Diesmal ist es in Ordnung, wenn ihr erwischt werdet. Bei dieser Challenge spielen wir auf Zeit. Wer als Erster aus dem Büro fliegt, scheidet aus.«

»Das war's?«, fragt Yumi. »Das ist die ganze Challenge? Klingt ja nicht sonderlich kompliziert.«

»Mag sein«, sagt Gabby. »Aber bei *Megastar* sind die unkompliziertesten Challenges immer die, bei denen es am interessantesten wird.«

Von Weitem höre ich Mr Farabi rufen. »Leeeute! Hier warten ein paar Ziegen mit Riesenhunger auf euch!«

»Die Challenge beginnt in der Pause«, sage ich.

In Shakespeares Stücken gibt es immer ziemlich viel Heimlichtuerei, wusstest du das, Caitlyn? Deshalb kam es mir in der Pause, als ich mit Diego und Fiona vor Mrs Glibas Büro stand, vor, als wären wir drei Shakespeare-Helden am Ende eines großen Dramas.

Das sich hoffentlich nicht als Tragödie entpuppen würde!

Wir haben ganz leise angeklopft. Als keine Antwort kam, sind wir reingehuscht. Uns war klar, dass wir nicht viel Zeit hatten – die Gliba dreht meistens am Anfang der Pause ihre Runde, aber danach verkriecht sie sich gleich wieder in ihrem Büro.

Drinnen hielten Fiona und Diego beide auf den Schrank zu. Diego ist zwar schnell, aber Fiona ist so klein und wendig wie eine aggressive Wüstenrennmaus. Darum kam sie Diego zuvor und zack, knallte die Schranktür hinter sich zu.

Ich bin zum Schreibtisch gerannt, um mich genau wie Paulie dahinter zu verstecken. Nachdem ich rübergeklettert bin, wollte ich mich hinhocken.

Aber ich kam nur ein paar Zentimeter weit runter, bevor ich mit den Knien an die Wand stieß. Noch ein Versuch – keine Chance! Paulie war schon immer kleiner gewesen als ich und außerdem war er bei seinem Streich ja auch ein ganzes Jahr jünger als ich heute. Deshalb hat er wohl in die Lücke gepasst und ich nicht. Egal, wie ich mich drehte und wendete, ich lugte immer ein Stück hinter dem Schreibtisch hervor, wie ein Springteufel.

Auch Diego musste sich auf die Suche nach einem neuen Schlupfwinkel machen und flitzte wie wild durchs Zimmer. Zuerst kauerte er sich hinter den Bürostuhl, aber da sah er bloß aus wie ein Mini beim Verstecken mit Anschlagen. Dann hat er sich hinter die Jalousie gestellt, nur dass er da natürlich von der Taille an abwärts zu sehen war.

Das Ganze war echt zum Totlachen: Meine obere Hälfte ragte über den Schreibtisch, während Diegos untere Hälfte unter der Jalousie hervorguckte. Ich bekam einen Lachkrampf.

Aber dann näherte sich von draußen ein *Klick-klick-klick*. Schritte. Als Diego das hörte, kam er hinter der Jalousie hervor. Im Gegensatz zu mir musste er kein bisschen lachen. Sein Unterkiefer war total angespannt und sein Blick so konzentriert, dass mir klar wurde: Er war fest entschlossen, nicht zu verlieren.

Und genau das macht ihn zu einem so ernst zu nehmenden Gegner.

Er raste zu dem Schrank, in dem schon Fiona hockte, riss die Tür auf und hechtete zu ihr rein.

Genau in dem Moment, als die Gliba die Bürotür aufstieß, zog er die Schranktür hinter sich zu.

Und da stand ich, ganz allein und ohne Versteck.

Also blieb mir nur noch eins übrig: Ich musste mir ganz fest einbilden, ich wäre unsichtbar. Also drückte ich mich flach an die Wand und bemühte mich, mit der geblümten Tapete zu verschmelzen.

Es half nicht.

»Yumi!«, stieß die Gliba hervor. »Was ... was in aller Welt soll das denn werden?«

Und so wurde das Stück für mich am Ende doch zur Tragödie.

Tja. Du kannst dir vermutlich vorstellen, was ich gedacht habe, als Diego zu mir in den Schrank gesprungen ist. *Was zum –?* Und dann: *Nix da. Das gilt nicht. Das hier ist mein Versteck.* Also hab ich genau das zu ihm gesagt: »Das hier ist mein Versteck, also hau ab, du Finkenei.« Oder zumindest hätte ich das gern zu ihm gesagt, aber da die Gliba ja nur einen Meter entfernt stand, musste ich versuchen, es ihm durch einen Boxhieb auf den Arm zu vermitteln. Im Licht, das durch den Türspalt reinfiel, sah ich, wie er auf Yumi zeigte, den Kopf schüttelte und diese Halsabschneidegeste machte: *Du bist raus.*
Draußen hatte die Gliba inzwischen angefangen, Yumi zusammenzufalten. Sie war erwischt worden. Ausgeschieden. Weg vom Fenster. Was bedeutete, dass Diego und ich den restlichen Wettbewerb unter uns austragen würden. Einer von uns würde der neue Paulie Fink werden.
Mir wurde klar, dass Diego damit nicht mehr nur mein bester Freund war, sondern ab sofort auch offiziell mein Erzfeind. Meine Nemesis.
Ich funkelte ihn an, in der Hoffnung, dass mein Todesblick die Botschaft rüberbrachte: *Ich werde dich zermalmen, Diego Silva.* Und was macht er? Guckt genauso zurück.
Eine ganze Weile saßen wir einfach nur da und todesblickten einander an, während die Gliba Yumi eine Standpauke hielt. Wir todesblickten während Yumis ganzer Entschuldigung und todesblickten weiter, als die Gliba blaffte: »Ich habe nicht mal Zeit rauszufinden, was du da hinter meinem Schreibtisch wolltest, weil ich nämlich jetzt schon spät dran bin für ein sehr, sehr

wichtiges Telefonat. Ja, mach die Tür hinter dir zu, wir sprechen uns später noch, Fräulein, darauf kannst du dich verlassen.«

Wir todesblickten, als die Tür zuging und die Gliba wütend eine Nummer in ihr Telefon hackte, und todesblickten weiter, als sie sagte: »Ist da die Northland Press? Ja, Alice Gliba hier von der Mitchell School. Einer Ihrer Journalisten hatte mich um Rückruf gebeten.«

Da wurde mir klar, dass sich die Angelegenheit noch eine Weile hinziehen konnte. Was das ganze Todesgeblicke ein bisschen anstrengend machte. Energisch wandte ich den Kopf ab.

Im Namen Paulie Finks, dir werd ich es zeigen, Diego Silva! Nur einer von uns kann Kleos *erlangen*, dachte ich.

Paulie wäre begeistert gewesen.

HIER STIMMT WAS GANZ UND GAR NICHT

Als es zur Mittagspause klingelt, ist von Fiona und Diego noch immer keine Spur. Auf dem Weg in die Cafeteria kommen wir an Mrs Glibas Büro vorbei. »Sind die etwa immer noch da drin?«, fragt Henry.

»Kann doch gar nicht sein«, erwidert Yumi. Als sie uns kurz zuvor von ihrem gescheiterten Unsichtbarkeitsversuch berichtet hat, konnte sie kaum aufhören zu lachen. Aber jetzt wirkt sie besorgt.

Gabby schleicht auf Zehenspitzen zum Büro und presst ihr Ohr an die Tür. »Die Gliba redet«, flüstert sie. Sie lauscht eine Weile. »*Erschütternd*, sagt sie. Und ... *wie ich bereits erläutert habe, ist es noch nicht endgültig ... Nein ... nein ...*«

»Redet sie mit Fiona und Diego?«, fragt Sam.

»Kann ich nicht erkennen.«

Auch nach dem Mittagessen ist die Tür noch geschlossen. Was entweder bedeutet, dass Diego und Fiona richtig Ärger am Hals haben oder dass selbst Paulie Fink den beiden in puncto Verstecken nichts mehr vormachen könnte.

Wir gehen zu Mathe. Mr Farabi will wissen, wo Fiona und Diego sind. Timothy hüstelt. »Bei Mrs Gliba im Büro«, sagt er.

»Oha, das klingt aber nicht gut«, sagt Mr Farabi und fängt die Stunde ohne die beiden an.

Erst nach ungefähr zwanzig Minuten geht endlich die Tür auf. Alle gucken gespannt hin. Ich hätte erwartet, dass Diego und Fiona sich kaum halten könnten vor Lachen. Oder dass sie zumindest breit grinsen würden. Aber irgendwas ist faul. Die beiden sehen weder uns noch einander an, sondern setzen sich bloß leise auf ihre Plätze und starren vor sich hin. Und genauso bleiben sie. Stumm und vollkommen reglos.

Was bedeutet, dass hier irgendwas ganz und gar nicht stimmt.

Am Anfang war ja alles ganz lustig, aber der Spaß hört schnell auf, wenn man im Büro seiner Schuldirektorin im Schrank hockt und sie mit einem Journalisten über Sachen reden hört, die einen nichts angehen. Sachen wie »Die Zahlen sind korrekt ... Nein, leider reicht das Budget nicht aus.«

Zuerst hab ich gar nicht so genau aufgepasst. Aber dann hat die Gliba gesagt: »Lehrer zu entlassen würde das Problem nicht lösen. Wir haben ja sowieso schon kaum Personal ... Ja, bis zu diesem Jahr kam noch einiges an substanziellen Spenden rein ... Wie Sie vermutlich wissen, leben in Mitchell nicht sonderlich viele wohlhabende Menschen, unter denen sich mögliche Förderer finden ließen ... Ja, ich habe mein Gehalt freiwillig reduziert. Ja, mir ist klar, dass eine Schule, die vor der Schließung steht, in den Nachrichten erscheinen muss, darum bitte ich Sie auch lediglich, den Artikel nicht zu drucken, bevor wir uns nicht ganz sicher sind ... Ich möchte einfach nicht, dass die Familien es auf diese Weise erfahren. Die armen Kinder kennen doch gar keine andere Schule als diese hier ...«

In dem Moment dachte ich: *Moment mal. Halt. Nein.*

Ich hab Fiona angeguckt und hätte am liebsten gefragt: *Hast du das auch gehört?*

Weil das doch schließlich nicht stimmen konnte. Niemals.

Aber dann hab ich ihren Gesichtsausdruck gesehen, und da wusste ich, dass sie dasselbe gehört hatte wie ich. Also musste es stimmen.

Ich meine, man brauchte echt kein Gehirnchirurg oder Quantenphysiker oder von mir aus auch ein hochintelligenter Cyborg zu sein, um zu kapieren, was da los war. Irgendwer wollte die Schule schließen. Und die Gliba wollte verhindern, dass wir es rausfanden.

ALICE GLIBA, SCHULDIREKTORIN
MITCHELL SCHOOL
DONNERSTAG, 12. OKTOBER

Liebe Eltern,
heute Nachmittag habe ich von einer Nachricht erfahren, die die lokalen Medien in nächster Zeit zu veröffentlichen planen. Darin geht es um die finanziellen Schwierigkeiten, in denen unsere Stadt steckt, und die Folgen, die sich dadurch unabdinglich für unsere Schule ergeben werden.
Ich möchte ganz ehrlich sein – leider gibt es nichts Gutes zu berichten. Gleichbleibende Kosten und verringerte Steuereinnahmen haben den Finanzhaushalt von Mitchell derart gebeutelt, dass der Gemeinderat bald keinen anderen Ausweg mehr sehen könnte, als unserer Schule die Geldmittel zu entziehen.
Die Lage, in der wir uns befinden, ist nicht ungewöhnlich – weder im Bundesstaat Vermont noch in der gesamten Nation. Seit 1930 haben nahezu siebzig Prozent aller Dorfschulen schließen müssen, was einen landesweiten Verlust von mehr als 150 000 Bildungseinrichtungen bedeutet.
Aber Statistiken haben kein menschliches Gesicht. Hier geht es um unsere Schule. Unsere Gemeinschaft. Um unsere Kinder.
Auch wenn die Kassen unbestreitbar leer sind, besteht noch die Möglichkeit, dass der Staat Notfallmittel aufbringt – diese Entscheidung liegt allerdings bei den Politikern. Ansonsten könnten uns nur private Spenden helfen, unsere Türen weiter offen zu halten.
Ich gehe davon aus, dass in den nächsten Tagen diverse Medienvertreter unsere Schule aufsuchen werden, unter anderem für

Filmaufnahmen. Sie werden sich dabei hauptsächlich auf das Schulgelände konzentrieren, aber ich habe die Journalisten außerdem zu unserem Fußballspiel gegen Devlinshire (bei dem wir natürlich alle nach Kräften unsere grüne Mannschaft anfeuern werden) eingeladen. Sollten Sie nicht wünschen, dass Ihr Kind gefilmt wird, setzen Sie mich bitte davon in Kenntnis. Allerdings bin ich der Meinung, dass eine öffentliche Berichterstattung uns nur von Nutzen sein kann.
Wir sind ein winziger Ort mit einer winzigen Schule. Von außen betrachtet mögen wir vielleicht nicht sonderlich wichtig erscheinen. Als wären wir egal. Aber wir, die Bewohner von Mitchell, wissen, dass das nicht stimmt. Wir sind nicht egal. Das einzige Versprechen, das ich Ihnen geben kann, ist, dass ich diesen Punkt niemals aus den Augen verliere.

Ihre Direktorin
Alice C. Gliba

Abgesetzt

Fernsehsendungen wechseln selten mitten in der Staffel das Genre. Komödien bleiben lustig, Thriller bleiben spannend und Tragödien ... na ja, tragisch eben. Vielleicht ist es das, was mich so erschüttert, nachdem alle rausgefunden haben, dass die Schule vor der Schließung steht. Dass mit einem Mal alles anders ist.

Die Darsteller haben sich verändert, und zwar merklich. In der nächsten Woche stimmt niemand einen Singsang an, zankt niemand, lacht niemand, erzählt niemand von Paulie. Es ist, als hätten die Pioniere alles, was an ihnen laut und besonders ist, in einen Koffer gepackt und ihn irgendwo vergessen. Wenn jemand diesen Koffer finden und aufmachen würde, käme wahrscheinlich als Erstes Geschrei raus, wie *Caitlyn steht auf Brennball!* oder *Im Namen Paulie Finks!* oder *Diese Challenge ist doch Mist!*

Aber anscheinend findet niemand den Koffer, denn alles bleibt ruhig.

Noch so eine Veränderung: Obwohl das große Finale unseres Wettbewerbs bevorsteht, ist es, als hätten die Pioniere vollkommen das Interesse daran verloren. Sie fragen nicht mal mehr, wann es weitergeht. Als ich Gabby gegenüber erwähne, dass eine richtig tolle letzte Challenge vielleicht ganz gut wäre, um uns ein bisschen von der Schließungsgeschichte abzulenken, schüttelt sie nur den Kopf.

»Noch nicht«, sagt sie. »Ich glaube, dafür ist gerade keiner in Stimmung. Vielleicht, wenn irgendwann alles wieder beim Alten ist.«

Aber vielleicht wird nie wieder alles beim Alten sein. Und damit hängt unser Wettbewerb in der Luft wie eine Fernsehshow, die mitten in der Staffel abgesetzt wird, gerade dann, als sie anfing, Spaß zu machen.

Der Artikel erscheint am Samstag in der Lokalzeitung. Meine Mom liest ihn laut vor. Sie fragt mich, ob ich traurig bin, und anscheinend bin ich das, denn ich nicke, ohne darüber nachzudenken.

»Ach Kleines«, tröstet sie mich, gibt mir einen Kuss auf den Scheitel und drückt mich an sich. Eine Weile bleiben wir einfach so sitzen.

Am Montag darauf dreht die Gliba eine Runde durch sämtliche Klassen. Hauptsächlich, um uns zu versichern, dass sie tut, was sie kann, und wir uns keine Sorgen zu machen brauchen, egal, was passiert.

»Aber dann sind wir keine Pioniere mehr«, wendet Diego ein.

Gabby stimmt zu. »Dann ist wirklich überhaupt nichts mehr wie vorher.«

Als ich sehe, wie die Gliba krampfhaft nach einer Antwort sucht, wird mir klar, dass sie möglicherweise am traurigsten von uns allen ist. Ich bin nicht sicher, ob mir die Vorstellung gefällt. Es ist leichter, seine Schuldirektorin als böse Hexe zu sehen, als einen echten Menschen mit Gefühlen. Irgendwie dachte ich, wenn man das Sagen hat, würde man hauptsächlich Regeln aufstellen und dafür sorgen, dass andere sie einhalten. Aber möglicherweise geht es manchmal auch darum, dass alle etwas von einem wollen, was man ihnen schlicht nicht geben kann.

Fiona meldet sich. »In dem Artikel steht, dass es vielen Schulen so geht. Ist das in Devlinshire auch so?«

»Als ob«, schnaubt Yumi. »Devlinshire ist reich, die haben jede Menge Steuergelder für ihre Schule.«

Ich gucke die Gliba an und erwarte, dass sie die Sache richtigstellt. Denn das kann ja wohl nicht stimmen – wie unfair wäre das denn? Doch sie widerspricht nicht, sondern sagt nur: »Soweit ich weiß, besteht für die Devlinshire kein Risiko, schließen zu müssen.«

Also hat Geldhaben nicht nur damit zu tun, was für ein Auto man in der Garage stehen hat oder wie groß das Haus ist, in dem man wohnt. Es geht auch um die grundlegendsten Dinge, wie zum Beispiel, ob man zur Schule gehen darf.

»Können wir denn nicht eine Benefizveranstaltung oder so was organisieren?«, fragt Gabby. »Ein großes Galadinner oder einen Kuchenbasar, oder wir waschen Autos oder so. Oder einfach alles zusammen, und das machen wir dann so oft wie nötig!«

»Die Schule braucht leider sehr, sehr viel Geld, Gabby«, erwidert die Gliba. »Mehr, als man mit Autowaschen oder Kuchenbacken –«

»Wie wär's dann mit einem von diesen Spendenaufrufen im Internet? Wir könnten den Link an alle schicken, die wir kennen, damit die Nachricht sich überall verbreitet. Wenn wir bei *Megastar* wären –«

»*Megastar* ist nicht echt, Gabby«, unterbricht Yumi sie.

»Ist es wohl«, protestiert Gabby. »Zumindest echter als andere Sendungen. Das ist ja gerade der Sinn der Sache.«

Yumi schüttelt den Kopf. »Bis auf die Tatsache, dass die Produzenten die absurdesten Situationen schaffen, die im normalen Leben nie so passieren würden. Und die Regisseure den Kandidaten ja sogar vorschreiben, was sie sagen sollen. Und nachher dann winzige Schnipsel aus Tausenden Stunden Filmmaterial so zusammengeschnitten werden, wie es genau in die Geschichte passt, die sie erzählen wollen.«

»Das weiß ich alles selbst«, erwidert Gabby, »aber zumindest sind das echte Menschen und keine Schauspieler.«

»Echte Menschen, die sich um eine Rolle beworben haben«, merkt Diego leise an. »Und dann von Castingagenten ausgewählt werden.«

Fiona legt Gabby die Hand auf den Arm. »Das ist von vorne bis hinten gefakt«, sagt sie sanft. »Klar macht es Spaß zuzugucken, aber echt ist da nichts.«

Gabby zieht ruckartig ihre Hand weg. »Ihr versteht alle überhaupt nicht, was ich –«

Doch bevor sie den Satz beenden kann, räuspert sich die Gliba und kommt auf das eigentliche Thema zurück. »Das könnten wir sicherlich probieren«, sagt sie. »Aber macht euch bewusst, dass neun von zehn Online-Spendenaufrufen ihr Ziel niemals erreichen. Man hört nun mal nur von den erfolgreichen Kampagnen. Es ist also höchst unwahrscheinlich, dass es funktioniert.«

Ich hatte erwartet, dass Gabby noch mehr Vorschläge machen würde, wie, keine Ahnung, irgendwelche Promis ins Boot zu holen oder rauszufinden, wer in letzter Zeit im Lotto gewonnen hat, und die Leute um Unterstützung zu bitten. Aber sie starrt einfach nur auf den Tisch, die Augen weit aufgerissen, als versuchte sie krampfhaft, das Blinzeln zu unterdrücken.

Als wir an dem Morgen zu den Ziegen gegangen sind, haben wir die erste Nachricht gefunden. Sie hing am Paulie-Denkmal, zwischen den Wettbewerbsregeln und dem Foto von Jadelicious. Zuerst dachte ich, Yumi hätte ihr Opfer gebracht. Dazu hatte sie ja noch gar keine Gelegenheit, weil nach dem Schrankversteckfiasko keiner mehr Lust auf die Ausscheidungszeremonie gehabt hatte.

Aber als ich sie danach gefragt habe, hat sie nur den Kopf geschüttelt.

Wir sind näher rangegangen, und da entpuppte sich der Text als der Zeitungsartikel aus der *Northland Press*, der am Wochenende erschienen war. MITCHELL SCHOOL VOR DEM AUS lautete die Schlagzeile. Den Anfang kannte ich schon auswendig: *21. Oktober, Mitchell, Vermont. Die drohende Schließung ihrer Dorfschule, die vor acht Jahren in Eigeninitiative eröffnet wurde, hält die 826 Einwohner der Gemeinde Mitchell in Atem ...* Mittlerweile könnte ich den ganzen Artikel runterleiern. *Finanzielle Krise. Fehlende Fördergelder. Wirtschaftlich nicht mehr tragbar. Dringend benötigte Geldmittel.* Ein Haufen langweiliger Begriffe, die alle nur eins bedeuteten: Wir saßen in der Patsche.

Quer über den Artikel hatte jemand mit dickem roten Filzstift geschrieben: BITTE RETTET DIE SCHULE.

»Wer war das?«, fragte ich, aber niemand antwortete. Also rief ich lauter: »WER WAR DAS?«

Ich weiß es bis heute nicht.

In der Pause fanden wir die zweite Nachricht, diesmal auf liniertem Papier: MITCHELL IST NICHT EGAL. Und beim Fuß-

balltraining die dritte: MITCHELL IST KLEIN, ABER OHO. Und es wurden immer mehr. Am Mittwoch, zwei Tage vor dem großen Spiel, hingen so viele Zettel an Paulies neongrünem T-Shirt, dass es aussah wie mit weißen Rüschen besetzt.
Während des Trainings hatte ich das Gefühl, ununterbrochen eine Stimme auf mich einreden zu hören: *Was, wenn ihr verliert, Fiona? Was, wenn ihr eure Schule verliert, Fiona? Was, wenn ihr das Spiel verliert, Fiona? Was dann, Fiona? Fiona, Fiona, Fiona, Fiona, Fiona.*
Also bin ich anschließend zum Paulie-Denkmal rüber marschiert, hab mir ein Stück Papier und einen Stift geschnappt und HILFE hingekritzelt.

CAITLYN:
Wolltest du Hilfe, um gegen Devlinshire zu gewinnen, oder wegen der Schule?

FIONA:
Keine Ahnung. Beides irgendwie. In dem Moment kam es mir vor, als wären das Spielergebnis und das Schicksal der Schule untrennbar miteinander verknüpft.

Als mein Dad wegen seiner Krankheit behandelt wurde, kamen ständig Rechnungen mit der Post, von denen klar war, dass wir sie niemals bezahlen konnten. Zuerst haben wir sie vor meinem Dad versteckt, weil meine Grandma meinte, er dürfte sich über nichts anderes Gedanken machen als übers Gesundwerden. Aber als sich herausstellte, dass er nicht gesund werden würde, gab es keinen Grund mehr, sie ihn nicht sehen zu lassen.

Die Leute haben sich ein Bein ausgerissen, um uns zu helfen. Kuchenbasare wurden veranstaltet, Autos gewaschen und riesige Essensgelage veranstaltet. Ich war sicher achtmal bei irgendeinem »Spaghetti-Schmaus«, wo man fünf Dollar für einen Pappteller Nudeln bezahlen musste. Die Donutlady hat ein Glas für uns aufgestellt, in das man sein Wechselgeld werfen konnte, und die Kellner von Big Esther's Diner haben uns dreimal ihr gesamtes Tagestrinkgeld gespendet. Sogar Leute, die früher gar nicht so nett zu meinem Dad gewesen waren, haben uns unterstützt.

Ach, und die Pioniere haben einen Limonadenstand aufgestellt. Es kamen zwar bloß zweiunddreißig Dollar dabei raus, aber lieb war es trotzdem. Und einmal, als ich supertraurig war, hat Paulie gesagt, er würde mal seine adligen Kontakte aus der Republik Endrisistan um Geld anhauen, was natürlich total absurd war, aber mir einen Kicheranfall beschert hat, als ich wirklich einen brauchen konnte.

Das alles war unglaublich rührend. Nur gereicht hat es nicht. Wenn wir im Fernsehen gewesen wären, dann wäre es abgelaufen wie folgt: Zuerst hätte man gesehen, wie wir Geld zählen und über Rechnungen brüten. Und wenn dem Publikum so langsam richtig mulmig geworden wäre, hätte es geklopft. Wir hätten die Tür aufgemacht, und draußen hätte die Jury gestanden, um zu verkünden, dass irgendwer mit richtig viel Geld – ein berühmter Schauspieler oder Talkshowmoderator oder so was – von uns gehört und beschlossen hätte, alle unsere Rechnungen zu bezahlen. Und dann hätten sie uns vor laufender Kamera einen von diesen monstergroßen Schecks überreicht, mit so vielen Nullen drauf, dass wir uns nie wieder über irgendwas hätten Sorgen machen müssen.

Ich weiß sogar ganz genau, wie ich in einer solchen Situation reagieren würde: Ich würde die Hände an die Wangen heben und überrascht nach Luft schnappen. Meine Grandma würde anfangen zu weinen, und dann würden wir uns in die Arme fallen, und in der Woche darauf stünde ein herzerwärmender Artikel über das Ganze im *People Magazine.*

Nach der Beerdigung haben Grandma und ich angefangen, *Megastar* zu gucken. Zunächst nur, um auf andere Gedanken zu kommen, aber irgendwann wurde mehr daraus. In jeder neuen Staffel sind die Kandidaten anfangs alle ganz normal, Leute wie du und ich. Aber am Ende ändert sich das Leben eines dieser Menschen komplett, und das fand ich toll. Denn wenn sich *dessen* Leben ändern kann, dann doch wohl unseres genauso.

Tja, keine Ahnung. Vielleicht hat Yumi ja auch recht, und so was passiert nur im Fernsehen.

BÖSE VORZEICHEN

Am Tag vor dem Match gegen Devlinshire zieht Mags eine Karteikarte aus Paulies Kappe, auf der ein einziges Wort in Fionas Handschrift steht: Die Wichtigkeit von Pausen.

Mags starrt eine Weile darauf, mit demselben Gesichtsausdruck wie an dem Tag, als sie sich die Karteikarten-Challenge ausgedacht hat – man sieht es förmlich in ihrem Kopf rattern. »Ich hab eine Idee«, sagt sie. »Lasst uns nicht bloß drüber *reden*, wie wichtig eine Pause ist, so eine Auszeit von Arbeit und Stress. Wie wäre es, wenn wir stattdessen voll und ganz ins Thema eintauchen und die Stunde heute sausen lassen? Na los, raus mit euch!«

Meint sie das etwa ernst? Als niemand sich rührt, dreht sie sich um. »Na, kommt schon!«

Auf dem Weg nach draußen erzählt uns Mags, dass jede Gesellschaft früher oder später darüber diskutiert, was ein gelungenes Leben eigentlich ausmacht. »Die Griechen hatten für ihre Vorstellung davon einen Begriff: *Eudaimonia*. Darunter fällt alles, was ein Mensch so braucht, damit es ihm gut geht: Anlässe zur Freude, harte Arbeit, Lernen und Ethik. Bei *Eudamonia* geht es nicht um vergängliches Glück. Man stellt sich vielmehr die Frage: *Was will ich erreicht haben, wenn ich mal auf mein Leben zurückblicke?*

Wir treten aus dem Schulgebäude. Es ist ein kühler, sonniger Tag. Mags zieht sich ihre Strickjacke enger um die Schultern und sieht uns an. »Gut, dann lasst uns mal ein bisschen *Eudaimonia* erleben. Da habt ihr also gerade mitten im Schultag unerwartet eine Extrapause geschenkt bekommen. Was wollt ihr jetzt damit anstellen?«

Thomas schenkt mir ein Grinsen und hebt die Hand. »Also, wie ich gehört hab, steht Caitlyn ja auf Brennball«, schlägt er vor. Ich weiß, dass er damit auf den Zucchinitag anspielt, als die anderen ihren albernen *Caitlyn-steht-auf-Brennball*-Singsang angestimmt haben. Mann, war ich da sauer.

Aber als sie diesmal damit anfangen, fühle ich mich nicht mehr so allein wie damals.

Wir bilden Mannschaften und bestimmen das Paulie-Denkmal zum Brennmal. In Vorbereitung auf das große Match spielen wir natürlich *Fuß*brennball anstatt der normalen Variante. Diego macht den Anstoß für unser Team. »Stellt euch einfach vor«, sagt er, bevor er seine Position einnimmt, »der Ball wäre einer von diesen Devlinshire-Trotteln.« Und damit bolzt er das Ding ins Feld und rennt los.

Gabby hat gerade das erste Freimal erreicht, als Diego am dritten anlangt.

Als Nächste ist Yumi an der Reihe: Sie schießt gut und weit. Der Ball titscht einmal auf, bevor Fiona ihn stoppt. Unterdessen biegt Diego in die Zielgerade ein.

»Das kannst du vergessen!«, brüllt Fiona. »*Im Namen Paulie Finks!*« Sie kickt den Ball Richtung Brennmal. Er fliegt an Diego vorbei und geradewegs in den Ziegenpferch.

Der große Ziegenbock trottet hin und stupst ihn neugierig mit der Nase an. Mit einem kräftigen Happs nimmt er ihn ins Maul, und der Ball schrumpelt zusammen.

»Hm«, macht Henry. »Das scheint mir nicht gerade das beste Vorzeichen zu sein.«

Während wir anderen noch darüber nachgrübeln, wie wir den Rest der Freistunde rumkriegen sollen, bittet Yumi Mags um einen wasserfesten Stift. Sie setzt sich unter das Paulie-Denkmal und fängt an, auf dem platten Ball rumzukritzeln.

»Ich habe noch gar nicht mein Opfer gebracht«, erklärt Yumi. »Das hole ich jetzt nach.«

Als sie fertig ist, hält sie den Ball hoch. Sie hat ein Gesicht darauf gemalt. Ein Auge ist wesentlich größer als das andere, die Nase sieht eher nach einem Rüssel aus und der schief lächelnde Mund wie eine Banane.

Aber alle wissen sofort, wo dieser Brennballkopf hingehört.

Da Fiona die Leichteste von uns ist, stemmen Timothy und Thomas sie hoch. Sie stülpt das Gesicht über die Astspitze, und plötzlich sieht das Paulie-Denkmal gar nicht mehr wie eine verrückte kopflose Vogelscheuche aus. Sondern eher wie ein grinsender, zusammengeflickter, bommelgirlandenverzierter *Mensch*, wenn er auch etwas windschief steht. Mit den ganzen Zetteln wirkt er, als hätte er sich in Lumpen gehüllt.

»Sieht gut aus«, sagt Willow.

»Sieht *toll* aus«, stimmt Sam zu.

»Was wohl dabei rauskommt, wenn man ein schlechtes Vorzeichen an einen Glücksbringer hängt?«, fragt Fiona.

»Keine Ahnung«, antwortet Diego. »Aber sicher was Unerwartetes.«

Fiona nickt nachdenklich. Dann wendet sie sich zu uns anderen um. »Wir müssen dieses Jahr gegen Devlinshire gewinnen. Wir *müssen* einfach. Das könnte unsere letzte Chance sein.«

HÄSCHEN IN DER BUDE

Am Tag des Spiels kommen wir alle in Grün zur Schule. Jeder in einer anderen Nuance: Henrys T-Shirt mit dem CAMP-HIGH-PEAKS-Schriftzug vorne drauf hat die Farbe von Dosenerbsen, während Fionas eher mintfarben ist – sie hat extra eine dazu passende Kombination aus Blazer und Shorts ausgewählt. Diegos Shirt leuchtet wie ein Kleeblatt, und die Zwillinge tragen Tarnmuster.

Meins ist ganz dunkelgrün, fast schwarz, wie ein Sumpf bei schlechtem Wetter. Vorne ist der Name des Krankenhauses aufgedruckt, in dem meine Mom früher gearbeitet hat.

»Nächstes Mal sollten wir uns vielleicht auf einen Grünton einigen«, sage ich zu Henry und bereue es sofort. Denn vermutlich wird es ja kein nächstes Mal geben.

Mags betritt die Klasse, schnappt sich Paulies Kappe und zieht ein Kärtchen. Langsam entfaltet sie es. »Na, wenn das nicht genau die rechte Karte zur rechten Zeit ist«, sagt sie und liest vor: *»Wie man Mut beweist, wenn alles um einen herum sich verändert.«*

Meine Karte. Das, was ich vor einer Million Jahren geschrieben habe, als ich noch mit einer ganz anderen Art von Veränderung zu kämpfen hatte. Es war mir furchtbar peinlich, nachdem ich sie abgegeben hatte, als wäre ich die Einzige, die auf so eine Frage kommen könnte.

Mags tritt ans Fenster und blickt ein Weilchen nach draußen, bevor sie sich wieder zu uns umdreht. »Ich glaube nicht, dass ich euch dazu noch irgendwas beibringen kann, was ihr nicht längst wisst, liebe Pioniere. Mutig ist das, was ihr bereits tut. Einen Schritt nach dem anderen machen. Versucht einfach, dabei so viel *Arete* zu beweisen, wie ihr könnt.«

Irgendwann im Laufe des Morgens taucht der Übertragungswagen eines Nachrichtensenders auf. Die Kameraleute filmen alles – die Ziegen, die Statuen, den Spielplatz, das Porträt von Julius Oxthorpe. Das kann einen schon ziemlich aus dem Konzept bringen. In der Pause entdecken wir sie sogar am hinteren Rand des Fußballplatzes, wo sie ihre Objektive auf uns richten.

»Hm.« Gabby runzelt die Stirn. »So hatte ich mir im Fernsehen zu sein irgendwie nicht vorgestellt.«

Als ich mittags in die Cafeteria komme, hält Mr Twilling mich auf. »Caitlyn? Ich bräuchte mal deine Hilfe. Es geht um Kiera.«

Es dauert eine Sekunde, bis ich kapiere, von wem er da redet: von meinem Mini. Für mich war Kiera von Anfang an Plüschi.

»Ich werde oft von meinen Schülern gefragt, was denn nun aus der Schule wird. Ich versuche, möglichst ehrlich zu ihnen zu sein, aber ich will ihnen natürlich auch keine Angst einjagen. Die meisten kommen zum Glück ganz gut damit zurecht – wenn man im Vorschulalter ist, scheint einem das nächste Jahr eben noch ewig weit weg. Aber Kiera ist sehr empfindsam. Heute ist sie im Unterricht auf die Toilette gegangen und war dann verschwunden. Wie sich rausstellte, hat sie sich in der Bude verkrochen, die Henry mit den Kindern gebaut hat, und weigert sich rauszukommen. Meinst du, du könntest vielleicht mal mit ihr reden?«

Ich sage, dass ich es versuchen werde. Natürlich versuche ich es.

An der Bude angekommen, sehe ich Plüschis rote Turnschuhe daraus hervorlugen. Ich hocke mich hin. »Klopf, klopf.« Dann stecke ich den Kopf durch den Eingang. Plüschi sitzt zusammengekauert in der Ecke, sie hat die Knie bis ans Kinn hochgezogen und die Arme darum geschlungen. »Ist hier zufällig irgendwo ein Hase? Ich suche schon den ganzen Tag nach einem Hasen, aber es muss ein echter sein. Ach, guck an! Da ist ja einer.«

Plüschi sagt nichts, also krieche ich zu ihr rein, und sie rückt ein kleines Stückchen nach links, um mir Platz zu machen.

Eigentlich ganz nett hier drinnen. Größer, als man von außen vermuten würde. Es ist schummrig, und durch die Spalten zwischen den Ästen fällt warmes Sonnenlicht herein.

»Bist du traurig?«, frage ich. Sie lässt Hase nicken.

»Und ein bisschen Angst hast du auch, stimmt's?« Sie antwortet nicht, sondern beißt sich bloß auf die Unterlippe.

»Kann ich gut verstehen«, sage ich. »Ich musste dieses Jahr nämlich auch schon die Schule wechseln.«

Jetzt hebt sie den Kopf und guckt mich überrascht an.

»Ich war nicht ganz sicher, ob du das wusstest«, fahre ich fort. »Aber dein erster Vorschultag war auch mein erster Tag hier. Mann, hatte ich einen Bammel.«

Erst jetzt, nachdem ich es endlich mal ausgesprochen habe, wird mir klar, wie viel Wahrheit darin steckt. *Ich hatte wirklich Angst.*

»Aber du bist doch schon groß«, flüstert Plüschi.

»Stimmt«, erwidere ich. »Aber auch wenn man groß ist, hat man manchmal Angst.«

Und zwar nicht nur am ersten Schultag, wie mir als Nächstes aufgeht. Sondern schon lange vorher. Dabei habe ich mich für so steinhart gehalten.

Eine Weile sitzen wir schweigend in der Bude, nur wir zwei und Hase, und haben ein bisschen Bammel.

Und als mir irgendwann Anna Spangs Gesicht in den Sinn kommt, versuche ich nicht, es zu verdrängen. Nein, diesmal lasse ich die Erinnerung einfach zu.

WAS ICH NICHT ERZÄHLE

Es war letztes Jahr, an einem dieser grün verträumten Tage, wenn die Lehrer alle Fenster aufmachen und die warme Brise in jede Klasse weht und man richtig spüren kann, dass es bald Sommer wird. Im Sportunterricht stand Volleyball auf dem Programm. Jedes Mal wenn der Ball in Annas Nähe kam, ahmten alle anderen Eselsschreie nach. Keine Ahnung, wer damit angefangen hat – ich jedenfalls nicht, aber trotzdem habe ich sofort mitgemacht. Der Lehrer ermahnte uns, damit aufzuhören, also iahten wir ein bisschen leiser.

Nach dem Spiel schloss Anna sich in einer der Toilettenkabinen neben der Umkleide ein und kam nicht wieder raus.

Ich war schon auf halbem Weg zur nächsten Stunde, als mir auffiel, dass ich mein Matheheft liegen gelassen hatte. Also rannte ich zurück zur Umkleide. Drinnen saß Anna auf der Bank. Und da stand ich, ganz allein mit ihr, ohne meine Freundinnen. Sie wirkte so anders – echter irgendwie, als würde ich sie zum ersten Mal wirklich sehen. Ihre Augen waren verquollen und ihr Gesicht fleckig, wie die Landkarte eines fernen Planeten.

Ich erinnere mich, wie ich dachte: *So sehe ich auch aus, wenn ich weine.*

Wären meine Freundinnen bei mir gewesen, hätte ich Anna ignoriert und höchstens ein kleines bisschen zu laut gelacht, um ihr zu zeigen, dass ich ein viel zu tolles Leben hatte, um Notiz von ihr zu nehmen. Oder wenn ein Lehrer in der Nähe gewesen wäre, hätte ich wahrscheinlich etwas gesagt wie: *Es klingelt gleich*, oder: *Beeil dich, wir schreiben doch gleich Mathe.*

Oder, in einem völlig anderen Universum, hätte ich vielleicht gesagt: *Ich bin eigentlich gar nicht so, wie du denkst.* Und: *Ich weiß gar nicht, was das in mir ist, dieses harte Ding, keine Ahnung, wo es hergekommen ist, aber ich merke, wie es immer mehr die Kontrolle übernimmt.*

Stattdessen stand ich einfach da, und wir guckten einander an, bis ich mir mein Matheheft schnappte und machte, dass ich wegkam.

Dann wurde es Sommer, und meine Mutter eröffnete mir, dass wir umziehen würden. Und jetzt sitze ich hier in dieser Bude, mit einer traurigen Fünfjährigen und ihrem Plüschhasen, und weiß nicht, was ich sagen soll. Ich kann ihr die Geschichte, an die ich denken muss, nicht erzählen, weil sie dann sicher fragen würde, warum ich denn nicht netter zu Anna gewesen bin. Und darauf hätte ich keine zufriedenstellende Antwort.

Manchmal sind ganz normale Menschen einfach superfies zu anderen. Das ist traurig, aber wahr. Später wünschen sie sich vielleicht, sie könnten es wieder rückgängig machen. Und das Gefühl werden sie nie wieder los.

Ich mustere Plüschi und denke darüber nach, wie sie mich am ersten Schultag angeguckt hat: als wäre ich jemand, zu dem man aufschauen kann, obwohl ich überhaupt nicht wusste, was ich zu ihr sagen sollte. Ich wusste ja nicht mal, wie ihr Milchpäckchen aufging.

Vom Schein zum Sein, hat Gabby gesagt.

Was wäre, wenn ich wirklich dieser Mensch sein könnte, den Plüschi am ersten Schultag in mir zu sehen meinte? Was würde dieser Mensch jetzt tun?

»Du, Plüschi«, sage ich. »Ich hätte da eine neue Geschichte für dich.«

»Über Paulie? Kämpft er wieder gegen die Glibberhexe?«

Ich schüttele den Kopf. »Nein. Das hier wird eine ganz andere Geschichte.«

WAS ICH STATTDESSEN ERZÄHLE

Es war einmal ein Mädchen, das fühlte sich innendrin viel zu weich. Also wünschte es sich, es könnte härter sein, und sein Wunsch ging in Erfüllung. Schon bald spürte das Mädchen, wie sich in seinem Brustkorb etwas Festes bildete, wie ein Pfirsichkern.

Nein, falsch. Das Ding war viel unnachgiebiger, und anders als bei einem Kern würde daraus nie etwas Neues erwachsen.

Es war ein Stein.

An manchen Tagen brannte dieser Stein wie Lava, an anderen dagegen war er eiskalt. Wann immer das Mädchen ihn spürte, drangen kaum noch andere Gefühle hindurch. Und der Stein wurde größer und größer, jeden Tag ein bisschen mehr. Zunächst machte sich das Mädchen nichts daraus, aber manchmal war es traurig, und so gut wie immer fürchtete es sich, und ein Stein spendet nun mal keinen Trost, wenn man traurig ist und sich fürchtet.

Also schien es doch eine ganze Menge mehr auszumachen, als das Mädchen gedacht hatte.

Außerdem wurde es unter dem Einfluss des Steins boshaft. Ein bisschen boshaft zu vielen Menschen und sehr boshaft zu einem ganz bestimmten. Und je mehr der Stein anschwoll, desto boshafter wurde es.

Dann verirrte sich das Mädchen eines Tages im Wald. Es war so weit gegangen, dass es sein altes Zuhause nicht mehr sehen konnte, und die Furcht wurde schlimmer denn je. Bald traf es auf einen Hasen mit großen

Augen und langen Armen. Der war echt und konnte ein klitzekleines bisschen zaubern. Mit seinen großen Augen erspähte er den Stein im Inneren des Mädchens und erkannte, wie erschöpft es war, weil es ihn immerfort mit sich herumschleppen musste. Mit seinen langen Armen und einem klitzekleinen bisschen Zauberei griff der echte Hase durch die Kehle des Mädchens und zog den Stein heraus.

Als er ihn in der Hand hielt, warf er den Stein in den Fluss. Und sogleich fühlte sich das Mädchen leichter, etwas weniger erschöpft und viel weniger boshaft.

Was bedeutet, dass der Hase nicht bloß ein Zauberer ist. Sondern noch dazu ein echter Held.

MUT BEWEISEN

Ende«, sage ich.

Plüschi mustert Hase. Zieht seine Arme lang, lässt ihn vor und zurück und hin und her wackeln.

»Hat das wehgetan?«, fragt sie. Zuerst denke ich, sie redet mit dem Stofftier, aber dann verstehe ich.

»Du meinst, als der Stein rausgeholt wurde?«

Sie nickt.

»Hm.« Ich muss nachdenken. »Ein bisschen. Aber nachdem er einmal draußen war, ging es dem Mädchen gleich viel besser.«

»Hat sie sich entschuldigt? Dafür, dass sie so gemein war?«

Ich denke daran, wie ich in der Umkleide gestanden und Anna angestarrt habe. Wie blockiert ich mich gefühlt habe.

»Noch nicht«, gestehe ich.

Plüschi runzelt ganz leicht die Stirn. »Muss sie aber.«

Für sie ist die Sache anscheinend eindeutig. Gut möglich, dass sie recht hat. Aber ich kann mir einfach nicht vorstellen, mich bei Anna zu entschuldigen. Es ist, als stände sie am einen Ufer eines tosenden Flusses und ich am anderen, ohne eine Brücke, die uns zueinanderbringen würde.

»Da hast du vermutlich recht«, stimme ich zu. »Vielleicht macht sie es ja irgendwann. Nur leider ist das Mädchen, um das es hier geht, immer noch nicht sehr mutig.«

»Aber sie ist doch jetzt mutiger als früher, oder?«

Ich überlege. »Ja«, antworte ich schließlich. »Ich glaube schon.«

Plüschi lässt weiter ihren Hasen tanzen und bewegt die Lippen, als würde sie dazu singen. Selbst wenn ich es nicht höre, Hase kann es bestimmt. Also lausche ich stattdessen auf die Geräusche außerhalb der Bude – das Rascheln des Laubs, das wie Geflüster klingt, das Gemecker der Ziegen in der Ferne, den gedämpften Lärm aus der Cafeteria, wo alle anderen gerade sind.

Sie muss sich entschuldigen.

Sie ist nicht sehr mutig.

Aber mutiger als früher.

Ich weiß nicht, warum Plüschi plötzlich beschließt, dass Hase jetzt genug getanzt hat. Oder warum sie sich mit einem Mal bereit fühlt, in die Welt zurückzukehren. Aber nach einem kurzen Moment krabbelt sie aus der Bude und wischt Hase die Kiefernnadeln aus dem Pelz.

Als ich ihr nach draußen folge, scheint die Sonne greller als erwartet, und meine Augen brauchen ein bisschen, um sich daran zu gewöhnen. Dann jedoch fällt mein Blick auf einen der Kameramänner, der gerade die Ziegen filmt.

Plüschi streckt mir eine Hasenpfote hin, und ich ergreife sie. Die andere hält sie selbst fest. Hand in Hand überqueren wir den Fußballplatz, zwei Menschen und ein Zauberhase.

Der Kameramann dreht sich und nimmt uns direkt ins Visier. Mir fällt wieder ein, wie die Gliba unseren Eltern geschrieben hat, dass niemand sich filmen lassen muss, wenn er nicht will. Aber eigentlich ist es mir egal. *Sollen sie doch filmen,* denke ich. *Vielleicht guckt Plüschi es sich in ein paar Jahren an und erinnert sich dadurch überhaupt, dass es das alles hier – die verfallene Villa, die zickigen Ziegen, die wackelige Bude und die seltsame schiefe Vogelscheuche, umringt von Opfergaben – mal gab.*

»Kommt er irgendwann zurück?«, fragt Plüschi.

»Wer?«

»Der schlimme Stein. Wächst der wieder neu in dem Mädchen?«

Ich grüble darüber nach, dass es die Vorstellung von *Arete,* Ehre, schon seit mindestens zweitausend Jahren gibt und die Menschen immer noch genauso daran scheitern.

»Ich weiß nicht«, sage ich. »Sie möchte es eigentlich nicht, aber sicher kann sie sich da nicht sein. Eigentlich weiß sie gar nichts mehr mit Sicherheit.«

Vor uns fliegen die Cafeteriatüren auf, und die Minis kommen raus auf den Spielplatz gerannt. Ich wende mich in Richtung der Wiese, wo gleich das Fußballmatch stattfinden wird, und des Paulie-Denkmals, das uns angeblich Glück bringen soll, mit dem Brennballkopf, der möglicherweise ein schlechtes Vorzeichen ist. Die kleinen weißen Zettel daran flattern im Wind.

In einer Stunde ist die Devlinshire-Mannschaft hier.

ÜBERRASCHUNG

Alle sind in Panik. Bibbernd vor Nervosität sitzen wir in unserem Klassenzimmer und wissen nicht, wohin mit der aufgestauten Energie, während wir auf unseren Gegner warten. Diego wackelt so heftig mit dem Bein, als wollte er ein Loch in den Boden presslufthämmern. Auch Fiona kann nicht stillhalten. Sie setzt sich auf ihren linken Fuß, zieht ihn jedoch sofort wieder unter dem Hintern hervor und rutscht hin und her.

Jeder ist auf seine eigene Art in Bewegung. Yumi trommelt mit den Fingerspitzen auf die Tischplatte. Henry fährt sich unablässig durchs Haar, und Timothy kann nicht aufhören, mit den Knöcheln zu knacken. Dass ich selbst die ganze Zeit einen Bleistift hin- und herschnippse, merke ich erst, als er auf dem Boden landet.

Was wohl bedeutet, dass auch ich nervös bin.

Irgendwann hören wir einen Bus heranrumpeln. »Sie sind da«, flüstert Henry.

Zisch machen die Bremsen, *Knarz* die sich öffnenden Türen. Stimmen plappern durcheinander. Dann ruft jemand etwas, vier Silben, und die anderen fallen mit ein.

Ein Sprechchor. Auch die Devlinshire-Schüler haben ihre Sprechchöre, genau wie wir an der Mitchell. Nur der Inhalt ist völlig anders.

Glo-cke läu-ten!

Glo-cke läu-ten!

Glo-cke läu-ten!

Fiona springt als Erste auf, so hastig, dass ihr Stuhl umkippt.

»Fiona«, warnt Mags, aber sie ist schon ans Fenster gestürzt. Jetzt hält es keinen mehr auf seinem Platz.

Draußen kommt ein Haufen Leute in saphirfarbenen Trikots und blütenweißen Shorts auf die Schule zumarschiert. Wie eine Armee leuchtend blauer Käfer strömen sie auf die Guten-Tag-Glocke zu.

Glo-cke läu-ten!

Glo-cke läu-ten!

Glo-cke läu-ten!

»Wehe«, knurrt Fiona. »Wagt es ja nicht, unsere Glocke anzufassen.«

Hilflos müssen wir mit ansehen, wie jemand nach dem Tau greift. Gabby neben mir schnappt nach Luft.

Klöng.

In all den Wochen, die ich schon hier bin, habe ich die Glocke nur ein einziges Mal geläutet: zusammen mit Plüschi. Darum fühlt es sich immer noch nicht so an, als wäre das *meine* Guten-Tag-Glocke. Aber aus irgendeinem Grund kocht Wut in mir hoch, als ich das *Klöng* und den darauffolgenden Jubel höre.

Diese Glocke gehört nicht mal wirklich *mir*. Also gehört sie definitiv nicht denen.

Wie sauer müssen da erst die anderen sein? Aber zu meiner Überraschung wirken sie eher ... verwirrt.

»Moment mal.« Fiona kneift die Augen zusammen, um sie gleich darauf wieder weit aufzureißen. Dann schüttelt sie den Kopf, wie um sich aus einem Traum wachzurütteln.

»Nein ...«, murmelt jetzt auch Diego. »Das kann nicht sein.«

»Wahnsinn«, haucht Gabby.

Mein Blick wandert zurück zu den Devlinshire-Schülern, neugierig, was die Pioniere derart sprachlos macht. »Was ist denn? Was ist los?«

Aber niemand antwortet. Ich sehe Henry an, der kreidebleich geworden ist. Als hätte er ein Gespenst gesehen.

Und dann kapiere ich. Möglicherweise ist da draußen wirklich so was wie ein Gespenst aufgetaucht.

Oder vielleicht kein Gespenst, sondern eher ein Außerirdischer. Beziehungsweise jemand, der unter mysteriösen Umständen verschwunden ist und jetzt – genauso mysteriöserweise – vor der Schule steht.

In einem leuchtend blauen Trikot.

DER ALTE
PAULIE FINK

Nicht zu fassen.
Im Ernst, zuerst konnte ich es einfach nicht fassen. Ich dachte, das Ganze wäre ein Scherz oder meine Augen würden mir einen Streich spielen oder so was in der Art.
Da draußen stand Paulie Fink. *Unser* Paulie Fink. Auferstanden von den Toten, wie einer von Timothys und Thomas' Zombies.
Paulie war nach *Devlinshire* gezogen?
Er war jetzt eins von den *reichen Kindern*?

DER EINZIG WAHRE

Welcher ist es?«, frage ich.

Fiona zeigt aus dem Fenster, aber niemand springt mir direkt ins Auge, so wie ich es von Paulie Fink erwartet hätte. Alles, was ich sehe, ist eine Horde Jugendlicher.

»Der da«, sagt Fiona. *»Der da.«* Was natürlich wenig hilfreich ist.

»Wer denn?«

»Im blauen Trikot«, schaltet sich Diego ein, als würde das die Auswahl einschränken.

»Der, der sich immer die Haare aus den Augen streicht«, ergänzt Yumi.

Ach. »*Das* ist Paulie Fink?« Alle nicken.

Keine Ahnung, was ich erwartet habe. Nicht gerade jemanden mit grünen Schuppen, drei Köpfen und vierzehn Augen oder so. Aber ganz bestimmt auch nicht diesen völlig normalen Jungen mit den Wuschelhaaren, der sich wie alle anderen seine Kapuzenjacke um die Hüfte geknotet hat.

»Hm«, sage ich.

Paulie scheint zu merken, dass wir ihn beobachten, denn jetzt hebt er den Kopf und guckt direkt hoch zu unserem Fenster. Gabby kreischt auf und duckt sich.

Fiona schreit: »Ach du heilige Sch...okotorte, er hat uns gesehen!«

Alle weichen zurück. Was, wenn man mich fragt, eine ziemlich seltsame Reaktion ist, wenn man bedenkt, dass wir seit Wochen Opfergaben an einem zu Paulies Ehren errichteten Schrein ablegen.

»Winkt doch mal«, fordert Mags uns aus dem Hintergrund auf.

Und wir winken.

Einmal hab ich eine Geschichte in einem *Megastar*-Fanforum gelesen. Ein Mädchen hat geschrieben, sie wäre von North Carolina bis ganz nach Florida gereist, um Jadelicious live zu sehen. Das war kurz nach dem Ende der zweiten Staffel, als gerade ihre Welttournee losging.

Das Mädchen stand sicher zwei Stunden vor Jadelicious' Garderobentür, eine Ausgabe von deren neuem Buch, *Unnachahmlich: Auf Erfolgskurs mit Jadelicious*, in der Hand. Aber als Jadelicious endlich rauskam, war das Mädchen total verwirrt. Keine Frage, es war eindeutig die *Megastar*-Gewinnerin mit dem typischen Katzenaugen-Make-up, den silbernen High Heels und allem, womit man sie kannte. Aber gleichzeitig, fand das Fan-Mädchen, konnte das unmöglich die echte Jadelicious sein. Ihre Schminke war verschmiert, und ihre Haut wirkte so uneben, als hätte sie mal schlimm Akne gehabt. Aber vor allem war sie *viel zu klein*, schrieb das Mädchen im Forum.

Weil Jadelicious nämlich überlebensgroß ist, verstehst du? Und genauso ging es mir, als ich Paulie sah. Zwar war er größer und ein bisschen dünner als früher – so als hätte jemand den Jungen, den wir kannten, ein Stückchen in die Länge gezogen –, und auch sein Gesicht sah anders aus, die Kieferpartie ausgeprägter. Aber das Verrückte ist: Er wirkte trotzdem viel, viel kleiner.

Das lag daran, dass er in unserer Erinnerung auf Überlebensgröße angewachsen war. Und dann stand er auf einmal vor uns, ein normaler Junge im blauen Fußballtrikot, der aussah, als wäre er ein paar Zentimeter größer geworden. Wie ganz normale Jungs das nun mal tun.

Am liebsten hätte ich ihm eine reingehauen. Das dachte ich, als wir uns auf den Weg zum Fußballplatz machten. Wieder und wieder ging mir durch den Kopf: *Am liebsten würde ich dir eine reinhauen.*

Du Verräter.

Du Ratte.

Du Kameradenschwein.

Und nicht nur Paulie hätte ich gern eine reingehauen, sondern ihnen allen. Jedem einzelnen von diesen Devlinshire-Idioten. Am liebsten hätte ich der Devlinshire Hills School selbst eins auf die Nase gegeben, dabei haben Schulen gar keine Nasen. Echt schade, denn wenn die Devlinshire eine hätte, dann hätte ich einen sauberen Hieb darauf platziert.

Keiner von uns sagte etwas. Nicht ein Wort. Schweigend marschierten wir ans Ende des Spielfelds, wo bereits unser Publikum wartete: Lehrer, Eltern, unsere Mitschüler und ein Haufen Minis. Als sie uns sahen, brachen sie in Jubel aus, aber irgendwie machte das alles nur noch schlimmer.

Ich hielt die Fäuste geballt, und meine Zähne taten weh, so fest biss ich sie zusammen.

Das Devlinshire-Team war schon dabei, sich aufzuwärmen, mit so einem Zeitlupengehüpfe im selben Takt. Dazu rief die Trainerin: »Wer gewinnt?«

»Wir!«, brüllten die Spieler im Chor.

Und mittendrin hüpfte Paulie und schrie »Wir!«, genau wie die anderen.

Sein *Wir* war unser *Sie.*

Es war, als wären sie nicht nur überzeugt, dieses eine Match zu gewinnen, sondern überhaupt *immer*. Als könnten sie uns alles wegnehmen, was uns wichtig ist. Als wäre es nicht genug, dass sie so viel Geld hatten, wie kein Mensch brauchte, nein, sie mussten auch einen von *uns* in ihren Reihen haben.

Das nenne ich mal einen Doppelhammer.

Außerdem stand ihre Schule nicht kurz vor dem Aus. Dreifachhammer.

Ganz zu schweigen davon, dass sie Schuluniformen hatten, und Häuser, die sie nicht selber putzen mussten, einen Berg zum Skifahren, Rockstars, ihre eigenen Schwimmbäder – und nicht zuletzt noch nie gegen uns verloren.

Ich sag's dir, manchmal treffen einen einfach so viele Hämmer, dass man sie gar nicht mehr zählen kann.

ANSTOSS

Schweigend betreten wir den Platz. Es ist beinahe schon gruselig, wie still wir sind. Am Rand sehe ich meine Mom in Clogs und ihrer Krankenschwesternuniform. Sie hat sich einen wolldeckengroßen Strickpulli um die Schultern gehängt und unterhält sich mit Gabbys Grandma, Mags und irgendeiner weiteren Frau. Timothys und Thomas' Dad erkenne ich sofort, er hat dasselbe breite Gesicht wie seine Söhne. Auch die Gliba ist da und verteilt Donuts an die Eltern. Alle jüngeren Klassen sind gekommen, und manche der Kinder halten Plakate hoch. Auf Plüschis sind keine Wörter, nur Strichmännchen in Grün.

Ich winke, und sie winkt zurück.

Am gegenüberliegenden Ende des Platzes stehen die Devlinshire-Spieler mit ihren Eltern. Wie anders sie aussehen, diese Eltern. Irgendwie glatt poliert, als wären sie aus einem völlig anderen Material gemacht. Mir fällt ein älterer Typ mit Filzhut und Lederjacke auf – vielleicht ist das der Rockstar. Aber mir bleibt keine Zeit, um nachzufragen, denn jetzt ruft Mr Farabi uns zu sich.

Er geht ein letztes Mal unsere Positionen mit uns durch: Ich spiele mit Fiona und Diego ganz vorne im Sturm, Henry steht im Tor, und alle anderen sind irgendwo dazwischen. Auch die Gegner versammeln sich zur Teambesprechung und bilden einen engen blauen Kreis. Sie stecken die Köpfe so dicht zusammen, dass ihre Gesichter nicht mehr zu sehen sind. Keine Chance, Paulie Fink unter ihnen zu erkennen.

»Macht ihnen ordentlich Druck«, fordert Mr Farabi uns auf. »Traut euch ruhig, mal den Ball abzugeben. Aber wenn ihr ihn gerade habt, und vor euch ist alles frei, dann rennt, als wäre der Teufel hinter euch her.«

Das war uns zwar alles schon klar, aber wir nicken trotzdem eifrig. Dann ist die Besprechung vorbei, und wir nehmen unsere Plätze ein.

Devlinshire ist sofort in Ballbesitz – ein langer Schlaks dribbelt kurz und gibt ihn an einen kompakt gebauten kleinen Typen ab, der aus nichts als Muskeln zu bestehen scheint und ihn direkt wieder zurückspielt. Diese ersten Aktionen passieren noch wie in Zeitlupe, ganz entspannt. Unser Team verteilt sich auf dem Platz. Aber dann – *bäm* – schaltet Devlinshire den Turbo ein. Wieder ist der Schlaks am Ball, er läuft ein paar Meter, lupft ihn hinter sich zu einem Mädchen, und bevor wir wissen, wie uns geschieht, sprintet das Mädchen in halsbrecherischem Tempo auf unser Tor zu.

»Was –«, höre ich Diego noch stammeln, bevor alle dem Mädchen nachsetzen, aber es ist zu spät. Innerhalb von Sekunden hat sie unser Tor erreicht und schießt den Ball zu einer freien Stelle ein Stück davor. Wo wie aus dem Nichts der Muskelprotz auftaucht, genau im selben Augenblick wie der Ball.

Er holt aus. Und schießt.

Nee, oder?, denke ich. Das Spiel hat doch gerade erst angefangen. Es ist viel zu früh für ein Tor.

Der Ball fliegt knapp an Henrys ausgestreckter Hand vorbei und landet mit einem sanften *Wusch* im Netz. Ich höre meine Mom rufen: »Macht nichts, Mitchell, das holt ihr locker auf!«

Aber wir holen gar nichts auf. Im Gegenteil, von da an wird alles nur schlimmer.

INTERVIEW MIT YUMI, DIEGO, TIMOTHY, THOMAS, FIONA UND WILLOW

YUMI:

Es war das reinste Massaker. In der ersten Halbzeit haben sie uns einfach nur niedergemäht, echt zum Totschämen. Egal, wie sehr wir uns bemüht haben, die Devlinshire zog uns gnadenlos ab.

DIEGO:

Immer wenn einer von denen den Ball hatte, dachte ich: *Der gehört doch mir!* Ich hab mir vorgestellt, wie ich ihn mir zurückhole und damit auf das gegnerische Tor zupresche. Aber dann fiel mir wieder ein, wer da auf mich wartete: Paulie »das Kameradenschwein« Fink. Das war jedes Mal wie ein Schlag in die Magengrube. Und bis ich mich davon wieder erholt hatte, war der Typ in Blau schon längst an mir vorbei, als gäb's mich gar nicht.

TIMOTHY:

So ging das immer wieder. Gut, ein paar Chancen hatten wir auch – Diego und Fiona haben mehrere Male aufs Tor geschossen, und Diego hat sogar den Ausgleich geschafft, als das Spiel gerade mal zehn Minuten lief. Aber sofort danach hat Devlinshire den nächsten Treffer versenkt, und es stand zwei zu eins. Und danach hat Paulie alles gehalten.

THOMAS:

Das hat mich am allermeisten aufgeregt an der ganzen Sache: dass Paulie auf einmal so ein guter Torwart war.

FIONA:

Der Junge hat abgewehrt, gefangen, sich auf den Ball geworfen. Paulie Fink! Ich dachte echt, ich spinne!

WILLOW:

Genau das hat auch Mr Farabi gesagt, nachdem Paulie zum dritten Mal ein Tor verhindern konnte. Er hat entnervt die Hände in die Luft geworfen und gerufen: »Ich glaub, ich spinne! Warum konnte der Junge so nicht für uns spielen?«

FIONA:

Ich kam mir vor wie der letzte Trottel, das sag ich dir. Als wäre Paulies ganzes Leben hier nichts als ein einziger Witz gewesen. Wir dachten bloß immer, wir wären eingeweiht gewesen. Aber stattdessen stellte sich raus, dass *wir* die Witzfiguren waren. Ich wurde immer wütender. Und als Devlinshire kurz vor dem Abpfiff zur Halbzeit das dritte Tor machte, war ich so sauer, dass ich einfach nur noch irgendwem wehtun wollte.

HAIANGRIFF

Gute Arbeit, Mitchell!«, ruft Mr Farabi, als wir zur Halbzeit vom Platz kommen, und applaudiert, als wären wir nicht gerade dem Erdboden gleichgemacht worden. »Weiter so!«

»Falls es Ihnen noch nicht aufgefallen ist«, brummt Diego, »wir verlieren.«

Ich mache mich darauf gefasst, dass Fiona zu einer ihrer Tiraden ansetzt. Doch als ich mich nach ihr umsehe, marschiert sie gerade am gegnerischen Tor vorbei zum anderen Spielfeldende.

Alles an ihren Bewegungen – die beinahe bedrohliche Entschlossenheit darin – erinnert mich an einen sehr kleinen, blutrünstigen Hai.

»Hey, Fiona«, ruft Mr Farabi ihr nach, »was hast du –?«

Aber noch bevor er ausgeredet hat, erreicht Fiona das Paulie-Denkmal. Sie nimmt Schwung und versetzt ihm einen saftigen Fußtritt. Einer der Zettel flattert zu Boden.

Sie holt erneut aus.

Nein, Fiona. Nicht vor den Gegnern. Denen darfst du doch nicht zeigen, dass du dich ärgerst. Ich sprinte los, und Gabby und Henry schließen sich mir an.

»Idioten«, zischt Fiona, als wir bei ihr ankommen. *Rumms.*

»Ihr blöden …« *Womms.*

»Reichen …« *Womms.*

»Verwöhnten ...« *Womms.*

»Idioten.« *Womms. Womms. Womms.*

Die Steine, die den Fuß des Basketballkorbs stabil gehalten haben, kullern weg. Das Brennballgesicht klappt zur Seite, und das ganze Denkmal gerät bedenklich in Schieflage.

»Äh, Fiona?« Henry bemüht sich um einen lässigen Tonfall, als wäre das alles zum Lachen. »Ist vielleicht noch ein bisschen früh im Spiel, um dir den Fuß zu brechen, meinst du nicht?«

Gabby kichert nervös. »Genau, wir haben doch noch die ganze zweite Halbzeit vor uns.«

Fiona hält inne. Atmet tief durch. Und dann sagt sie leise: »Der behandelt uns wie Luft. Wir stehen da draußen mit ihm auf dem Platz, und er tut so, als würde er uns gar nicht kennen, ist euch das eigentlich mal aufgefallen?«

Gabby nickt. »Mir schon.«

»Wir sind ihm peinlich«, sagt Fiona. »Er hat jetzt seine neuen reichen Freunde und braucht uns nicht mehr. Als wären wir plötzlich nicht mehr gut genug.«

Ich könnte Fiona darauf hinweisen, dass sie da möglicherweise falschliegt. Dass Paulie vielleicht einfach nicht weiß, was er machen soll, oder sich nicht traut, etwas zu sagen. Aber woher soll ich wissen, was Paulie denkt?

»Und außerdem«, schimpft sie weiter, »was ist überhaupt so toll an Paulie? Wie kommt's, dass ihn immer alle für ein Genie halten, während ich bloß das Mädchen bin, das ständig Ärger kriegt?«

Fiona versetzt der Statue einen letzten heftigen Tritt. *»Pack dich, du abgestandener Schuft!«*, schreit sie.

Woraufhin das Denkmal nicht mehr nur schief hängt, jetzt kippt es endgültig um. *Wir müssen das Ding auffangen*, schießt es mir noch durch den Kopf, *sonst liegt es mitten im Ziegenpferch.*

Aber zu spät.

Das Paulie-Denkmal kracht zu Boden und drückt einen Teil der Umzäunung platt. Das Brennballgesicht löst sich und landet mit einem Klatschen zwischen den Ziegen. Die vor Schreck auseinanderstieben.

Einen Augenblick lang herrscht Stille.

Dann macht eines der Kitze neugierig ein paar Schritte nach vorn. Es stupst das platte Brennballgesicht an, beißt hinein und wackelt mit dem Schwänzchen wie ein zufriedener Hund.

Und im nächsten Moment bricht das Chaos los.

CHAOS

Wenn man mich vor ein paar Monaten gefragt hätte, was ich in der siebten Klasse zu lernen erwartete, wäre Entlaufene-Ziegen-Einfangen ganz sicher nicht unter den Top Fünf gelandet. Noch nicht mal unter den Top Fünftausend.

Aber genau das steht als Nächstes auf dem Plan.

Sobald die Ziegen die Lücke im Zaun entdeckt haben, gibt es kein Halten mehr. Sie hopsen vom Pferch auf den Fußballplatz, woraufhin Kinder, Eltern und ein Rockstar im Ruhestand panisch die Flucht ergreifen.

Die Gliba tritt in Aktion. Sie brüllt Mr Farabi zu, den Zaun wieder aufzustellen, und zwar flott. Wie ein Feldwebel kommandiert sie dann den Rest der Leute rum: »Rückzug ins Schulgebäude!«, blafft sie. »Geordnet in einer Reihe! Kleine Kinder zuerst!«

Schließlich wirbelt sie zu uns herum. »Pioniere, hiergeblieben.«

Die Spieler der Devlinshire rennen auf die Schule zu und drängeln sich vor die Minis. Ihre Eltern, die Ellbogen ausgefahren wie Bodyguards, folgen ihnen.

Nur eine Person in Blau zögert: Paulie. Er starrt zu uns rüber, bis seine Trainerin ihn auffordert, sich gefälligst in Bewegung zu setzen. Dann läuft auch er Richtung Schule.

Völlig außer Puste kommt die Gliba zu uns rübergesprintet. »Ich brauche eure Hilfe beim Ziegenfangen, okay? Euch kennen und vertrauen sie.«

Aber mittlerweile haben sich die Tiere über das ganze Gelände verteilt. Auf dem Spielplatz versucht ein Kitz die Rutsche hochzuklettern. Es schafft ein paar Schritte, schlittert runter und fängt wieder von vorne an. Ein weiteres buddelt mit den Vorderhufen im Sandkasten. Zwei Ziegen toben Seite an Seite über den Fußballplatz, jede einen Zipfel eines mit MITCHELL VOR, SCHIESST EIN TOR! beschrifteten Plakats im Maul. Eine andere prescht auf die Statuen zu, einen Streifen neongrünen Stoff zwischen den Zähnen.

So viel zu unserem Glücksbringer.

»Sie wollen, dass wir den Ziegen nachjagen?«, fragt Gabby. »Jetzt? Während Devlinshire zuguckt?«

Die Gliba grinst. »Na, meinst du etwa, *die* könnten eine Ziege fangen? Im Leben nicht. Kommt, zeigt denen, dass ihr euch mit was auskennt, wovon sie keinen Schimmer haben.«

INTERVIEW MIT WILLOW, SAM UND LYDIA

WILLOW:

Was dann kam, war so ziemlich die peinlichste halbe Stunde meines ganzen Lebens.

SAM:

Aber hallo.

LYDIA:

Zuerst sind wir alle einfach planlos hinter den Ziegen hergerannt. Immerhin die eine auf der Rutsche habe ich erwischt. Aber die meisten sind sofort abgehauen, sobald wir zu nahe kamen. Nachdem der Zaun geflickt war, rief Mr Farabi uns zu sich und meinte: »Wir müssen zusammenarbeiten, liebe Pioniere.«

WILLOW:

Danach haben wir uns eine Ziege nach der anderen rausgepickt und uns rings um sie aufgestellt. Wir haben den Kreis langsam enger gezogen, und irgendwann, als wir so dicht standen, dass sie nicht mehr weglaufen konnte, hat Mr Farabi ihr einen Strick um den Hals gelegt und sie in den Pferch gebracht. Dann ging es mit der nächsten weiter.

LYDIA:

Eins von den Kitzen haben wir beim Sandkasten gefangen, danach eine Ziege, die dabei war, Paulies T-Shirt zu zerfetzen, und dann die nächste am Waldrand, die gerade an einem unserer Plakate mümmelte. Wir haben uns Ziegen geschnappt, die den Müll durchwühlten, in Sporttaschen stöberten und die Zettel vom Paulie-Denkmal zerkauten. Sogar Henrys geopfertes Sachbuch musste dran glauben.

SAM:

Und die ganze Zeit über waren die Fernsehkameras live dabei.

WILLOW:

Nach einer Weile war das Gelände komplett verwüstet und nur noch eine Ziege übrig: der hässliche alte Bock – den kriegen wir nie, dachten wir. Als Erstes hat er Henrys Bude niedergemäht, dass die Stöcke nur so flogen. Dann hat er sich eins der Tore vorgenommen und es halb über den Platz gezerrt. Erst als er mit dem Kopf in einem Eimer stecken blieb, konnten wir ihn endlich einfangen.

LYDIA:

Wir waren fix und fertig. Ich weiß noch, wie Diego sich umgeguckt und gesagt hat: »Was für ein Schlachtfeld.«

WILLOW:

Und Gabby so: »Tja, ich würde sagen, die Schlacht haben eindeutig die Ziegen gewonnen.«

SAM:

Da fingen wir alle an zu lachen.

DIE LETZTE CHALLENGE

Als irgendwann die Devlinshire-Spieler auf den Platz zurückkommen, haben wir uns immer noch nicht wieder eingekriegt. Es ist ein Lachanfall der übelsten Sorte, bei der man überhaupt kein Geräusch mehr von sich gibt, sondern sich nur noch hilflos den Bauch hält.

Die Trikots der Gegner sehen aus wie frisch gebügelt. Ihre Shorts noch immer blütenweiß.

Ich stelle mir vor, wie das Ganze auf sie wirken muss – wie wir hier unkontrolliert zuckend und schlammverschmiert mitten im Chaos stehen –, und pruste umso heftiger los.

»Neue Castingshow.« Yumi japst so heftig, dass sie den nächsten Satz kaum rauskriegt. »Mitchell sucht den neuen Ziegenfänger.«

»Ziegeddon Teil zwei«, fügt Fiona hinzu und krümmt sich vor Lachen.

Und da kommt mir die Erleuchtung, wie wir das Spiel doch noch gewinnen können.

Zwei Minuten später sind alle wieder auf ihren Plätzen – die Eltern stehen am Spielfeldrand, unsere Gegner stecken schon wieder die wohlfrisierten Köpfe zusammen, die Minis machen sich bereit, uns zuzujubeln, und die Gliba patrouilliert auf und ab und entschuldigt sich bei allen für die Unterbrechung. Mr Farabi wurstelt am Zaun rum, um dafür zu sorgen, dass die zweite Halbzeit ziegenfrei verläuft, weshalb wir momentan ohne Trainer dastehen. Also rufe stellvertretend ich die anderen zu mir.

»Das hier ist sie«, eröffne ich ihnen. »Es ist so weit ... Das große Finale.« Alle starren mich verständnislos an.

Ich werfe einen Blick rüber zu dem saphirblauen Devlinshire-Ring. »Von unserem Wettbewerb«, erkläre ich. »Die letzte Challenge läuft ab sofort.«

»*Sofort* sofort?«, vergewissert sich Fiona.

»So was von sofort.«

»Mitten im Match?«, fragt Diego. »Jetzt spinnst du aber echt.«

»Die meisten von uns sind eh längst ausgeschieden«, wirft Sam ein. »Nur noch Fiona und du seid übrig.«

Hilfesuchend wende ich mich an Gabby. »So was gibt's doch öfter, oder? Dass die alten Kandidaten zurückkehren, um die Finalisten zu unterstützen?«

Sie nickt. »Auf jeden Fall.« Aber die Pioniere bleiben skeptisch.

»Ihr habt mich zur Organisatorin bestimmt«, rufe ich ihnen in Erinnerung. »Ach was, ihr habt mich förmlich *angefleht*, den Wettbewerb auf die Beine zu stellen. Und darum sage ich euch jetzt eins: Ich werde dieser Schule einen neuen Paulie Fink verschaffen, und zwar einen, der kein Verräter ist. Sondern einer von uns. Und die Entscheidung, wer es werden soll, mache ich davon abhängig, was in der nächsten Halbzeit passiert.«

Die Spieler in Blau rufen *»Devlinshire!«* und joggen zurück aufs Feld.

»Kapiert ihr denn nicht?«, frage ich. »Die da drüben denken, sie wissen, wie es weitergeht: dass sie gewinnen, genau wie letztes und vorletztes Jahr. Und sie verlassen sich darauf, dass wir brav dabei mitmachen. Aber was, wenn wir uns weigern, die Verliererrolle zu spielen?«

Mit einem Mal habe ich das dringliche Gefühl, die anderen überzeugen zu müssen, als ginge es um mehr als nur ein Fußballmatch. »Was, wenn wir beschließen, dass wir was ganz anderes spielen wollen?«

»Wie jetzt ... also kein Fußball?«, fragt Yumi.

»Doch«, antworte ich. »Aber auf unsere Weise. Nach unseren Regeln.«

Die Schiedsrichterin pfeift. Zeit, auf den Platz zu gehen.

»Und wie soll das gehen?«, will Diego wissen.

»Okay«, sage ich. »Erinnert ihr euch an den Minigeddon? Als Paulie beim Verstecken mit Anschlagen gewonnen hat, obwohl ihr euch alle so sicher wart, dass er verlieren würde? Er hatte die perfekte Überrumpelungstaktik. Und genau darin besteht eure Challenge. Versucht, den Gegner in der zweiten Halbzeit zu überrumpeln.«

Mr Farabi ist fertig mit dem Zaun und kommt im Laufschritt auf uns zu. »Na los, raus da mit euch!«

»Stiftet einfach Chaos«, raune ich ihnen zu. »Darin seid ihr unschlagbar! Es ist Teil eurer ... eurer *Arete,* wenn man so will. Und was das Devlinshire-Team angeht ...«

»Caitlyn«, drängt Mr Farabi. »Ab auf den Platz! Zack, zack!«

Die Worte sprudeln in einem Riesenschwall aus mir heraus. »Ich weiß, dass die von so ziemlich allem mehr haben. Aber das heißt ja nicht, dass sie auch mehr *sind.* Ich meine, vielleicht sind sie einfach nur ...« Ich kneife die Augen zu und suche fieberhaft nach den richtigen Worten, um ihnen begreiflich zu machen, dass nicht immer alles so ist, wie es scheint, und dass sich hinter etwas, was als besondere Stärke rüberkommt, manchmal in Wahrheit das Gegenteil verbirgt. Wie zum Beispiel hinter einem Stein in der Brust oder einer schicken Schuluniform oder einem Haufen Regeln.

»Vielleicht sind sie einfach nur ...«, wiederhole ich.

Am Ende ist es Timothy, der meinen Satz beendet: »Taube Nüsse!« Und sobald er es ausgesprochen hat, wird mir klar, dass er recht hat.

»Taube Nüsse!«, echot sein Bruder und rennt los auf den Platz.

Dann sprinten auch alle anderen auf ihre Positionen und johlen im Chor: *»Tau-be Nüs-se! Tau-be Nüs-se!«*

Aber wo ist Fiona? Ich sehe mich um. Warum muss sie denn ausgerechnet jetzt so dringend in ihrer Sporttasche kramen? »Komm endlich!«, schreie ich.

Kaum dass sie auf dem Spielfeld steht, ertönt der Anpfiff.

Jeder hat halt sein Markenzeichen, weißt du? Irgendwas, womit man sich mehr wie man selbst fühlt. Wenn man ein Bild von Shakespeare sieht, hat er darauf meistens eine Schreibfeder in der Hand. Athene hat ihren Schild. Artemis Pfeil und Bogen und Zeus seinen Blitz.

Ich hab meinen Powerblazer.

Den hab ich schnell übergezogen, bevor ich zurück auf den Platz gegangen bin. Und sofort hatte ich mehr Power. Als es losging, hab ich gerufen: »Ich bin Fiona!« Ein paar der Devlinshire-Spieler haben erst mich angeguckt und dann einander, als wollten sie sagen: *Oha, was hat die denn für 'nen Schaden?* Aber ich hab nur umso lauter weitergemacht: »Und ich bin eine Powerfrau!«

Und dann wurde es richtig interessant. Devlinshire war nämlich schon im Ballbesitz, genau wie in der ersten Halbzeit. Aber das mit der Powerfrau hat den Typen, der gerade schießen wollte, total durcheinandergebracht. Nur für eine Sekunde. Oder meinetwegen auch nur eine Nanosekunde. Aber diese eine Nanosekunde war genug für Diego. Er holte sich den Ball und dribbelte los.

Ich rannte neben ihm her. Er wirkte so selbstbewusst. Wie war das noch mal mit diesen Göttern aus der Antike – sind die nicht ständig verkleidet auf die Erde runtergekommen und haben ein paar Sterblichen vorübergehend übermenschliche Kräfte verliehen? Genauso sah Diego jedenfalls aus: als hätte Zeus oder sonst wer ihm Superkräfte verpasst.

»Artemis, Göttin der Jagd!«, rief ich, weil ich fand, die könnte vielleicht mal ein bisschen was von ihrer Kraft an *mich* abtreten. Und dann dachte ich mir, warum denn eigentlich bei irgendeiner ausgedachten Göttin haltmachen? Warum bitte ich nicht einfach ein paar echte Powerfrauen um Hilfe?

Als Devlinshire den Ball zurückerobert hatte, rannte ich hin und schrie: »Mae Jemison!« Das ist eine ganz berühmte Astronautin, die ich aus einem von Henrys Büchern kenne. Einem über wichtige Frauen in der Geschichte.

Und es hat funktioniert! Ich hab den Ball gekriegt und ihn an Diego abgegeben. Und dann sind mir noch lauter andere Namen eingefallen – alle von Frauen, die nicht »folgsam« waren und genau deshalb Geschichte geschrieben haben. »Nellie Bly!«, rief ich und dachte an die Journalistin, die in einem Heißluftballon die Erde umrundet hat. »Komako Kimura! Shirley Chisholm! Frida Kahlo!« Eine Aktivistin, die für das Frauenwahlrecht gekämpft hat. Die erste weibliche Präsidentschaftskandidatin Amerikas. Eine Malerin, die die Kunstwelt auf den Kopf gestellt hat.

Störfaktoren würde Gabby sie nennen.

Es war ein tolles Gefühl, die Namen herauszuschreien. Aber noch besser war, dass ich damit jedes Mal unsere Gegner aus dem Konzept brachte.

Und da wurde mir etwas klar, Caitlyn: Du hattest recht! Ein Hoch auf die richtige Überrumpelungstaktik!

JETZT WIRD'S SCHRÄG

Der Wahnsinn, wie schnell Fiona es schafft, die Gegner zu verwirren. Und kurz darauf ist es nicht mehr nur Fiona. Als der kleine Muskelprotz das nächste Mal mit dem Ball in Richtung unseres Tors pflügt, brüllt Gabby: »Vom Schein zum Sein!« und hält schnurstracks auf ihn zu, als wollte sie ihn einfach über den Haufen rennen. Was er ganz offensichtlich nicht erwartet hat.

Gabby nimmt ihm den Ball ab und schießt zu Yumi. Und Yumi ... oh Mann, die macht einen primaballerinawürdigen Grätschsprung darauf zu und stößt noch in der Luft ein grausiges Gejaule aus, irgendwo zwischen Opernsängerin und verendendem Kojoten. Yumi gibt den Ball an Fiona ab, die »Ähhhh, die Frau, die das Radium entdeckt hat!« keucht.

Und da – kaum zu glauben, aber wahr – ruft die Gliba ihr vom Spielfeldrand zu: »Marie Curie!«

Fiona stutzt.

»Außerdem war sie der erste Mensch überhaupt, der jemals zwei Nobelpreise gewonnen hat!«, fügt die Gliba hinzu.

Zum Glück hält Fionas Schock darüber, dass die Gliba ihr hilft, nur kurz an. Dann hebt sie den Daumen, wiederholt den Namen und spielt mir den Ball zu. Ich schieße. Paulie hält – kein Tor. Aber ich spüre trotzdem, dass sich etwas verändert hat.

Und ich glaube, den anderen geht es genauso. Als Paulie den Ball zurück in die Mitte des Platzes kickt, ruft Sam: »Macht die Fiona!«, und sämtliche Spieler in Grün – ich mit eingeschlossen – fangen an, auf der Stelle zu hüpfen.

Die auf uns gerichteten Kameras nehme ich kaum noch wahr.

Das Spiel wendete sich. Zuerst dachte ich noch, es läge bloß daran, dass unsere Gegner ein bisschen verwirrt waren. Wir hatten sie komplett aus ihrer Konzentration gerissen, aber ich war mir sicher, dass sie sich nach ein paar Minuten an unsere Mätzchen gewöhnen würden und es danach weiterginge wie vorher.

Aber so war es nicht. Stattdessen wurden sie langsam sauer. Und je mehr sie sich von uns auf die Palme bringen ließen, desto besser wurden wir. Ich kann's nicht erklären. Aber wir spielten schneller, geschlossener, präziser. Wie eine echte *Einheit.*

Es war fast so, wie Mr Farabi es mal beschrieben hatte: Wir waren das ultimative Ökosystem.

Und das brachte mich zum Nachdenken über unseren Wettbewerb. Shakespeare. Die Ziegenfutterschlacht. Die Minis. Der Streit um die Bananenschalen. Wie Fiona und ich im Schrank festgesessen und erfahren hatten, dass sich unser Leben von Grund auf verändern würde.

Der echte Paulie war bei nichts von alledem dabei gewesen. Und trotzdem war das Ganze kein bisschen weniger unvergesslich als sein albernlustigbescheuertes Hühnerkostüm.

Und jetzt waren wir mitten in der letzten Challenge und zermürbten das Devlinshire-Team mit unseren Aktionen, und wenn ich wirklich wollte, dass wir das ultimative Ökosystem waren, dann musste ich alles geben.

Also beschloss ich, das Huhn rauszulassen. Als der Ball das nächste Mal in meine Nähe kam, rannte ich los und kreischte: *»Krah-krah-krah-KRAH!«*

Ich weiß, so machen Hühner nicht mal. Es klang eher nach Krähe. Aber wen interessiert's schon, wie originalgetreu ich ein Huhn nachahmen kann? Mich jedenfalls nicht.
Mich interessierte nur eins: dass wir alle zusammenhielten.

MACHT DIE CAITLYN

Und so verläuft mehr oder weniger die ganze zweite Halbzeit: Diego stößt verrückte Vogellaute aus, Yumi schwebt jaulend über den Platz, Gabby zitiert Jadelicious, Fiona schreit die Namen von Leuten, von denen ich größtenteils noch nie gehört habe, und manchmal kommt ihr dabei die Gliba zu Hilfe. Der Rest von uns tanzt übers Feld und macht abwechselnd die Fiona, die Yumi, den Diego und so weiter.

Die Zwillinge binden sogar ihr Zombie-gegen-Werwolf-Spiel ein, indem sie einander Sachen wie *Ninja!* oder *Tollwütiger Waschbär!* zurufen und dann in ihrer jeweiligen Rolle über den Platz flitzen.

Am Spielfeldrand fangen ein paar von den Eltern an, La Ola zu machen. Meine Mom schließt sich an, genau wie Mags. Die beiden stecken kichernd die Köpfe zusammen, als wären sie jetzt schon beste Freundinnen.

Irgendwann erwische ich den Ball und passe ihn Diego zu. Er nimmt ihn an, schlägt damit einen Haken um einen blonden Devlinshire-Spieler und stürmt Richtung Tor.

Dann holt er mit dem Fuß aus und *bäm!* Der Ball landet in der linken oberen Ecke des Netzes.

Es steht jetzt drei zu zwei für Devlinshire. Aber langsam wird die Zeit knapp.

Diego dreht sich um und zeigt auf mich. »Macht die Caitlyn!«

Keiner weiß, was er tun soll, weil ich immer noch keinen eigenen Tanzstil habe. Fragend gucken sie zu mir rüber.

Ich muss keine Sekunde überlegen, sondern fange direkt an, mit dem Zeigefinger zu wackeln, so richtig übertrieben, als würde ich jemanden ausschimpfen oder rumkommandieren.

Hinter mir jubelt Gabby: »Das ist die beste Castingshow aller Zeiten!«

WIE FLIEGEN

Ein Devlinshire-Mädchen ruft der Trainerin in Blau zu: »Sagen Sie denen, die sollen damit aufhören!«

Doch die Trainerin hebt nur hilflos die Hände. Es gibt keinerlei Regeln gegen das Singen auf dem Platz. Oder dagegen, dass man beim Laufen tanzt. Oder die Namen einflussreicher Frauen aus der Geschichte ruft. Oder lacht, bis einem der Bauch wehtut. Es ist vielleicht nicht gerade *üblich*, aber eben auch nicht verboten.

Der Ball wandert ein paarmal hin und her, bis ein Spieler von Devlinshire damit ungehindert aufs Tor zustürmt. Er schießt.

Henry hechtet zur Seite und hält den Ball. Kein Treffer. Noch immer steht es drei zu zwei.

Mr Farabi ruft: »Noch eine Minute! Noch eine Minute Spielzeit!«

Henry wirft den Ball in die Spielfeldmitte, und ich sehe, wie das Ding langsam näher kommt – von Sam über Yumi zu Fiona.

Paulie ist bereit: Mit leicht gebeugten Knien steht er im Tor und lässt Fiona nicht aus den Augen. Hinter ihm liegt das Paulie-Denkmal, das jetzt nicht mehr als ein umgekippter Pfahl mit einem angekauten T-Shirt ist.

Ich habe keine Ahnung, wer dieser Paulie Fink ist. Und ich werde ihn auch nie wirklich kennenlernen. Es gibt so unglaublich vieles, was ich nicht weiß.

Aber ein paar Sachen weiß ich doch.

Zum Beispiel weiß ich von Platon und seiner Höhle. Ich weiß, dass jeder Mensch seine eigene Höhle hat und dass die Vorstellung, sie zu verlassen und hinaus ins Licht zu treten, einem eine Heidenangst einjagen kann. Ich weiß vom Olymp und von den Geschichten, die die Leute sich früher darüber ausgedacht haben, um ihre Welt besser zu verstehen. Ich weiß, wie man einen Wettbewerb ausrichtet und ihn bis zum Ende durchzieht, selbst wenn alles um einen rum in die Binsen geht. Ich weiß, was der Unterschied zwischen lustig und gemein ist, und ich weiß, wie man einen schüchternen Mini zum Lächeln bringt.

Fiona spielt mir den Ball zu. Meine Beine sind inzwischen so müde, dass es sich anfühlt, als würde ich durch Schlamm waten. Aber innerlich bin ich federleicht.

Ist das Mädchen jetzt mutiger als früher? Ja. Keine Frage.

Nicht mal mehr eine Minute, und wir liegen immer noch einen Punkt zurück. Gewinnen werden wir so oder so nicht mehr. Keine Chance.

Aber ich renne trotzdem weiter. Denn dieses *Arete*, von dem Mags neulich gesprochen hat, die beste Version seiner selbst zu sein – ich weiß jetzt, wie sich das anfühlt.

Wie Fliegen.

Alles um mich herum verschwimmt – meine Mannschaft, die Zuschauer, die Ziegen. Ich sehe nichts mehr außer dem Ball und dem Tor vor mir. Dort wartet Paulie auf mich, und dass er halten kann, hat er bereits zur Genüge bewiesen. Vielleicht wusste er es auch schon immer.

Mein Schuss ist perfekt: genau der richtige Schwung, die richtige Höhe, der richtige Winkel.

Ich sehe zu, wie der Ball auf Paulie zusegelt, beobachte, wie er sich streckt. Springt. Und ...

... danebengreift.

Auf dem Platz herrscht Totenstille. Man hört nichts außer dem leisen *Wusch*, mit dem der Ball im Netz landet. Ausgleich.

Dann kehrt die Welt um mich zurück: Der Rasen und das Gejubel der Zuschauer, die Stimme meiner Mutter am Spielfeldrand, die sich mit den anderen vermischt. Meine Mannschaft, die auf mich zugerast kommt.

Paulie guckt mich an, und einer seiner Mundwinkel zuckt aufwärts. »Die Neue hat's ja voll drauf«, sagt er.

Mir bleibt keine Zeit zum Antworten, weil in diesem Moment Fiona gegen mich prallt. »Caiiiiitlyn!«, kreischt sie und schlingt die Arme um mich. Dann ist Diego da, dann Willow und Yumi, und kurz darauf umringen mich so viele grüne T-Shirts, dass ich sie gar nicht mehr auseinanderhalten kann. Es ist, als wären wir ein einziges Wesen – ein riesiges, atemloses Knäuel aus Erleichterung und Freude.

Mitten in unserer Umarmung ertönt der Schlusspfiff.

In der ganzen Aufregung um den Ausgleich in letzter Minute hatte ich Paulie Fink völlig vergessen. Was ich nie erwartet hätte. Aber erst nachdem wir uns literweise Wasser über den Kopf gekippt und sicher hundertmal »Ich fass es nicht, könnt ihr das fassen, ich fass es einfach nicht« gesagt hatten, fiel er mir wieder ein, und ich guckte zu ihm rüber.
Da saß er, Paulie Fink, ganz allein, und zog seine Fußballschuhe aus. Und mit einem Mal stieg alles wieder in mir hoch.
Paulie wohnte jetzt in Devlinshire. Und er hatte es uns nicht mal erzählt.
Seine Mannschaftskameraden packten einer nach dem anderen ihre Sporttaschen und schlenderten zurück zum Bus. Auch Paulie stand auf. Schlüpfte in seine Kapuzenjacke und zog den Reißverschluss zu.
Er geht einfach.
Im nächsten Moment war ich aufgesprungen und lief ihm nach.
»Paulie«, sagte ich zu seinem Rücken.
Er drehte sich um. Blinzelte. »Ach. Hi, Fiona«, sagte er etwas unbeholfen.
Ich guckte rüber zu den Minis, die jetzt von den Lehrern zurück zur Schule geführt wurden.
Gib das Signal, hätte ich am liebsten gesagt. Wie damals beim Minigeddon. *Dann kommen sie ganz sicher*, dachte ich. *Sie erinnern sich an dich. Sie kommen, wenn du sie rufst.*
Wie gerne hätte ich das gesehen – wie die Minis sein Sirenengeheul hörten und auf ihren kurzen Beinchen zu ihm rannten, in ihren Blinketurnschuhen und bunten, halb runtergerutschten

Strumpfhosen. Wie sie sich an sein berüchtigtes *Wiiiii-uuuuu-wiiiii-uuuuu! Wiiiii-uuuuu-wiiiii-uuuuu!* erinnerten.
Aber ich sagte nichts. Ich stand einfach nur da und guckte ihn an.
Seine Haare sind kürzer, er ist größer geworden, seine Augen sehen trauriger aus, wo ist die Discokugel, die früher darin geglitzert hat?
Ich hätte ihm von unserem Wettbewerb erzählen können, den ganzen albernen Sachen, die wir veranstaltet hatten. Ich hätte ihm so viel erzählen können, und dann hätten wir gelacht, und die Discokugel wäre wieder da gewesen.
Aber ich wusste nicht, wo ich anfangen sollte, und bevor ich mich entscheiden konnte, rief seine Trainerin: »Paul, wir fahren!«
Paulies Blick huschte kurz zum Bus und dann zurück zu mir.
»Ich wollte euch helfen«, sagte er. »Eben, als ihr die Ziegen einfangen musstet. Da wollte ich raus und mitmachen. Aber meine Trainerin hat mich nicht gelassen.«
Ich konnte es mir lebhaft vorstellen: Paulie, der mit uns über das Schulgelände rannte, Witze riss, eine Ziege in den Schwitzkasten nahm und sie zurück in den Pferch schleifte.
»Hätte dir Spaß gemacht«, war alles, was ich herausbrachte.
Kurz bevor er sich wegdrehte, grinste er. Und da war es: ein Funkeln, winzig, aber unverkennbar. Die Discokugel von früher.
Ich sah ihm nach. Nach einer Weile hörte ich den Devlinshire-Bus starten und losfahren, und Paulie Fink war weg.

WIR SIND IM FERNSEHEN

Der Bericht kommt noch am selben Abend in den Zehnuhrnachrichten. Mom und ich sehen ihn uns zusammen an.

Einen sehr ereignisreichen Nachmittag konnte man heute in Mitchell verbringen, verkündet der Sprecher. *Während eines Fußballspiels an der örtlichen Schule – der aufgrund von finanziellen Schwierigkeiten die Schließung droht – gab es ... unerwartete Vorkommnisse.*

Ziegen galoppieren über den Bildschirm, und wir jagen hinterdrein. Eine von ihnen hat Paulies Brennballkopf im Maul, und kurz darauf zerrt der große Bock das Tornetz hinter sich her. Es ist, als wäre Yumis »Mitchell sucht den neuen Ziegenfänger«-Castingshow plötzlich Realität geworden. Dann wechselt die Einstellung zu unserem Team, das in zusammengewürfelten grünen T-Shirts meinen Zeigefingertanz aufführt.

Ich starre ungläubig auf den Fernseher. »Oh Mann, wie lächerlich sehen wir denn aus?«

»Quatsch«, sagt Mom. »Ihr seht aus, als hättet ihr Spaß, fertig.«

Die Bilder von unserem Spiel sind lediglich der Auftakt zu der eigentlichen Nachrichtenstory über die Schulschließung. Das Ganze endet mit der Aufnahme von Plüschi und mir, wie wir Hand in Hand mit Hase von der Bude zurück Richtung Schule gehen. *Die Gemeinde hat die Hoffnung noch nicht aufgegeben*, sagt der Sprecher. *Aber die Zeit drängt.*

Seltsam: Ich erkenne alles wieder, was sie in dem Beitrag zeigen, aber irgendwie kommt es mir nicht ganz stimmig vor. Nicht wirklich *falsch*, nein. Eher ... unvollständig.

Man sieht mich nicht dabei, wie ich mich am Anfang des Schuljahrs nicht traue, aus dem Auto auszusteigen, wie ich mit diesem albernen Regelzettel in der Tasche vor der Klasse stehe oder wie ich von dem fiesen alten Ziegenbock umgerannt werde und nur mit Mühe die Tränen zurückhalten kann. Man sieht nicht, wie ich keine Ahnung habe, worüber ich am ersten Tag mit Plüschi reden soll, oder wie ich in der Bude fieberhaft nach den richtigen Worten suche. Man sieht mich nicht mit Anna Spang oder sonst irgendwas aus meinem alten Leben. Man sieht nicht, was vorher war, was nachher kommt oder wie ich mich tief innen fühle.

Es ist nur eine Momentaufnahme, bei der jemand anders die Kameraperspektive, die Belichtung, den Bildausschnitt und das Motiv bestimmt.

Noch am selben Abend postet der Sender den Bericht auch in den sozialen Netzwerken. Gabby hat gesagt, es ist wichtig, dass die Nachricht sich überall verbreitet, und so schöpfe ich in den nächsten Stunden ein wenig Hoffnung. Beim Schlafengehen sind wir das am dritthäufigsten angeklickte Video auf der Seite des Senders. Am nächsten Morgen hat der Beitrag zweihundertneunzig Aufrufe und eine Reihe von Kommentaren.

LOL, ist ja witzig!

Sollten diese Kinder nicht lieber Mathe lernen oder so was?

Find ich auch. Viel Glück bei der Jobsuche später, kann ich da nur sagen.

Auf so einer Schule wäre ich auch gern gewesen.

Ich auch.

Am nächsten Tag sind noch mehr Kommentare dazugekommen:

So was Erbärmliches hab ich ja noch nie gesehen!!!

Machen wir uns nichts vor: Die Landbevölkerung ist allen egal.

Ich wünschte, mein Sohn könnte auf so eine Schule gehen.

Ach, wieder so ein Laden, in dem jeder einen Pokal für alles kriegt. Schlimm wird's erst, wenn diese Kids raus in die echte Welt müssen.

Hat sich eigentlich keiner von denen das Video richtig angeguckt? Es wirkt, als hätten diese Leute irgendwann vor langer Zeit mal beschlossen, was sie über die Welt glauben wollen, und würden jetzt alles, was sie sehen oder hören, als Beweis dafür nehmen, dass sie von Anfang an recht hatten.

Jedenfalls startet niemand einen Spendenaufruf, wie Gabby es sich erträumt hat.

Nach und nach wird das Mitchell-School-Video von neuen Nachrichten verdrängt. In der Nähe von Burlington rettet ein Hund ein Kleinkind aus einem brennenden Haus. In Springfield erwischt eine Frau beim Nachhausekommen einen Bären dabei, wie er ihren Kühlschrank plündert. Eine berühmte Hollywood-Schauspielerin bringt Zwillinge zur Welt. Am nächsten Tag kommt ein in Ungnade gefallener Banker vor Gericht. Am Tag darauf kündigt Rexx Rowdy – Jadelicious' Erzfeind – an, dass er für den Kongress kandidieren will, und fürs Erste berichten die Medien über nichts anderes mehr.

Und zack, ist das Interesse an Mitchell verpufft. Was bedeutet, dass die Gliba recht hatte: Wir müssen zusehen, wie wir allein zurechtkommen.

Nach dem Spiel habe ich über das nachgedacht, was Yumi neulich gesagt hat: dass bei *Megastar* nichts echt ist. Klar wusste ich, wie sie das meinte, aber was sie nicht verstanden hat, ist, dass die Kunstfigur Jadelicious schließlich auch von einem echten Menschen erschaffen wurde. Gut möglich, dass das am Anfang alles nur Schein war ... aber darüber ist sie zum Sein gekommen. Inzwischen gibt es Jadelicious als Duft. Oder als exklusive Schuhkollektion. Kleiderfabriken rund um den Globus bringen T-Shirts und Jacken mit lila Pailletten auf den Markt. Jadelicious, der ultimative Megastar, ist gerade auf der dritten Welttournee mit ausverkauften Stadien in London, Sydney und New York.
Ihr Publikum ist echt. Genau wie die Fabriken. Und all die Leute, die ein Paar Jadelicious-Schuhe oder einen lila Glitzerpulli anziehen und dadurch möglicherweise den Mut finden, selbst ein wenig ins Rampenlicht zu treten.
Ich meine ja nur: Nicht alles muss ganz und gar und hundertprozentig *wahr* sein, um als echt durchzugehen. So gut wie alles Echte auf dieser Welt hat irgendwann als winziger Funken in jemandes Fantasie seinen Anfang genommen. Man muss nicht an Castingshows glauben, um das zu verstehen.

ABGESCHICKTES UND NICHT ABGESCHICKTES

Ein paar Tage nach dem Spiel nehme ich mir ein leeres Blatt Papier und fange an zu schreiben:

~~Liebe Anna~~
~~Hey Anna, erinnerst du dich noch an mich?~~
~~Schon ulkig, ich sitze hier gerade und muss an dich denken~~

Ich tippe mir nachdenklich mit dem Stift an die Zähne und versuche es noch mal von vorne.

Hallo Anna,
wahrscheinlich freust du dich nicht gerade, von mir zu hören. Ich weiß selbst gar nicht so richtig, warum ich dir schreibe. Ob du's glaubst oder nicht, an meiner neuen Schule gibt es Ziegen, und wir Schüler müssen uns um sie kümmern. Eigentlich sind die sogar ganz süß, ein bisschen wie Hundewelpen. Na ja, zumindest die Babys. Außerdem müssen wir uns hier um kleine Kinder kümmern. Das ist gar nicht so übel. Leider weiß ich nicht, wie lange ich noch hier zur Schule gehen kann. Keine Ahnung, wie es danach weitergeht.

Wenn du diesen Brief bekommst, grüß in der Schule alle von mir.
Oder lass es bleiben. Ist völlig okay, wenn du keine Lust dazu hast.
Ich wollte einfach nur sagen: Ich hoffe, dir geht's gut.
Caitlyn

Ich falte den Brief zusammen und halte ihn eine Weile in der Hand. Dann mache ich meine Schreibtischschublade auf und stopfe ihn hinein. Dabei hab ich nicht mal geschrieben, was ich eigentlich sagen will. Nichts von den wichtigen Sachen. Und trotzdem traue ich mich nicht, ihn abzuschicken. Zumindest im Moment noch nicht. Vielleicht aber auch nie.

Dann kommt mir eine Idee, was ich stattdessen abschicken kann. Wenn auch nicht an Anna, sondern an jemand anderen.

EINLADUNG
ZUM GROSSEN FINALE VON

MITCHELL SUCHT
DEN NEUEN PAULIE FINK

MITCHELL SCHOOL
FREITAG, 10. NOVEMBER
16:00 UHR

UM ANMELDUNG BEI MRS GLIBA
WIRD GEBETEN

DAS GROSSE FINALE

Aus dem Klassenfenster beobachten Fiona und ich, wie der Wagen vorfährt.

»Da ist er«, flüstert Fiona. Sie zieht ihr Kostüm zurecht – eigentlich bloß ein gestreiftes Bettlaken, das sie sich umgewickelt hat wie ein griechisches Gewand – und streicht den Stoff glatt. Ich gucke an mir runter, um zu prüfen, ob mein eigenes Exemplar, weiß und mit gelben Blümchen, noch sitzt.

Dann öffnet sich die Beifahrertür, und er steigt aus: Paulie Fink. Kein echter Pionier, aber unbestritten eine Legende.

Er sieht genauso aus wie vor zwei Wochen, als er in seinem blauen Trikot vor der Schule stand, nur dass er jetzt Jeans und Kapuzenjacke trägt.

»Lauf!«, dränge ich Fiona. »Sag allen Bescheid, dass sie auf ihre Plätze gehen sollen!« Fiona rennt los Richtung Fußballplatz.

Ich gehe die Treppe runter zu der schweren Eingangstür, durch die ich gerade mal vor ein paar Monaten zum ersten Mal gegangen bin. Damals hatte ich noch keinen Schimmer, was mich erwartete.

Draußen steht Paulie, die Hände in den Hosentaschen. »Äh, hi«, sagt er. Er schluckt, guckt mir kurz in die Augen und gleich wieder weg.

Er ist nervös. Was irgendwie verrückt ist.

Ich denke daran, wie Fiona voller Wut das Paulie-Denkmal umgetreten und geschimpft hat: *Wir sind ihm peinlich.* Aber so war es gar nicht, wird mir jetzt klar. Er wusste bloß nicht, wie er sich verhalten sollte. Langsam frage ich mich wirklich, ob das eigentlich jemals irgendwer weiß.

Ich hole tief Luft und tue, was Jadelicious tun würde – und was vielleicht auch Paulie getan hätte, wenn er noch auf dieser Schule und jetzt an meiner Stelle wäre. Ich breite feierlich die Arme aus.

»Herzlich willkommen« – sage ich mit meiner Rednerinnenstimme, von der ich vor Mitchell noch gar nicht wusste, dass ich sie habe – »zum großen Finale von *Mitchell sucht den neuen Paulie Fink.*«

Er lächelt zaghaft, als wollte er zeigen, dass er zwar keine Ahnung hat, was hier vor sich geht, aber bereitwillig mitspielt.

Das Ganze war meine Idee. Der Einfall kam mir, ein paar Tage nachdem der Bericht über uns im Fernsehen gelaufen war, ungefähr zu der Zeit, als der Gemeinderat beschloss, am zehnten Januar, also in zwei Monaten ab heute, über die Schulschließung abzustimmen.

Zuerst hab ich keinem was davon erzählt, aber als ich am Tag danach immer noch von der Idee überzeugt war, ging ich zur Gliba und klopfte an ihre Tür. Erst als ich kurz darauf in ihrem Büro stand, fiel mir auf, dass ich ihr meinen Plan nicht unterbreiten konnte, ohne ein Geständnis über den gesamten Wettbewerb abzulegen. Also erklärte ich ihr mit zitternder Stimme, warum wir in den letzten Wochen so viel Unsinn angestellt hatten. Ihre Miene blieb die ganze Zeit vollkommen ausdruckslos, darum überraschte mich ihre Reaktion, nachdem ich ihr meinen Plan unterbreitet hatte, umso mehr.

»In Ordnung«, sagte sie.

»In Ordnung?«

Sie nickte. »Wir können hier weiß Gott ein bisschen Glück gebrauchen.«

Ich wollte, dass die Aktion was ganz Besonderes wird, darum habe ich sämtliche Einladungen mit der Hand geschrieben. Bevor die Gliba Paulies Einladung abschickte, unterschrieben alle darauf – Pioniere, Lehrer, die Gliba selbst. Und ich.

Ganz unten auf die Karte kritzelte Fiona in ihrer Sauklaue: *Wehe, du kommst nicht, Paulie Fink. WEHE!*

Aber er ist gekommen.

»Sag mal ... worum geht's hier eigentlich genau?«, fragt er jetzt.

Ich antworte nicht. Stattdessen reiche ich ihm eine lange Kette, die wir aus Wildem Wein geflochten haben. »Kannst du dir die um den Hals hängen, bevor die Zeremonie losgeht?«

Er beäugt mich skeptisch, als wäre er sich nicht sicher, was er von der ganzen Veranstaltung halten soll. Dann aber zuckt er mit den Schultern, hängt sich die Kette um und wartet auf die nächsten Anweisungen.

»Okay«, sage ich, »und jetzt komm mit.«

INTERVIEW MIT HENRY

HENRY:

Weißt du, was ich gerade gelernt habe, Caitlyn?

CAITLYN:

Was denn?

HENRY:

Diese ganzen Geschichten über die griechischen Gottheiten sind aus ganz vielen Teilen zusammengestückelt, wie eine Patchworkdecke. In der Antike gab es nie nur eine einzige Quelle, aus der die Geschichte eines Gottes – oder auch von irgendwas anderem – stammte.

Darum bestehen die heutigen Bücher über Mythologie auch allesamt nur aus Bruchstücken von Informationen, die im Laufe der Jahrhunderte an ganz vielen verschiedenen Orten aufgetaucht sind.

CAITLYN:

Wow. Da fragt man sich ja schon, wie viel dabei auf der Strecke geblieben ist, oder?

HENRY:

Genau das ist ja der Punkt. Fast alles, was man kennt, vergeht irgendwann. So war es schon bei den Griechen, und so wird es auch bei uns sein.

Und wenn es erst verloren ist, wünscht man sich vielleicht, man hätte es aufgeschrieben.

Daran musste ich jedenfalls denken, als ich dich mit Paulie bei der Zeremonie auf uns zukommen sah. Mir ist diese Weinkette um seinen Hals aufgefallen und wie er geblinzelt und sich an der Schläfe gekratzt hat. Es war kalt an dem Tag, darum hab ich mir auf die Finger gepustet, um sie zu wärmen, und ich konnte regelrecht spüren, wie der Moment verstrich.
Und da kam mir eine Idee für ein Projekt in Menschheitskunde. Ein Projekt, an dem wir alle beteiligt wären.

DER COUNTDOWN LÄUFT

Während der echte Paulie und ich zum ehemaligen Standort des Paulie-Denkmals gehen, erkläre ich ihm das Grundlegendste.

»Ein Wettbewerb«, wiederholt er und blinzelt zu den Pionieren rüber, die selbst wie Statuen in der Ferne stehen.

»Jepp.«

»Darum, wer der neue …«

»Paulie Fink wird. Jepp.«

»Und zwar, weil …« Er dreht sich zu mir um und kratzt sich am Kopf. »Warum noch mal genau?«

»Weil du ein Megastar bist. Die totale Legende. Ist doch klar.«

Kein cooler Spruch, nichts. Bislang ist das Überraschendste an Paulie Fink, dass er rein gar nichts Überraschendes an sich hat.

Die Klasse erwartet uns in Bettlaken gehüllt am Ziegenpferch. In zwei ordentlichen Reihen stehen sie neben Mrs Gliba, Mr Farabi und Mags. Alle schweigen und niemand rührt sich.

Mit Ausnahme der Ziegen natürlich. Die benehmen sich wie immer: galoppieren laut meckernd im Pferch auf und ab. *Gibt uns vielleicht mal einer was zu futtern, oder was?*, scheinen sie zu fragen.

»Paulie Fink ist da!«, verkünde ich. »Lasst uns mit der letzten Ausscheidungszeremonie beginnen, in der nun, nach langem Ringen, der *neue* Paulie Fink gekrönt werden wird.«

Mrs Gliba und die anderen Lehrer sehen aus, als müssten sie sich das Grinsen verkneifen, aber meine Mitschüler machen alle todernste Gesichter.

»Fiona und Diego, tretet vor«, kommandiere ich. Die beiden gucken einander an, nicken feierlich und machen gemeinsam einen Schritt nach vorn.

»Schon seit ich euch kenne – was zugegebenermaßen nur zwei Monate sind, aber egal –, seid ihr knallharte Konkurrenten. Und in unserer Suche nach dem neuen Paulie Fink habt ihr beherzt gekämpft. Ehrenhaft. Ungelogen: Fairerweise stünde euch darum beiden *Kleos* zu.«

Ich hole tief Luft. »Ich habe mir die Entscheidung nicht leicht gemacht«, sage ich. »Aber der Moment der Wahrheit ist nun gekommen.«

LETZTES INTERVIEW MIT DIEGO UND FIONA

CAITLYN:

Okay, ihr zwei. Das hier ist das letzte Interview. Verratet mir doch mal, woran ihr während der Endausscheidung gedacht habt.

DIEGO:

Woran ich gedacht habe? Ich dachte mir, wie zufällig doch alles ist. Wo man geboren wird. Mit wem man zur Schule geht und ob man was miteinander gemeinsam hat oder nicht. Das ist alles bloß Glückssache, und trotzdem teilt man diese Erinnerungen danach sein ganzes Leben lang mit einer winzigen Handvoll Leute ...

FIONA:

Ach, jetzt komm aber! Du hast dran gedacht, dass du gewinnen willst. Genau wie ich.

DIEGO:

Klar, das auch. Aber der Rest stimmt trotzdem. War das bei dir denn nicht so?

FIONA:

Hm. Ich geb zu, ich musste auch dran denken, wie sehr Paulie mir gefehlt hat. Er stand da mit uns wie früher, aber trotzdem war alles anders. Ich hab mir einfach gewünscht, er wäre nicht gegangen, weißt du?

DIEGO:

Ja. Ging mir auch so. Und wie.

FIONA:

Ich wusste, der alte Paulie würde mir immer fehlen, egal, wer von uns beiden gewinnt. Und das fand ich unerträglich. Dass es niemals einen neuen Paulie geben würde, nicht so wirklich jedenfalls. Dass wir die Zeit nicht zurückdrehen konnten.

DIEGO:

Genau das wollte ich doch sagen. Wir werden unser ganzes Leben lang immer wieder neue Leute kennenlernen. Und denen erzählen wir dann unsere Geschichten, aber richtig verstehen werden die das alles nie. Man versteht nur, wie etwas war, wenn man dabei gewesen ist.

[Zwölf Sekunden Schweigen]

FIONA:

Na toll, Diego. Jetzt ist mir ganz gefühlig.

DIEGO:

Sorry. Scheint ansteckend zu sein, mich hat's auch erwischt.

[Pause]

Ich würd gern noch mehr sagen, aber mir fällt nichts ein.

FIONA:

Mir auch nicht. Schockierend, oder? Na ja, ich glaube jedenfalls, du kannst die Aufnahme jetzt stoppen, Caitlyn. Aber ... danke, ja? Das war echt cool. Alles.

[*Aufnahme endet.*]

DER SIEGER STEHT FEST 

Fiona Fawnstock«, fange ich an. Fiona atmet tief durch und strafft den Rücken noch ein bisschen mehr. »Fiona, du bist in jeglicher Hinsicht eine Pionierin. Du magst dich nicht immer an die Regeln halten, aber vielleicht braucht diese Welt auch gar nicht noch mehr folgsame Frauen. Vielleicht brauchen wir eher Leute, die keine Angst haben, einfach mal was Neues auszuprobieren. Denn darin bist du super, Fiona: Du springst mutig ins kalte Wasser. Immer wieder.«

Fiona strahlt. Und plötzlich fällt mir das Weiterreden schwer.

»Die Sache ist nur«, erkläre ich. »Ich finde, die Welt braucht die echte Fiona einfach zu dringend, als dass sie sich in jemand anders verwandeln sollte. Und darum tut es mir leid, Fiona. Aber du bist nicht der neue Paulie Fink.«

Fiona lässt das Gehörte auf sich wirken. Dann streckt sie Diego die Hand hin, um ihm zu gratulieren.

»Halt«, schreite ich ein. »Ich bin noch nicht fertig. Diego. Trotz all deines Ehrgeizes kannst du dich aufrichtig über die Erfolge anderer freuen und beweist damit meiner Meinung nach echte *Arete*. Aber du bist ebenfalls eine viel zu wertvolle Persönlichkeit, als dass wir dich verlieren dürften. Diego, auch du bist nicht der neue Paulie Fink.«

Diego klappt die Kinnlade runter, während Gabby hinter ihm »Ui, eine überraschende Wendung!« flüstert.

Nur Mr Farabi, Mags und Mrs Gliba wirken kein bisschen erstaunt. Was daran liegt, dass sie von vornherein eingeweiht waren.

»Dank Fiona haben wir kein Paulie-Denkmal mehr als Glücksbringer«, fahre ich fort. »Stattdessen steht nun der richtige, echte Paulie Fink vor uns. Diego und Fiona, bitte überreicht eure Opfergaben.«

Fiona gibt Paulie eine braune Papiertüte, und Diego drückt ihm eine Schachtel in die Hand. Paulie guckt mich an. »Soll ich die jetzt aufmachen?«

»Später«, antworte ich.

»Das heißt, nach diesem *ganzen* Theater ...«, fängt Yumi an.

»... haben wir immer noch keinen neuen –«, ergänzt Thomas, aber ich hebe die Hand und unterbreche ihn.

»Ich hab gesagt, weder Fiona noch Diego sind der neue Paulie Fink. Aber es *gibt* einen neuen Paulie Fink, und der weilt bereits unter uns. Es ist jemand, der sich als erstaunlich wirksamer Störfaktor erwiesen hat, der uns überrascht und zum Lachen gebracht und der – was am allerwichtigsten ist – Einigkeit unter uns gestiftet hat.«

Ich werfe dem echten Paulie Fink einen verstohlenen Blick zu. Er starrt auf seine Sneakers und lauscht gebannt, aber ich habe keinen blassen Schimmer, was er denkt.

Dann nicke ich Mr Farabi zu. Es ist so weit.

Mr Farabi betritt den Ziegenpferch. Er schiebt sich durch die meckernde Herde, bis er den richtigen Kandidaten ausfindig gemacht hat: den großen fiesen Bock. Den Stänkerer. Meinen Erzfeind. Mr Farabi bindet ihm einen Strick um den Hals und führt ihn zu uns nach draußen.

Dort lässt der Bock einen gigantischen Rülpser los, der alle zum Lachen bringt. Selbst ich muss lächeln. Da gebe ich mir so viel Mühe, diese Zeremonie in feierlichem Ernst zu leiten, und dieses blöde Vieh macht mich gnadenlos lächerlich.

Eben wie ein waschechter Shakespeare-Narr.

Mit großer Geste deute ich auf das Tier. »Bürgerinnen und Bürger von Mitchell! Hiermit präsentiere ich euch den neuen ... Paulie ... Fink!«

Während ringsum Applaus ausbricht, ruft Gabby: »*Ogottogott-ogott!* Der Sündenbock hat gewonnen! Das ist ja mal *genial*!«

Paulie guckt sich verwirrt um. »Moment«, sagt er. »Hast du gerade etwa eine Ziege nach mir benannt?«

KATHARSIS

Ich bitte Paulie, dem alten Bock die Weinlaubkette umzuhängen, woraufhin die Pioniere endgültig ausrasten. Jegliche Feierlichkeit ist verflogen. Fiona fällt allen nacheinander um den Hals, und kurz darauf ist die ganze Klasse ein Gewirr aus High Fives und Umarmungen.

Aber die Zeremonie ist noch nicht vorbei. Wieder hebe ich die Hand, bis alle verstummt sind.

»Wie wir alle wissen, könnte unsere Gemeinde ein bisschen Glück gebrauchen«, sage ich. »Und, Mags, wie haben die Menschen in der Antike noch mal versucht, ihr Los zu verbessern?«

»Durch einen *Pharmakos*.« Sie lächelt. Auch das ist alles abgesprochen.

»Und was hat der *Pharmakos* ihnen beschert?«

»*Katharsis*.«

»Danke, Mags«, sage ich. »*Katharsis*. Das heißt, der *Pharmakos* vertreibt das Pech. Okay, das versteht sich zwar hoffentlich von selbst, aber nur für alle Fälle: Niemand haut hier irgendwen mit Zweigen, klar? Stattdessen legen wir jetzt alle mal kurz die Hand auf diesen Ziegenbock, unseren neuen Paulie Fink. Und dabei stellt ihr euch vor, dass ihr jegliches Pech, das ihr loswerden wollt, auf ihn übertragt.«

Mr Farabi führt die Ziege an den aufgereihten Pionieren vorbei, und jeder streichelt ihr kurz über den Rücken. Sogar Mags und die Gliba schließen sich an.

Als Letzte bin ich dran. Ich mache die Augen zu und lasse die Finger durch das Nackenfell des Bocks gleiten. Danach spaziert Mr Farabi mit dem Tier über den Fußballplatz. Wir folgen ihm. Und stimmen einen Sprechchor an.

Was auch sonst?

Zuerst rufen wir: *»Phar-ma-kos, Phar-ma-kos, Phar-ma-kos!«* Dann wechseln wir zu *»Ka-thar-sis! Ka-thar-sis! Ka-thar-sis!«*, und als unsere Runde uns schließlich vor das Schulgebäude führt, sind wir bei *»Pau-lie Fink! Pau-lie Fink! Pau-lie Fink!«* angelangt.

Paulie – der Mensch – schüttelt den Kopf. »Ich kapier gar nichts mehr«, sagt er. Aber er grinst dabei, und in dem Moment weiß ich, was Fiona meinte. Ich kann die Discokugel sehen.

Vor der Schule wartet ein Transporter mit dem Schriftzug ZIEGENHOF BOCKSPRUNG an der Seite. Eine Frau lehnt daran. Ihr langes graues Haar ist zu Zöpfen geflochten, sie trägt einen ausgebeulten Overall und eine blaue Baseballkappe mit dem Spruch VIP – VERMONT IST PHÄNOMENAL.

Mr Farabi übergibt ihr den Strick.

»Dann mal zurück auf die Farm mit dir, du alter Unruhestifter«, sagt die Frau und krault dem Bock die Stirn. Sie führt unseren neuen Paulie Fink über eine Rampe in den Transporter, dann winkt sie uns noch mal zu und fährt los, vorbei an der Guten-Tag-Glocke und die Auffahrt runter, bis nur noch eine Staubwolke zu sehen ist.

Die Klasse stimmt den nächsten Singsang an. *»Cait-lyn! Cait-lyn! Cait-lyn!«*

Genau wie damals, als das mit dem Wettbewerb losging. Als sie mich dazu überreden wollten, die Leitung zu übernehmen, und ich das Ganze noch komplett lächerlich fand. Gut, vielleicht war es das auch. Aber das heißt ja nicht, dass es nicht trotzdem wichtig war.

Und jetzt ist es plötzlich vorbei, und alle gucken mich an.

»Mehr, äh, hatte ich nicht geplant«, sage ich. Sämtliche Blicke richten sich auf Paulie Fink.

»Mich dürft ihr nicht fragen«, erklärt er. »Ich hab keine Ahnung, was hier abgeht.«

Ein paar Sekunden lang stehen wir unschlüssig rum. Eigentlich könnten wir jetzt nach Hause gehen, aber mir wird klar, dass ich dazu nicht bereit bin. Noch nicht. Also wende ich mich an Mr Farabi.

»Haben Sie irgendwo noch einen Brennball?«, frage ich.

NACHRICHT VON PAULIE FINK

Tja. Wahrscheinlich habt ihr euch schon gedacht, dass ich irgendwann in dieser Geschichte vorbeischauen würde. Hat ein bisschen gedauert, darum wird's wohl höchste Zeit, dass ich mal Hallo sage.

Hallo. Falls wir uns noch nicht kannten, freut's mich, euch kennenzulernen.

Ich bin Paulie Fink. Der echte. Nicht der Ziegenbock.

Gerade sitze ich zu Hause an meinem Schreibtisch in Devlinshire Hills, wo übrigens längst nicht jeder einen Swimmingpool hat oder mit achtzehn (oder meinetwegen einundzwanzig) ein Vermögen erbt. Bei Weitem nicht.

Aber ein paar von uns sind schon alles andere als übel dran, das stimmt.

Wenn ihr bis hierher gelesen habt, wollt ihr wahrscheinlich nicht allzu viel Zeit mit Smalltalk verschwenden. Dann wisst ihr nämlich eh schon mehr über mich, als ihr vermutlich je wissen wolltet. Darum nehme ich mir stattdessen jetzt mal ein Beispiel an den alten Griechen und erzähle euch ein paar Geschichten. Mal sehen, was draus wird.

Hier die erste:

Es war einmal ein Junge, der Anfang der vierten Klasse auf eine neue Schule kam. Ein ziemlicher Loser. Machte Lehrer wie Klassenkameraden kirre. Handelte sich fast täglich irgendwelchen Ärger ein, und oft wurde dann die ganze Klasse für seinen Blödsinn bestraft. Außerdem war er eine absolute Niete im Fußball. Keiner kam ihn je zu Hause besuchen.

Darum dachte der Junge, die Leute wären sicher froh, wenn er endlich verschwinden würde.

Die zweite Geschichte:

Es war einmal ein mächtiger Chaosgott, der herrschte über eine ganze Schule. Er war mutig und schlagfertig und trickste seine Feinde aus. Er veranstaltete Festgelage und führte eine kleine Armee völlig unerwartet zum Sieg, indem er eine Überrumpelungstaktik anwendete. Nachdem er nicht mehr da war, errichteten die Leute ihm zu Ehren ein Denkmal und hielten einen Wettkampf ab, um einen würdigen Nachfolger für ihn zu finden, aber natürlich konnte kein Mensch ihn jemals ersetzen.

Ach, und wo wir gerade so schön dabei sind, gleich noch eine dritte:

Es war einmal ein verwöhnter reicher Junge. Er hatte alles, was er sich nur wünschen konnte, und seine Mom spendete immer wieder großzügige Geldsummen an die Schule, auf die er gerade ging. Also so weit alles paletti, könnte man meinen. Aber irgendwie gehörte er nirgends richtig dazu. Er wechselte von einer kalifornischen Schule auf die andere, bis seine Mom beschloss, wieder zurück in den Osten zu ziehen, und ihn an der Schule auf dem alten Anwesen ihrer Familie anmeldete. Irgendwann hatte seine Mom aber genug von den Briefen und Anrufen seiner Direktorin, also verfrachtete sie ihn noch einmal in einen anderen Schulbezirk. Einen besseren, wie sie meinte. Der Junge ging davon aus, dass die Leute an seiner alten Schule froh wären, ihn los zu sein. Mit anderen Worten: Er war eine Legende, aber wohl kaum ein Held.

Diese Geschichten sind völlig verschieden. Aber trotzdem sind alle wahr.

Um es kurz zu machen: Mein Ururgroßvater war Julius Hewitt Mayberry

Oxthorpe, der verrückt nach Samtanzügen war und eine Textilfabrik an einem Fluss in Nordvermont eröffnete. Julius ließ sich ein Anwesen am Stadtrand bauen und umgab sich dort mit Büchern und Statuen. Ihm folgten weitere Generationen von Oxthorpes: Paul Jarvis Oxthorpe, der die Firma vergrößerte und sich auf dem Anwesen Strauße hielt. Dann kam Forrest James Oxthorpe, der sich mehr für seine Wandteppichsammlung interessierte als für die Fabrik oder die Gemeinde, in der er lebte. Nachdem es mit dem Geschäft ein paar Jahre lang bergab ging, verkaufte Forrest den Laden für einen Haufen Geld an einen internationalen Großkonzern, zog nach Florida und verbrachte sein restliches Leben mit Auktionsbesuchen. Der Konzern indessen verlagerte die Produktion ruckzuck ins Ausland.

Forrests Tochter Beatrice war gegen den Willen ihrer Familie auf die Kunstakademie gegangen, um Bildhauerin zu werden. Dort lernte sie einen Galeristen namens Gilbert Fink kennen, heiratete ihn und ließ sich nach neunzehn Monaten gleich wieder von ihm scheiden. Aber vorher bekamen die beiden noch ein Kind.

Das bin ich. Paulie Fink.

Mittlerweile heißt Mom Beatrice Oxthorpe Masterson und ist die Frau von Mark Masterson, der früher in einer Bostoner Bank gearbeitet hat. Heute verwaltet er in seinem Büro oberhalb des Foxhollow Cafés in der Innenstadt von Devlinshire Hills das Geld anderer Leute.

Zu seinen Kunden zählt unter anderem ein Rockstar im Ruhestand.

Was ich damit eigentlich sagen will, ist, dass ich a) einer langen Reihe von Exzentrikern entspringe und b) zwar ein Fink (und vielleicht auch ein Finkenei) sein mag, aber genauso ein Oxthorpe bin.

Das hab ich den anderen sogar mal erzählt. Da standen wir alle vor dem Porträt von Julius, und ich hab gesagt: Das da ist mein Ururgroßvater. Und alle so: Mhm, schon klar. Schätze, das mit Julius wirkte genauso glaubhaft auf sie wie Glibas Duftkerzenmafia oder die Republik Endrisistan.

Nur dass ich in dem Fall halt die Wahrheit gesagt hatte.

Wenn ihr bis hierher gelesen habt - Respekt! -, dann fragt ihr euch jetzt wahrscheinlich, was das alles soll.

Zumindest habe ich mich das vor ein paar Wochen gefragt, als nach dieser ulkigen Ausscheidungszeremonie plötzlich eine Mail von Henry in meinen Posteingang flatterte. Im Anhang war ein Unterrichtsprojekt: PLATONS HÖHLE, KLEOS, PHARMAKOS UND KATHARSIS: ELEMENTE DER GRIECHISCHEN ANTIKE IM VERMONT DER JETZTZEIT. Es enthielt Caitlyns »Offizielle Aufzeichnungen zu Mitchell sucht den neuen Paulie Fink« mit Auszügen der Interviewmitschriften und ein paar von ihren eigenen Geschichten. Ich hab alles gelesen, Wort für Wort.

Und eins muss ich echt sagen: Caitlyn hat das super auf die Beine gestellt. Nur dass eine Sicht des Ganzen fehlte – meine.

Keine Angst, ihr müsst jetzt keine weiteren dreihundert Seiten durchhalten. Wie heißt es so schön? Schweigen ist Gold (und Gaffertape ist silbern). Ich will bloß die Geschichte vom Wettbewerb ein bisschen ausführen und euch erzählen, wie es an dem Abend weitergegangen ist, als ich wieder zu Hause in Devlinshire war und die Geschenke aufgemacht habe, die Fiona und Diego mir überreicht hatten.

In Diegos Schachtel war ein Stofffetzen, neongrün und etwas angekaut, mit zwei Buchstaben drauf: EY. Dabei lag ein Zettel:

Immer schön legendär bleiben, Paulie.
Dein Kumpel D.

In Fionas Tüte war auch ein Stofffetzen, in derselben Farbe wie Diegos, und genauso angekaut. Darauf stand: BOHR.

Ich hoffe, du entscheidest dich immer für die Überrumpelungs-taktik.

Und denk dran, du hast erst dann Ärger am Hals, wenn du zum dritten Mal deinen Namen hörst.

Deine Freundin, für immer und ewig und drei Tage, Fiona

Als ich kapierte, dass sie mir beide Stücke von meinem alten T-Shirt geschenkt hatten, musste ich erst mal laut lachen. Aber wenn ich ehrlich sein soll, am besten gefiel mir Fionas Gruß am Ende.

Trotzdem frage ich mich seitdem immer wieder: Was, wenn ich wirklich dieser Mensch wäre, den die beiden beschrieben haben? Der Krawallmacher, der irgendwie alle dazu bringt, nach seiner Pfeife zu tanzen. Für den die Leute Nachrichten an einen Ast pinnen und ihn um Hilfe bitten.

Was würde diese Version von Paulie jetzt machen?

Ich glaube ja, das hier: Er würde alles daransetzen, die Schulschließung zu verhindern, und einen Weg finden, diese Pharmakos-Geschichte Wirklichkeit werden zu lassen.

Also, liebe Mom und lieber Mark, lieber Onkel Teddy und liebe Tante Cynthia, liebe Tante Alex und lieber Onkel Geoffrey, liebe Tante Laura und liebe Tante Genevieve, lieber Onkel Russ, liebe Cousine Jennifer, lieber Cousin Toby und liebe Cousine Hannah, lieber Großonkel Cecil und liebe Großtante Susan und liebe andere, die diese E-Mail bekommen haben - das heißt, alle Oxthorpes, von denen ich eine Adresse finden konnte (eingeschlossen vermutlich ein paar, mit denen ich gar nicht verwandt bin):

Wie wärs, wenn wir zusammen was richtig Tolles auf die Beine stellen?

Wie wärs, wenn wir die Mitchell School retten?

Wie wärs, wenn wir zu den Menschen werden, von denen Gabby so gerne glauben möchte, dass es sie gibt – Menschen, die sehen, wo Not am Mann ist, und die Beistand leisten?

So nett wurde bestimmt noch keiner überrumpelt.

Mir ist klar, dass das eine ziemlich gewagte Bitte ist. Aber wisst ihr was? Wir Oxthorpes haben immerhin das große Los gezogen. Ich meine, rein historisch betrachtet sind wir ja wohl die totalen Glückspilze. Was sollen wir denn mit diesem ganzen Glück anfangen?

Okay, wir könnten es einfach für uns behalten. Oder wir könnten so tun, als hätten wir es gar nicht - indem wir nicht darüber reden und vielleicht sogar versuchen, es zu vertuschen.

Aber wir könnten eben auch was ganz anderes damit machen: Wir könnten es benutzen. Nicht, um uns Samtanzüge oder Wandteppiche zu kaufen und auch keine Strauße als Haustiere.

Sondern um eine Schule zu retten.

Okay, das wars dann auch erst mal von mir und ich gebe wieder an Caitlyn ab. Ist nur fair, ihr das letzte Wort zu überlassen. Also, bevor ich sie unterbrochen habe, waren wir gerade alle an der Mitchell School und guckten einem Transporter hinterher, in den kurz zuvor eine Ziege mit meinem Namen verladen worden war. Ihr erinnert euch? Perfekt, dann machen wir genau da weiter.

Tja dann, ciao Kakao und bis Baldrian,

euer Neffe/Großneffe/Cousin/komplett Fremder

Paul Julius Oxthorpe Fink

UND DANN WIRD GESPIELT

Die Sonne hängt schon knapp über dem Horizont, als Mr Farabi im Schulgebäude verschwindet.

Seltsam, die Schule um diese Uhrzeit zu erleben. Die Schatten sind länger als gewohnt, und alles erstrahlt in einem geradezu kitschig goldenen Licht. Meine Mom wäre hin und weg vom Anblick der Berge, der letzten Blätter, die zu Boden flattern, diesem traumgleichen Leuchten.

Mit einem Brennball unter dem Arm kommt Mr Farabi wieder nach draußen gejoggt. »Na, wer hat Lust auf eine kleine Partie?«, fragt er.

Auf dem Weg zum Platz nehme ich die Umgebung in Augenschein. Bei diesem Licht ist kaum was zu sehen von dem ganzen Verfall. Von der abblätternden Farbe, den gesprungenen Fensterscheiben, dem Gestrüpp und Unkraut überall da, wo die Ziegen nicht hinkommen.

Klar, bei genauerem Hinsehen würde man das alles schon erkennen. Wenn man sich darauf konzentriert, und ein Teil von mir will es sogar.

Aber ich mache es nicht. Nicht jetzt. Stattdessen konzentriere ich mich auf Sam, Willow und Lydia, die eingehakt in einer Dreierreihe vor mir herlaufen. Ich weiß noch, wie sicher ich mir am ersten Tag war, dass es in diesem Kleeblatt niemals Platz für jemand viertes geben würde. Aber in diesem Moment kommt Fiona angerannt und quetscht sich zwischen Lydia und Willow, als wäre überhaupt nichts dabei. Viererreihe. Dann kommt Diego dazu. Fünferreihe. Yumi macht auch mit. Sechs. Und schließlich alle anderen. Sieben. Zehn.

Unseren Gewändern nach zu urteilen, könnte man meinen, wir wären durch die Zeit gereist. Dass dieser Tag nicht in der Gegenwart stattfindet, sondern irgendwann in der Geschichte. Und da begreife ich: Wir sind ein Teil der Geschichte. Das hier, dieser Moment, ist genau das, woraus Geschichte besteht: ganz normale Menschen in ihrem Alltag, die tun, was sie können, und das Beste hoffen.

Jetzt besteht die Reihe vor mir aus elf Leuten: meiner Klasse und dem echten, absolut legendären Paulie Fink.

»Halt«, sagt Gabby, die einen Arm um Henry und den anderen um Yumi gelegt hat. »Wo ist denn Caitlyn?« Sie lässt Henry los, dreht sich um und winkt mich rüber.

Ich schiebe mich zwischen die beiden. Zwölferreihe.

Es wird nicht lange anhalten, dieses Licht. Bald wird die Sonne hinter den Bergen versunken sein. Und dann wird es dunkel, und jeder von uns verschwindet in sein Zuhause, sein eigenes Leben. Und irgendwann wird das alles hier vergessen sein – die Zeremonie, der Wettbewerb, vielleicht sogar die ganze Schule. Für immer.

Aber noch nicht. Nein.

Noch spüre ich Gabbys und Henrys Hände auf meinen Schultern, und Mr Farabi marschiert voraus und lässt den roten Ball auftitschen.

Und dann wird gespielt.

ANMERKUNG DER AUTORIN

Im Zentrum von *Die Suche nach Paulie Fink* steht Platons Höhlengleichnis, ein zweitausendvierhundert Jahre altes Gedankenexperiment. Obwohl ich das Ganze für die jüngeren Leser:innen ein wenig vereinfacht habe, bleibt der Kerngedanke doch unverändert: Selbst wenn wir etwas noch so sicher zu wissen glauben – wir könnten uns irren. Das ist sogar Jahrtausende später noch eine ziemlich radikale These.

Um unsere Höhle zu verlassen, müssen wir genau überprüfen, was uns erzählt wurde und wie diese Geschichten unser Weltverständnis und -wissen beeinflussen. Ich habe die Hoffnung, dass dieses Buch den Leser:innen aufzeigt, welch überwältigende Erfahrung es sein kann, sich neuen Geschichten zu öffnen. Das Buch selbst bildet darüber hinaus die historische Entwicklung der Erzählkunst ab. An einer Stelle zum Beispiel vollziehen die Figuren den Schritt von der mündlichen Überlieferung zur Schriftform. Außerdem kommen diverse Erzählgattungen und -elemente zum Einsatz (Märchen, Parabel, Allegorie, Realie, Zeitungsartikel und Rede), und schließlich wird das Erzählen an sich unter die Lupe genommen.

Das diesem Buch vorangestellte Zitat habe ich Emily Wilsons wunderbarer, bahnbrechender Übersetzung von Homers *Odyssee* (New York W. W. Norton & Company, 2017) entnommen. Wilson war die erste Frau, die eine Übersetzung der *Odyssee* ins Englische vorgenommen hat. Ähnlich anderen unglaublichen Werken wie Madeline Millers *Circe* (Eisele Verlag, 2019) demonstriert diese Übersetzung, wie überaus machtvoll und lohnend es sein kann, alte Geschichten durch einen frischen Blick und frische Stimmen neu zu entdecken. Andere zeitgenössische Wissenschaftler:innen, Schriftsteller:innen und führende Denker:innen, deren Arbeiten mir geholfen haben, die Version des antiken Griechenlands, die mir beigebracht wurde, kritisch zu betrachten, sind unter anderem Kwame Anthony Appiah, Mary Beard, Joel Perry Christensen, Curtis Dozier, Yung in Chae, Daniel Mendelsohn, Dan-el Padilla Peralta, Erik Robinson und Donna Zuckerberg. Zu besonderem Dank für seine fachkundigen Auskünfte bin ich Dr. Christopher Lowell verpflichtet, der meine erste Anlaufstelle für alles war, was mit der griechischen Antike zu tun hatte.

Fiona verwendet häufiger die Redewendung *Folgsame Frauen schreiben selten Geschichte*, die von der Historikerin Laurel Thatcher Ulrich geprägt wurde. Ulrich wollte damit nicht Ungehorsam als solchen verherrlichen, sondern darauf aufmerksam machen, wer in unserer Geschichtsschreibung meist vernachlässigt wird – und wer dagegen *Kleos* erlangt.

Mr Farabis Name ist angelehnt an Abū Naṣr al-Fārābī, einen muslimischen Philosophen, der von circa 872 bis 950 lebte und wesentlich zur Bewahrung und Verbreitung alter griechischer Schriften beitrug. Neben seinen unzähligen anderen Leistungen schrieb er als Vertreter des Neuplatonismus über die Macht der Philosophie, die Seele zu Höherem zu inspirieren, Gerechtigkeit zu fördern und moralischere Gesellschaften zu erschaffen.

Der Name soll darauf aufmerksam machen, dass auch die griechische Antike ein Teil eines breiteren Austausches von Ideen und Kulturen ist – eines Austausches, der jegliche durch Religion und Herkunft entstandenen Grenzen überwindet.

DANKSAGUNG

Ich muss mich bedanken: allen voran beim gesamten Team von Little, Brown Books for Young Readers für eure Geduld und harte Arbeit, und dafür, dass ihr mehr Vertrauen in mich hattet als ich selbst. Ein besonderer Dank geht außerdem an meine Korrektorinnen Chandra Wohleber und Jen Graham sowie an meine epische Heldin von Lektorin Andrea Spooner. Ihr seid weise, standhaft und mächtig – und absolut legendär.

Danke an meine Agentin und Freundin Mollie Glick (was bist du doch für ein Segen); meine wundervollen Mojos Molly Burnham, Leslie Connor, Jacqueline Davies, Lita Judge und Grace Lin; meine Leser:innen Amie Bui, Lisa Cushman, Marisa Daley, Darlie Kerns, Molly Kerns, Emma Mathews, Piper Mathews, Rebecca Tucker-Smith und Tom Wade; die Schüler:innen und Lehrer:innen der Pine Cobble School und Joe Bergeron, mein Guru für alles, was mit Schulpolitik zu tun hat.

Ein dickes Dankeschön geht außerdem an die Menschen, die mir die Ideen für ein paar der Eskapaden in diesem Buch geliefert haben: Eric Printz, den Original-BoxMan, der mal von einer Ziege umgerannt wurde; Aidan White, der einer anderen Ziege gerade noch ausweichen konnte; Daniel Currie, für den Fruchtfliegenplagen kein Fremdwort sind; die Crugers-Gang für all die sagenhaften Partien Verstecken mit Anschlagen; Beau Lahy, der bei einem Fahneneroberungsspiel den Vogel rausließ, und Patrick McGarrity, der einst Schwung in einen langweiligen Arbeitstag brachte, indem er sich unter meinem Schreibtisch versteckte.

Und natürlich danke ich meiner Familie, ganz besonders Blair, Merrie und Charlotte.

Auf dass wir jeden Tag ein bisschen mehr wissen wollen.

Auf dass wir uns aus unserer Höhle herauswagen.